ケン・フォレット/著
戸田裕之/訳

●●

ネヴァー(中)

Never

扶桑社ミステリー
1593

ネヴァー（中）

登場人物

タマラ・レヴィット――――中央情報局《CIA》職員

タブダル・サドウル――――フランス対外治安総局《DGSE》職員

アブドゥル・ジョン・ハダッド―CIA職員、潜入捜査官

デクスター・ルイス――――CIAンジャメナ支局長

スーザン・マーカス――――大佐、特殊部隊指揮官

カリム・アジズ――――チャド大統領側近、情報提供者

アル - ファラビ――――ジハーディの指導者

キア――――チャド人女性

ナジ――――キアの息子

ポーリーン・グリーン――――アメリカ合衆国大統領

ガス・ブレイク――――同国家安全保障問題担当顧問

ジャクリーン・ブロディ――――同大統領首席補佐官

ジェイムズ・ムーア――――同上院議員、共和党

ジェリー・グリーン――――ポーリーンの夫

ピッパ・グリーン――――ポーリーンの娘

チャン・カイ――――中国国家安全部対外情報局長

タオ・ティン――――カイの妻、人気女優

フー・チューユー――――中国国家安全部大臣

ウー・ベイ――――中国外務大臣

防衛準備態勢《デフコン》5

最低レベル

（承前）

14

タマラは月曜の朝、将軍が何かをしようとしているのではないかと疑いはじめた。その何かは些細《ささい》なことかもしれないが、悪い予感がした。

マラケシュから戻った瞬間はあまりに気分が高揚していたので仕事場へ直行する気になれず、とりあえず自分のアパートに荷物を置いて大食堂《カンティーン》へ行った。そこで大きなカップに入ったアメリカ式の薄いブラック・コーヒーとトーストを一枚皿に載せ、フランス政府が援助している日刊紙〈ル・プログレ〉を手に取った。

その新聞の三ページ目にたどり着いたとき、そこに載っている写真を見て、タマラの頭の奥深くでかすかに警報が鳴った。禿頭《とくとう》の将軍がジョギング・パンツにウォーミングアップ・ジャケットという、運動でもするかのような格好で笑みを浮かべていた。場所はンジャメナの北東のアトロンというスラム地区だった。アトロンのニュースは上下水道網拡張計画の遅れに焦点を当てたものが普通だったが、今日はそうではなく、貧困を絵に描いたような街を背景に、嬉《うれ》しそうな子供やティーンエージャーに囲まれた将軍が、笑顔でナイキのスニーカーを無料で配っていた。

将軍が何を目論《もくろ》んでいるか気になりつつも、タマラの頭からはタブのことが離れずにいた。

旅は秘密裏《ひみつり》に行なわれた。タブは二人の空港までの行き帰りにフランス大使館の車を使った。空港では専用ターミナルを使ってトラヴァース社専用ジェット機に乗り込んだ。チャドを出るのに必要な書類をタマラはすべて揃《そろ》えて提出していたが、タブと一緒だという情報はそこに含まれていなかった。いずれにせよ、デクスターがそういう書類に目を通すことはなかった。

非の打ちどころのない週末だった。四十八時間、一時《いっとき》たりと離れることはなく、お互いに飽きたり退屈したりすることもなかった。タマラは親密な男女でも長く一緒にいると諍《いさか》いの原因になることを知っていた。男のほうは女性が基準とする整理整頓《せいとん》においで常に落第であり、もっときちんとしてほしいと注意すると、口うるさい女だと逆切れするのである。人というのは長くつづけてきた習慣を変えるのを嫌うものだった。「明日の朝、片づけるよ」と言うのだが、やってくれた試しがなかった。タブはそういう男たちとは違っていた。

これまでのわたしはどれほど男運が悪かったんだろう、とタマラは自分に呆《あき》れた。

結婚相手の二人、未熟なスティーヴンとゲイのジョナサンは特にそうだった。だけど、わたしは間違いなく学んでいるんじゃないかしら？　ジョナサンはスティーヴンよりましだった。タブはもっといい。もしかしたら、タブこそがその人かもしれない。

タマラは自分に問い返した。もしかしたらその人かもしれない？　何を言ってるの。その人だ、よ。絶対の確信があるんだから。

月曜の朝、町へ戻る車中でタブが言った。「またもや、お互いにぞっこん参っているなんて、おくびにも出せない世界に逆戻りだな」

タマラは微笑した。そうか、彼はわたしに〝ぞっこん〟なんだ。彼がその言葉を使うのは初めてで、タマラは嬉しくなった。

だが、問題はそのままそこに残っていた。アメリカとフランスは友好国だが、それでも、双方ともに明らかにできない秘密があった。ＣＩＡにはフランス対外治安総局《DGSE》員と関係を持つことを禁じる規則は原則としてはなかったし、ＤＧＳＥもそれは同じだった。しかし、現実としては、それは彼女のキャリアの瑕疵《きず》になるはずであり、タブもたぶんそうだろうと思われた。どちらかが別の仕事を見つけない限りは……。

新聞から顔を上げると、大使の秘書のラヤンが盆に朝食を載せてやってくるのが見えた。「一緒にどう？」タマラは声をかけた。「普段は朝ご飯を食べる暇はないんでしょ？」

「ニックは今日、イギリス大使館で朝食なの」ラヤンが説明してくれた。

「彼はイギリスと一緒に何を企もうとしているのかしら?」

「チャドは北朝鮮とこっそり商売をしようとしているみたいなの、制裁をかいくぐって石油を売ろうとしているらしいのよ」ラヤンが答え、採れたての無花果《いちじく》にスプーンでヨーグルトをかけた。「ニックはイギリスやほかの国に、将軍に圧力をかけてもらおうとしているの。石油を売るにしても、北朝鮮以外の国に売るよう考え直させるためにね」

「よそより高い値を払う、と平壌《ピョンヤン》が言ってるんじゃないかしら」

「わたしもそうだと思う」

タマラは新聞をラヤンに見せた。「これだけど、どう思う?」

ラヤンが記事と写真にしばらく目を通してから答えた。「なかなかやるじゃない。新品のスニーカー何百足かのお金で、将軍はサンタクロースだと全国民に思わせられるんだから、人気取りとしては安上がりだもの」

「それはそうだけど、どうしてわざわざそんな宣伝をする必要があるの? 彼に必要なのは人気じゃなくて、秘密警察でしょう」

「ある程度はそうかもしれないけど、愛される独裁者のほうが嫌われる独裁者より、たぶん落ち着いていられるんじゃないかしら」

「もう少し考えてみるわ」タマラはそう言って立ち上がった。「そろそろ仕事に戻らなくちゃ」

「あの……」

ラヤンが何か言いたそうだったので、タマラはそのまま続きを待った。

「タマラ、わたしのうちでディナーをどう？　本物のチャド料理を試してみてもいいかもよ」

タマラは意外な申し出に嬉しくなった。「わたし、チャド料理が大好きなの」ンジャメナのチャド人の家に招待されるのは初めてだった。「光栄だわ」

「光栄だなんて、とんでもない。わたしこそ嬉しいんだから。水曜の夜でどうかしら？」

「水曜の夜ね、わかった」そのあと、タブのところへ行こう。

「知っているでしょうけど、わたしたちのディナーはテーブルではなくて、床の敷物に坐《すわ》って食べるのよ」

「もちろんよ、問題ないわ」

「楽しみにしてる」

「待ち切れないぐらいよ！」

タマラは大食堂をあとにして、CIAのオフィスへ向かった。

将軍のことがとても気になった。どうしていきなりイメージアップが必要だと感じたんだろう?

　ンジャメナで発行されている新聞に目を通し、すべてのテレビ・ニュースを見る――どちらも、フランス語版とアラビア語版があった――という退屈な仕事は、一番年下の二人の支局員が担当していた。フランス語の担当はディーン・ジョーンズ、ボストン出身の明るい金髪の若者で、アラビア語のほうはライラ・モーコス、黒い髪をボブにした、知識豊かなニューヨーカーだった。二人は向かい合って坐っていて、そのあいだの机に今日の新聞が積み上がっていた。タマラは二人に訊《き》いた。「将軍批判をしているメディアはなかったかしら?」

　ディーンが首を横に振り、ライラは言った。「なかったわ」

「本当にちょっとした仄《ほの》めかしや呟《つぶや》きのようなものもなかった? 例えば、〝よく考えてみると、これはもっと早く、もっとうまく対応できたはずだ〟とか〝これがもっと早く見られなかったのは残念だ〟といったような、遠回しの表現なんかは?」

　二人はもう一度考え直し、やはりさっきと同じ答えを繰り返した。ライラが言った。

「でも、あなたが関心を持っているとわかったからには、そういう記事や表現を特に注意して探すことにするわ」

「ありがとう。将軍が何かをかなり気にしているんじゃないかと、そんな気がしただけなの」

タマラは自分の机に戻った。数分後、デクスターから呼出しがあり、彼のオフィスへ行った。エアコンがきいて室内は涼しかったが、今日の彼はネクタイを緩め、シャツの襟のボタンを外していた。フランク・シナトラのように見えると、たぶんそう思っているのだ。「カリム・アジズのことだが」デクスターが言った。「きみはあの男を見誤っているぞ」

いったい何を言われているのか、タマラには見当がつかなかった。「どうしてですか？」

「実はあの男は、きみが想像しているほどの大物でも情報通でもない」

「でも――」タマラは言い返そうとして自分を抑えた。この話の行き先がどこなのか、まだわかっていない。まずデクスターに話させ、できるだけたくさんのデータを手に入れてから、こっちが口を開けばいい。「いえ、つづけてください」タマラは促した。

「彼はとても重要なものになると自分で言った、将軍の演説原稿を作っていなかった」

では、カリムは半ばわたしに約束した原稿をデクスターに渡すつもりがないのだ。

でも、なぜだろう？

デクスターがさらにつづけた。「それに、演説が行なわれる気配もない」

将軍が演説を取りやめたのかもしれない――しかし、一番適切な時期を待っている可能性も同じぐらいある。だが、タマラは黙っていた。

デクスターが言った。「カリムをきみに返すことにした」

タマラは内心で眉《まゆ》をひそめた。どうしてそんなことをする気になったんだろう？　その疑問にはすぐに答えが返ってきた。「わざわざ上級局員が相手をする価値はないからな。言っただろう、きみはあの男を過大評価していたんだ」

でも、カリムは大統領宮殿のなかで仕事をしているのよ、とタマラは内心で反論した。役に立つ情報を持っているのはほぼ間違いないわ。宮殿の清掃係だってごみ箱から秘密情報を手に入れるかもしれないでしょう。「わかりました」タマラは言った。「彼に電話してみます」

デクスターがうなずいた。「そうしてくれ」そして、机の上の書類に目を落とした。用はすんだと解釈し、タマラは部屋をあとにした。

日常の仕事が忙しかったが、アブドゥルのことが心配だった。早く接触してきてくれないかしら。もう十一日も、一言の連絡もなかった。まったく予想外のことではなく、ただ気になるだけだった。アメリカのハイウェイなら、千マイルの旅は二日で終わる。シカゴからボストンまでの距離だ。タマラは一度、ハーヴァード大学にいる友だちを訪ねるために、自分でハンドルを握ってそれをしたことがあった。もう一度は、バスを使っての旅だった。三十六時間、百九ドル、無料Ｗｉ‐Ｆｉ。アブドゥルの旅は、それらとはまったく違っていた。速度制限はなかった。そもそも必要がないのだ。砂利《じゃり》敷《じ》きの砂漠の未舗装の道では、一時間に二十マイル以上進むのは無理だった。パンクや故障も往々にしてあった。運転手がそういう問題を解決できなければ、助けがやってくるまで何日も待たなくてはならなかった。

しかし、アブドゥルが解決しなくてはならない問題はパンクどころではない。必死の移民を装い、しかし、人々と話し、ハキムを監視して彼が接触する相手を特定し、どこにたむろしているかを突き止めなくてはならないのだ。もし不審に思われたら……アブドゥルの前任者、オマルの姿がまたもやタマラの瞼《まぶた》に浮かび、砂漠に膝《ひざ》を突いて切断された彼の手足を拾い集めたときの悪夢が思い出された。

それなのに、アブドゥルからの連絡を待つことしかできなかった。

正午を数分過ぎたとき、タマラは車を呼んでラミー・ホテルへ行った。

カリムは白のリネンのスーツ姿でバー・カウンターにいて、ノン・アルコールのカクテルらしきものを飲みながら、ドイツ大使館で見たとタマラがぼんやりと憶えている男と話していた。タマラは氷入りのカンパリ・ソーダを注文した。一ガロン飲んでもほとんどほろ酔いにすらならない薄い酒だった。カリムがドイツ大使館の知人と別れ、タマラのところへ話をしにやってきた。

タマラは将軍がスニーカーを無料で配っている理由と、彼の人気に陰りが出てきているのかどうかを知りたかった。が、いきなりその質問をぶつけたら警戒され、すべてを否定するのが落ちだから、それについては慎重に近づかなくてはならなかった。

「ご承知だと思いますが、アメリカが将軍を支持しているのは、この国が安定しているからこそです」

「もちろんだ」

「われわれは彼に対する不満が生じてきているという噂《うわさ》を懸念《けねん》しています」もちろん、そんな噂はなかった。

「噂など気にすることはない」カリムが言い、タマラはそれが否定でないことに気がついた。「あんなものは何でもない」彼がつづけ、タマラは明らかに何かがあると考えざるを得なかった。「いま、それに対応しているところだ」

一ポイント獲得したわね、とタマラは思った。わたしたちの憶測以上ではないにしても、同じぐらいの何かが起きていることを、カリムは認めたも同然だ。タマラは言った。「わたしたちに理解できないのは、これがいま始まった理由です。何も悪いことがないのなら……」彼女は質問をわざと宙ぶらりんのままにした。

「きみが関わったングエリ・ブリッジの一件があるじゃないか」

そうか、そういうことか。

カリムがつづけた。「数は多くないが、将軍は即座に断固たる対応をすべきだったという意見が出てきている」

タマラのなかで興奮が頭をもたげた——新たな視点が出てきた。しかし、冷静に日時を計算するかのように眉をひそめて言った。「でも、あれから二週間以上経《た》っていますよ」

「こういう事柄は複雑だということを、国民は理解しないんだ」

「そうですね」タマラは同情を示したが、言葉は虚《むな》しい決まり文句でしかなかった。

「だが、われわれは間もなく、非常に断固とした対応を取ることになっている」

「よかったですね。あなたがおっしゃっていた演説というのは……」

「そういうことだ。きみの上司のデクスターは、あの演説に非常な関心を示していて」カリムは気分を害しているようだった。「原稿を見る権利が当然のごとくあると考えている節があった」

「デクスターのことは申し訳ありません。あなたとわたしは協力し合っていて、それがわたしたちの関係なんですよね？」

「そのとおりだ！」

「デクスターはそれに気づいていないのかもしれません」

「まあ、それだけのことかもしれんな」カリムの機嫌がいくらかよくなった。

「それで、将軍はその演説をいつされるんでしょう？」

「すぐにもだ」

「よかった。それで噂も止みますね」

「ああ、そうだな。まあ、いずれわかることだ」

タマラは何としても原稿を見たかった。だが、頼むわけにもいかなかった。何しろデクスターが同じ要求をして、カリムの機嫌を損ねたばかりなのだから。でも、何か手掛かりだけでも拾えないだろうか。「原稿が遅れているのはどうしてでしょうね？」

「まだ、最終的な準備をしているところなんだ」

「準備？」

「そうだ」

タマラはまったく見当がつかなかった。「何の準備ですか？」

「ふむ」カリムが不可解な笑みを浮かべた。

タマラは残念そうに言った。「二週間以上も演説を遅らせて原稿を練り上げる必要があるとしたら、それはどんな準備なんでしょう」

「それは教えられないな」カリムが言った。「国家秘密を漏らすわけにはいかない」

「もちろんです」タマラは言った。「絶対に許されないことです」

その日の夕方、ディナーのためにタブと会う前、タマラは前の夫のジョナサンに電話をかけた。彼は賢くて誠実で、いまも一番の友人だった。タブのことを教える潮時だと思われた。

サンフランシスコはンジャメナと九時間の時差があったから、ジョナサンはたぶん朝食をとっているはずだった。案の定《じょう》、すぐに返事が返ってきた。「タマラ、愛しい人、声を聞けて嬉しいよ！　いま、どこにいるんだ？　まだ、アフリカか？」

「依然としてチャドよ。どう、元気？　いま、話せる？」

「何分かで出勤しなくちゃならないんだけど、きみのための時間ならいつだってあるさ。どうした？　恋人でもできたのかな？」

ジョナサンはいい勘をしていた。「当たりよ」

「おめでとう！　彼のことを教えてくれよ。あるいは、彼女のことを。でも、ぼくの知っているきみなら、相手は男の子だな」

「お見通しね」タマラはタブを褒《ほ》めちぎり、マラケシュへの旅のことを教えた。

「きみは運がいい」というのが、ジョナサンの感想だった。「しかも、きみも彼に首ったけときてる、ぼくにはわかるんだよ」

「でも、まだひと月足らずなの。それに、あなたも認めるに違いないけど、わたしは過去に何人もの男性を、しかも間違った男性を好きになってるのよね」

「それはぼくも同じだよ、ダーリン。同じだけど、きみは努力しつづけなくちゃ駄目だ」

「次にどうすればいいかがわからないの」

「もし彼がきみの説明通りの男なら、どうすればいいかは簡単だな」ジョナサンが言った。「地下室に閉じ込めて、性の奴隷《どれい》として飼いつづけるのさ」

タマラは噴き出した。「でも、本気なの」

「本気？」

「そうよ」

「いいだろう、そういうことなら教えてやろう、心臓発作を起こすぐらい本気でね」

「早く教えて」

「彼と結婚するんだよ、この馬鹿娘」ジョナサンが言った。

一時間後、タブが言った。「父に会ってもらえないだろうか？」

「もちろんよ」タマラは即答した。

二人がいるのはアラブ料理の静かなレストラン、イェルサレムを意味する〈アル・クドゥス〉だった。二人のお気に入りの巣で、だれかに見つかる心配もなく、アルコールを提供しないからヨーロッパ人もアメリカ人もこなかった。

「父はときどき仕事でチャドへくるんだ。トタル石油会社はチャド最大のお得意さまなんだよ」

「いつ、いらっしゃるの？」

「二週間後ぐらいかな」タマラは窓に映る自分をちらりと見ると、頭に手をやった。「髪を切らなくちゃ」

タブが笑った。「心配無用だ、親父はきみを大好きになるよ」

彼の両親は息子のガールフレンド全員に会っているんだろうか？　タマラは自制する間もなく、思わず訊いた。「お父さまはレオニーに会ったの？」

タブが眉をひそめた。

「ごめんなさい、失礼なことを訊いたわ」タマラは当惑して謝った。

「気にしなくていいよ。直截《ちよくせつ》的で、いかにもきみらしい。いや、親父はレオニーには会ってない」

タマラは急いで話題を変えた。「お父さまって、どんな人？」純粋な好奇心だった。

タブの父親はアルジェリア系フランス人で、小売商人の息子で、いまは力を持った重役だった。

「ぼくは父を敬愛しているよ。たぶん、きみもそうなると思う」タブが言った。「頭の回転が速くて、面白くて、優しい」

「あなたとそっくりじゃない」

「そうでもないけど、まあ、いずれわかるさ」

「あなたのアパートに滞在なさるの？」

「まさか。ホテルのほうがはるかに便利だからね、ラミーに滞在するはずだ」

「わたしを気に入ってもらえるといいんだけど」

「気に入らない理由がないよ。会った瞬間に親父は度肝《どぎも》を抜かれるに決まってる。きみは美しくて魅力的だし、そのうえ、ファッションもシンプルでシックだ。フランス人が称揚するタイプの装いだよ」タブがタマラの服装を手で示した。ミッドグレイのシフト・ドレスに赤のベルト、自分にとてもよく似合うことをタマラは自覚していた。

「それに、きみがフランス語を話すことも喜ぶはずだ。親父ももちろん英語を話すけど、フランス人というのは四六時中英語を強制されるのを嫌うからね」

「政治は？」

「リベラルと保守の中間かな。社会的には前者で、経済的には後者だ。パリ社会党には絶対に投票しないだろうが、アメリカにいたら民主党かな」

タマラは理解した。ヨーロッパでの中道は、アメリカでは左と見なされるのだった。

タブの父親について心配することは何もないように思われたが、それでもタマラは言った。「緊張するわね」

「大丈夫だって。きみの魅力をもってすれば、父なんていちころだ」

「そこまで言い切る根拠は何？」

タブがいかにもフランス風に肩をすくめた。「ぼくがそうだったからさ」

将軍の計画が明らかになったのは次の日の午後、全大使館とメディアに届けられたプレス・リリースによってだった。彼は難民キャンプで重大な演説をすることになっていた。

チャド東部にはそういうキャンプが十二箇所あり、難民はスーダンから国境を越えてやってきていた。スーダン政府の者もいれば、単に巻き添えの被害を被《こうむ》り、暴力から逃げてきた家族もいた。そういうキャンプをハルツームのスーダン政府は不愉快に思っていて、反政府分子を匿《かくま》っているとチャド政府を責め、危険な逃亡者を追跡するという名目を口実に、国境を越えてチャド領内に軍を送り込んでいた。

チャド政府はその非難をそっくりそのままスーダン政府に返していた。スーダン軍に支給されている中国製の銃が〈民主主義と発展のための同盟《UFDD》〉といったチャドの反政府分子の手に渡っているだけでなく、北アフリカに存在するほかの不満分子とも結びついている、と。

非難の応酬は最終的に緊張関係を生み出し、国境は常に衝突が起こる危険をはらんでいた。

デクスターのオフィスは、将軍のプレス・リリースを検討するために集められた全支局員で混雑していた。デクスターが言った。「これが何を意味するかを大使は知りたがっておられ、CIAが何らかの答えを見つけ出すことを期待しておられる。いまわかっているのは、演説が意外な場所で行なわれることだけだ」

最初に口を開いたのはライラ・モーコスだった。彼女は下っ端だが、だからといって臆《おく》したりはしなかった。「演説がハルツーム政府を攻撃する内容であることは、九十九・九パーセント確実ですね」

デクスターが訝《いぶか》った。「しかし、なぜいまなんだ？　こんな大掛かりなことをする理由は何だ？」

タマラは言った。「昨日、聞いた噂ですが、演説はングエリ・ブリッジの銃撃戦への対応だとのことです」

「またきみの十八番の大芝居か」デクスターが見下したような口調で言った。「しかし、あれはスーダンとは無関係だったんだぞ」

タマラは肩をすくめた。あのときのテロリストの銃はスーダンから入ってきたもので、それはみんなが知っていることでもあり、彼女はわざわざ自明の事実を口にする気になれなかった。

秘書が入ってきて、デクスターに一枚の紙を渡した。「大統領宮殿から、新たなメッセージです」

デクスターは急いでそれに目を通し、驚きの呻《うめ》きを漏らしたあと、今度はゆっくりと読み直してから言った。「将軍は特恵《とっけい》扱いの友好国に対して、各大使館から一人、メディアを同伴させて、自分が演説をするキャンプに派遣してほしいと招待してきている」

デクスターの次席のマイケル・オルソンが訊いた。「どのキャンプですか?」

デクスターが首を横に振った。「それは書いてない」

オルソンは長身で瘦《や》せ型のおっとりした男だったが、物事を見る目は鋭かった。「どこであれ、ここからは六百マイルは離れています」彼は言った。「移動手段はどうするんでしょう?」

「軍が手配すると書いてある。アベシェまで飛行機を飛ばすとのことだ」

「あの地域で唯一の飛行場ですね」オルソンが言った。「しかし、国境まではまだ百マイルありますよ」

アベシェがチャドで一番暑い町であることを思い出した。摂氏三十度、華氏九十度、一年を通じてその気温だった。

デクスターがつづけた。「アベシェからは陸軍が陸路を担当するそうだ。その旅には、難民キャンプ・ツアーと二泊分のホテルがついている」そして、訝った。「二泊？」

オルソンが言った。「空港は陽のあるあいだしか動いていません。そのせいで、移動が難しいんでしょう」

これが時間がかかっているとカリムが言っていた準備なんだ、とタマラは気がついた。メディアを連れての砂漠の旅は大仕事だ。それにしても、その準備に本当に三週間もかかったのだろうか？

デクスターが言った。「出発は明日だ」

ライラが言った。「われわれの代表はニックになるんですよね」

「馬鹿を言うな」デクスターが首を振った。「まるっきり無防備で行くことになるんだぞ。各大使館に一人という決まりに、例外はまったく認められていない。輸送人員に限界があるからだが、それは護衛を含める余地がないということだ」

「では、だれが行くんですか？」

「まあ、私が行くしかないだろう――専属の護衛チームなしでな」デクスターは気乗りがしない顔だった。「ありがとう、諸君。私はこれから大使に説明に行く」

午後の終わり、タマラはアパートへ戻ってシャワーを浴びると、新しい服に着替え、車を呼んでタブのアパートへ行った。

合鍵《あいかぎ》をもらっていたから、なかに入って声をかけた。「わたしよ」

「寝室にいるよ」

タブは下着姿で、セクシーだった。タマラは小さく笑って言った。「どうしてそんなぴったりした白いものを穿《は》いているの？」

「スーツを脱いだばかりで、まだ着替えてなかったんだ」

彼が小さな荷物を造っているのを見て、タマラはどきっとした。「どこへ……？」

「アベシェへ行くことになったんだよ」

それはタマラが恐れていたことで、ごくりと唾《つば》を呑《の》んで訊いた。「どうしても行かなくちゃ駄目なの？　あそこは事実上の戦争地帯よ」

「そこまでではないだろう」

「だったら、戦闘地帯と言い直すわ」

「ぼくたちは情報部員になったとき、ある程度の危険は引き受けることを受け容れたんじゃないのか？」

「それはあなたに恋をする前のことよ」

タブがタマラを抱き寄せてキスをした。あなたに恋をしたと言わせるのがタブは好きなのを、タマラは知っていた。ややあって唇を離したタブが言った。「用心するよ、約束する」

「発《た》つのはいつ？」

「明日だ」

これが一緒に過ごす最後の夜になるかもしれない、とタマラは考えずにはいられなかった。二度と、永久に、ないかもしれない。

感傷的になるのはやめなさい、と彼女は自分を叱咤《しった》した。彼は将軍と一緒なのよ。国軍の半分に護られているのよ。

タブが言った。「夕食は何がいい？ それとも、出かける？」

タマラは不意に彼を抱きしめたくなった。「まずはベッドへ行きましょう」彼女は言った。「夕ご飯はあとでもいいわ」

「いい順番だ」

次の日、将軍が演説をした。午後遅い時間のテレビのニュースが、軍人としての完全正装の将軍を映し出した。彼は重武装の軍隊に護られ、記者の群れに長広舌を振るい、そこここに固まっている、髪が埃《ほこり》にまみれ、痩せて陰鬱《いんうつ》な顔の難民に遠くから見られていた。

激越で、扇動的で、攻撃的な演説だった。

政府の広報官が、将軍が演説しているあいだに、その文面を回覧した。それはだれの予想をも上回るほど挑発的で、あらかじめ原稿を手に入れられなかったことがタマラは残念でならなかった。デクスターの邪魔が入らなかったら、うまくいったかもしれないのに。

将軍の演説は、アッカーマン伍長《ごちょう》を殺したスーダンを責めることから始められた。この非難はすでに政府系メディアによって仄めかしの形でなされてはいたが、はっきりとあからさまな言葉にされるのは初めてだった。

そして、あの事件はザ・サヘル全域に存在するテロ・グループをスーダン政府が支援していることの結果の一つにほかならないとつづけた。それもまた、ホワイトハウスを含めた多くの政府が信じていることについて、大胆な言葉で表明したに過ぎなかった。

「このキャンプを見るがいい」将軍は腕を挙げ、自分の周囲にあるすべてを身振りで示した。それに呼応するように振られたカメラに映し出されたのは、タマラが想像していた以上に大きな居留地だった。数十のテントだけでなく、数百の応急の住居が広がっていて、ところどころにある痩せた木立が、その中心に池か井戸があることをうかがわせた。「このキャンプは」将軍が言った。「ハルツーム体制の暴力を逃れた難民を保護している」

どこまで踏み込むつもりなんだろう、とタマラは考えた。ホワイトハウスはいかなる形であろうとチャドが不安定になることを望んでいない。なぜなら、〈グレータ《IS》

ー・サ《G》ハラのイスラム《S》国〉との戦争における役に立つ友好国だからだ。グリーン大統領はこの演説を気に入らないだろう。

「チャドにいるわれわれは、隣人たちに人道的義務を負っている」将軍がつづけ、演説が眼目に近づきつつあることをタマラは感じ取った。「われわれは専制と残虐性から逃れている人々を助ける。助けなくてはならないし、もちろん助けているし、これからも助けつづける。われわれは脅されて怖気づいたりはしない！」

タマラは坐り直した。これが要点なんだ。チャドの難民キャンプに本拠を作るよう、スーダン政府に敵対する者たちを大っぴらに招待しているんだ。彼女はつぶやいた。

「ハルツームは激怒するわね」

ライラ・モーコスがそれを聞いて言った。「最高にね」

演説が終わった。トラブルもなく、暴力沙汰《ざた》にもならなかった。タブは無事だ。

タマラが出て行こうとしたとき、通りかかったラヤンが言った。「今夜、七時ごろにどう？」

「完璧《かんぺき》よ」タマラは答えた。

ラヤンの自宅は市街中心部の北東のンジャリという、ごみの散らかる界隈《かいわい》にあった。通りの両側に並ぶ住居は崩れたコンクリートの壁や、未完成のまま放置されて錆《さ》びている高い鉄の門の後ろに隠れていた。この界隈のあまりの貧しさに、タマラは驚かずにいられなかった。出勤してきたラヤンはいつだってスマートな仕立ての服を着て、上手に薄化粧をし、髪を上品にピンで留めていた。スラムの出のようには絶対に見えなかった。

ンジャメナの大半の家と同じく、高い門が中庭へと開いていた。タマラが入っていくと、ラヤンが中庭の真ん中に熾《おこ》した火で料理をしていて、彼女に似た年輩の女性がそばでそれを見ていた。隣接する建物の壁はセメントブロックで、屋根はトタン板で葺《ふ》いてあった。隅にラヤンの電動スクーターがあった。タマラが驚いたことに、小さな子供が四人、汚れるのもお構いなしに遊んでいた。ラヤンの口から聞いたことはなかったし、オフィスの彼女の机にも写真はなかった。

ラヤンがタマラを迎え、母親を紹介したあと、子供たちを漠然と指し示しながら、四つの名前を淀《よど》みなく並べ立てた。タマラには到底覚えられなかった。「四人とも、あなたのお子さん？」タマラが訊くと、ラヤンがうなずいた。

男性がいる気配はなかった。

これはタマラが想像していたラヤンの家ではまったくなかった。

母親がレモンの味のする飲み物をタマラに渡してくれた。爽《さわ》やかだった。「ディナーの支度はほとんどできているわ」ラヤンが言った。

家の中央の間の床に敷かれた敷物の上に、料理をよそう椀《わん》を自分の前に置いて、胡坐《あぐら》をかいて坐った。ラヤンはダラバという、ピーナッツ・ペーストの香りがする野菜のシチュー、赤豆とスパイシーなトマト・ソースとを和えた一皿、そして、かすかにレモンの色と香りを感じる米の料理を振る舞ってくれた。子供たちも大人の仲間入りをした。どの料理もおいしく、タマラはしっかり堪能した。

「わたし、デクスターがカリムをあなたに返した理由を知っているわよ」ラヤンが母親や子供たちに理解できないよう、フランス語で言った。

「ほんと?」タマラの興味が頭をもたげた。彼女自身はまだ答えを見つけられずにいた。

「デクスターは大使に報告しなくてはならなかったの。それで、大使がわたしに教えてくれたというわけ」

「それで、どんな理由だったの?」

「カリムはデクスターを嫌っていて、何の情報も教えてくれなかったんですって」

タマラはにんまりと微笑した。やっぱり、そうだったんだ。まあ、驚くには当たらないが。わたしはカリムに気に入られようと頑張った。たぶんデクスターはそういう努力を一切せず、カリムは協力するものだと勝手に決め込んだんだろう。「そういうことだったの、それじゃカリムが演説の原稿を渡さないわけよね」

「それどころか、演説そのものがないと言ったんですって」

「それはそれは」

「デクスターはニックに、カリムはタマラとしか話さないだろう、なぜなら、若い白人女性に目がないからだって、そう言ったんですってよ」

「デクスターは何でも口に出すけど、自分が判断ミスをしたことだけは黙ってるのよね」

「同感ね」

ラヤンの母がコーヒーを運んできて、子供たちをたぶん寝室へ連れていった。

ラヤンが言った。「わたしによくしてくれているお礼をしたいの。本当にありがとう」

「話をするぐらい」タマラは言った。「大したことじゃないわ」

「わたし、四年前に夫に逃げられたの」ラヤンが言った。「あいつときたら、お金を全部と車を持っていったのよ。それで、家賃が払えなくなって、その家を出なくちゃならなかったの。末の子は一歳だったわ」

「それは大変だったわね」

「最悪なのは、自分が悪いんだと思い込み、でも、どんな悪いことをしたのかわからなかったことなの。彼の家を汚れ一つないようにきれいにしてたし、ベッドでは彼の望みを全部叶《かな》えたし、美しい四人の子を彼に与えた。どうして失敗したんだろうって苦しんだわ」

「あなたは失敗なんかしていないわ」

「いまはそうだとわかる。でも、そのときは……理由を探し回るものなのよ」

「それで、どうしたの？」

「母を連れてここへ引っ越したわ。母は可哀そうな寡婦《かふ》で、一人で暮らしていたの。わたしたちと一緒にいられて喜んだけど、六人の衣食住をまかなう余裕は母にはなかった。だから、わたしが働かなくちゃならなかったの」ラヤンはまっすぐにタマラを見て言い、〝わたしが働かなくちゃならなかった〟を繰り返して強調した。

「わかるわ」

「でも、難しかった。わたしは教育を受けていて、英語とフランス語とアラビア語の読み書きができるんだけど、チャドでは離婚した女性を雇いたがらないの。いずれトラブルを引き起こすあばずれに違いないと思われるのね。でも、わたしの夫はアメリカ人で、わたしから取り上げられないものを一つだけ与えてくれていた。アメリカの市民権よ。それで、大使館で仕事ができるようになったの。いい仕事よ、お給料もアメリカ基準だし、子供たちを学校に行かせるに充分だもの」

「すごい話ね」タマラは言った。

ラヤンが微笑した。「ハッピーエンドのね」

翌日、アベシェで大きな砂嵐《すなあらし》が起こった。そういう砂嵐は数分しかつづかないこともときとしてあるが、今回のそれはもっと長くつづいた。工場は閉鎖され、メディアの難民キャンプ・ツアーは延期された。

その次の日、タマラはカリムと待ち合わせた。だが、待ち合わせる場所はラミー・ホテル以外にしようとタマラは提案した。たびたびそこで一緒にいると、それをだれかに気づかれる懸念があった。〈カフェ・ド・カイロ〉ならそういう心配はないはずだからと、カリムは中心部から外れたその店の住所を教えてくれた。

そこは清潔だけれども取り立ててどういうこともない普通のコーヒーハウスで、客のほぼ全員が地元の人間だった。椅子《いす》はプラスティックで、テーブルには布の代わりに、拭《ふ》くだけできれいになるラミネート・フィルムが掛かっていた。壁にはエジプトの風景ポスター――ナイル、ピラミッド、ムハンマド・アリのモスク、ネクロポリス――が、額にも入れずに貼《は》ってあった。染み一つないエプロンのウェイターが実に愛想よく迎え、店の奥の隅のテーブルに案内してくれた。そこでカリムが待っていた。いつものとおり、ビジネス・スーツに高級なネクタイという、完璧な服装だった。

「あなたが頻繁《ひんぱん》に足を運ぶようなタイプの店ではありませんよね、友よ」タマラは腰を下ろしながら、笑顔で言った。

「私の店なんだ」カリムが言った。

「そういうことですか」タマラは納得した。カリムがカフェを所有していることに、特に驚きはなかった。チャド政界の上層部は、投資できるだけの資金を例外なく持っていた。「将軍の演説は刺激的でした」タマラは本題に入った。「スーダンによる報復の備えができているといいんですけど」

「そうなったとしても、驚きはしないさ」カリムは楽観的だった。

カリムの言葉や雰囲気から、そのどこかに何かしら言外の意味があるのではないかとタマラは気になった。「スーダン軍が国境を越えて攻撃してくる可能性だってあるんじゃありませんか？　反体制分子の追跡を口実にして？」

「教えてやろうか」カリムがしたり顔で言った。「もしやってきたら、やつらは不意打ちを食らうことになる」

タマラは警戒心を押し隠した。カリムの雰囲気に合わせようと、にやりと笑みを浮かべて見せることまでした。作りものだと見えたり思われたりしないことを祈りながら。「不意打ちですか？」彼女は言った。「だとすると、予想以上の抵抗に出くわすことになるわけですか？」

「そうとも」

　タマラはもっと知りたかったから、畏敬《いけい》の念に打たれた無邪気な少女を演じつづけた。「よかった、将軍は彼らの攻撃を予測しておられて、チャド国軍はそれを撃退する態勢を整えているんですね」

　ありがたいことに、カリムはいま、自慢したい気分になっているようだった。そもそも重大なヒントを提供するのが大好きときていた。「圧倒的な力をもって撃退する」彼は言った。

「これは優れて……戦略的なんですね」

「そのとおりだ」

　タマラは探りを入れた。「将軍は待ち伏せする準備を整えておられるんですね」

「うむ……」あまり同意したくない様子だった。「将軍は予防措置を講じているとだけ言っておこうか」

　タマラの頭が高速回転しはじめた。いまの話は深刻な紛争が始まろうとしているように聞こえる。そして、タブはいまそこにいる。デクスターもだ。

　タマラは恐怖で声が震えないよう苦労しなくてはならなかった。「仮に戦闘になるとして、始まるのはいつでしょう?」

　カリムは自分の自慢話が意図した以上のことをすでに暴露していることに気がつき、肩をすくめて言った。「間もなくだ。今日という可能性もある。来週という可能性もある。スーダン側の準備次第だな――それから、あいつらの怒りの程度にもよる」

これ以上の情報は出てきそうにないわね、とタマラは見切った。いま必要なのは、大使館に戻り、この情報を共有することだ。「カリム、あなたとお話しするのはいつも嬉しいし、楽しいです」そして、腰を上げた。

「私もだよ」

「もし戦闘になったら、チャド軍の幸運を祈っています！」

「信じてもらいたいんだが、彼らに運は必要ない」

タマラは急いでいると見せないようにしながらカフェを出ると、待たせてあった車に乗り込んだ。運転手が車を出すと、タマラはだれに報告すべきかを熟慮した。CIAがいますぐこの情報を必要としているのは明らかだ。だが、それは軍も同じだ。もし戦闘になったら、アメリカ軍が関与しなくてはならなくなるかもしれないのだから。

大使館に着くと、考えるのを切り上げて決断し、マーカス大佐のオフィスへ行った。彼女はそこにいた。タマラは腰を下ろすや切り出した。「ついさっきまでカリム・アジズと話していたんですが、彼が気になることを漏らしたんです。チャド政府は将軍の演説への報復としてスーダン軍が難民キャンプを襲うと予想し、その場合に備えて、ひそかに国軍を国境に配備して待ち伏せをしているというんです」

「そうなんだ」スーザンが言った。「でも、カリムは信用できる人なの？」

「大口を叩《たた》くような人ではありません。ハルツームが報復に出てくるとは、もちろんだれも断言できないけれど、そうなったら戦闘は不可避でしょう。その報復攻撃が今日なら、メディアと大使館の民間人一行が戦いに巻き込まれることになります」

「何とかする必要があるかもしれないわね」

「是非ともそうすべきだと思います。大使館の民間人の一人がここのCIA支局長とあれば尚更《なおさら》です」

「デクスターが行っているの？」

「ええ」

スーザンが席を立ち、壁に貼られた地図の前へ移動した。そして、アベシェとスーダン国境のあいだに散らばっている赤い点を指さして言った。「この赤い点が難民キャンプよ」

「ずいぶん広範囲に点在していますね」タマラは言った。「どのぐらいの広さなんでしょう、百マイル四方とか？」

「まあそんなところね」スーザンが机に戻り、キイボードを叩いた。「最新の衛星写真を見てみましょうか」

タマラは壁の大きなスクリーンに目を移した。

スーザンがつぶやいた。「一年のこの時期だと、東サハラ一帯が雲に覆われている日が往々にしてあるんだけど……でも、よかった、今日は違うみたい」彼女がさらにキイボードを操作し、北の端に滑走路が長くまっすぐ伸びている町の衛星写真を呼び出した。「アベシェよ」そして、別の写真に切り替えた。黄褐色の荒れ地が現われた。

「全部、この二十四時間に撮影されたものよ」

衛星写真を見た経験はタマラにもあったが、思うに任せない結果に終わる場合がなくはなかった。「これだけの砂漠なら、軍を丸ごと隠せますね」彼女は言った。

スーザンは写真を切り替えつづけ、砂漠の様々な部分の風景を見せてくれた。「彼らがじっとしていたらそうでしょうね。埃と砂があっと言う間に覆ってくれるから。でも、動いているときは見つかりやすくなるわ」

スーダン軍の気配はないんじゃないの、タマラは半ば期待した。そうであれば、タブは今日の午後、無事にアベシェへ戻り、明日の朝には空路ンジャメナへ帰ってくるはずだ。

スーザンが面白くなさそうに鼻を鳴らした。

砂の上の蟻《あり》の行列のようなものがタマラにも見えた。群れを成して移住するところを放送したテレビ番組が思い出された。タマラは目を細くしてその写真を検《あらた》めた。

「これは何ですか？」

「まずいわね、スーダン軍よ」

火曜日の夜、これがタブと一緒に過ごす最後になるかもしれないと考えたことが思い出された。駄目よ、タマラは祈った。そんなことにならないで。

スーザンがスクリーンに座標を重ねていた。「二千人から三千人で構成されている歩兵部隊に車両部隊が同伴していて、全員迷彩服を着ているわね。未舗装らしい道路を移動しているから、速度は速くないわ」

「敵ですか、味方ですか？」

「それは確かめようがないけど――キャンプの東にいて、国境のほうへ進んでいるから、たぶんスーダン軍ね」

「見つけましたね！」

「あなたが知らせてくれたからよ」

「チャド軍はどこにいるんですか？」

「それはすぐにわかるわ」スーザンが受話器を取った。「トゥーレ将軍につないでちょうだい」

「わたしはCIAに知らせます」タマラは言った。「その座標をメモさせてください」そして、鉛筆を握ると、スーザンのメモ用紙を一枚ちぎり取った。

スーザンがフランス語で話し出した。おそらく相手はトゥーレ将軍なのだろう、〝あなた〟と呼びかけるのに、形式ばった〝ヴ〟ではなく、親しみを込めた〝トゥ〟

を使っていた。彼女はスーダン軍の位置を示す座標を早口で告げると、相手がメモするのを待って間を置いてからつづけた。「それで、セザール」ファーストネームだった。「あなたの軍はいま、どこにいるんですか？」

電話の相手が教えてくれた数字をスーザンは声に出して繰り返しながら書き留め、タマラもそれをメモした。

スーザンが訊いた。「メディアの一行をどこへ連れて行ったんです？」

タマラは三組の座標をメモし終えると、スーザンの机から付箋紙《ふせんし》を取り、壁の地図の前へ急いだ。そして、二つの軍とメディアの一行がいる地点に付箋紙を貼り、地図を見つめた。「メディアの一行は二つの軍に挟まれています」彼女は言った。「まずいですよね」

スーザンがチャド軍の将軍に礼を言って電話を終え、タマラに言った。「この警告をしてくれて、あなた、大手柄よ」

「民間人を救出しなくてはなりません」タマラは言ったが、頭にあるのはほとんどタブのことだけだった。

「もちろん、救出するわ」スーザンが応えた。「ペンタゴンの許可が必要だけど、それは難しくないでしょう」

「わたしも一緒に行きます」

決定的な情報を提供したのだから、それは当然だと思われた。スーザンもうなずいて同意した。「いいでしょう」

「出動の時間と、あなたとの待ち合わせ場所を教えてください」

「もちろん」

タマラは退出しようとした。

スーザンが言った。「ところで、タマラ」

「何でしょう?」

「武器を持ってくるのを忘れないでね」

15

タマラは防弾ジャケットを装着し、グロック九ミリ拳銃《けんじゅう》の携帯許可を請求した。ングエリ・ブリッジで命を救ってくれた武器だった。デクスターがいないときにCIA支局を統括するのは次長のマイケル・オルソンで、デクスターなら間違いなくひねり出すはずのいかなる異議も、これっぽっちも唱えなかった。タマラはスーザンの車でンジャメナ空港にある軍基地へ行った。そこで五十人からなる中隊と合流し、兵員全員と装備を一緒に運ぶことのできる巨大なシコルスキー・ヘリコプターに乗り込んだ。ヘリコプターのローター音が轟《とどろ》くなかでもスーザンと話せるよう、タマラはマイクとイヤフォン付きの無線を渡された。

機内は満員だった。「帰りは四十人の民間人を連れて帰るのに、彼らをどうやって乗せるんです？」タマラはスーザンに訊いた。

「立っていてもらうしかないわね」スーザンが答えた。

「そんなに重たくして、飛べるんですか？」

スーザンが笑みを浮かべた。「心配はいらないわ。このシコルスキーは重量物の運搬を任務としていて、そもそもはヴェトナムで墜落した機体を回収するために設計されたの。同じ重量のヘリコプターをもう一機ぶら下げても宙に浮いていられるわ」

サハラ砂漠横断の旅は四時間がかりだった。タマラはなぜか自分のことは怖くなかったが、今日、タブを失うかもしれないという恐怖に苛《さいな》まれつづけた。想像するだけで気分が悪くなった。ヘリコプターは時速百マイルで飛んでいたが、砂と岩ばかりで変化のまったくない景色の上とあって、ほとんど止まっているかに感じられた。そして、旅が終わる前に気がつくことになった――わたしはタブと死ぬまで一緒にいたい、二度と、永久に、こんなふうに離れ離れになりたくない。

それは人生を一変させるということであり、タマラはその意味をあらゆる角度から突き詰めようとした。タブが同じような気持ちでいることには確信があった。これまでの結婚は自分にふさわしくない男が相手だったが、タブに関してはそれはあり得ない。しかし、答えの出ない疑問がまだ山ほどある。二人でどこへ行くのか？　どうやって暮らしを立てるのか？　タブは子供を欲しがるだろうか？　その話はしたことがない。わたしは子供が欲しいのか？　これまで深く考えたことがない。でも、いまなら考えるまでもない――もちろん欲しい。相手がほかの男なら気乗りはしないだろうが、タブとなら、答えはイエスだ。

シコルスキーがアベシェ上空で高度を下げはじめ、タマラを驚かせた。考えることが多すぎて、着くのが早すぎるように感じられた。シコルスキーは航続距離ぎりぎりまで飛行してきていて、メディアの一行の捜索を開始する前に給油しなくてはならなかった。

アベシェはかつては大きな町で、アラブの奴隷商人が何世紀にもわたって使っていた、サハラ横断ルートの中継地だった。広大な砂漠をのろのろと横断する駱駝《らくだ》の列、何百人もの信徒が礼拝して跪《ひざまず》いている大モスク、退屈をかこつ美女のハーレムを持った豪華な宮殿、ごった返す奴隷市場という人類の不幸、それがタマラの想像するかつてのアベシェだった。フランスがチャドを植民地にしたあと、アベシェの人口は疫病によってほとんどないに等しくなった。いまは牛の市場と駱駝の毛で毛布を作る工場がいくつかあるだけの、小さな町になっていた。まさに帝国の興亡ね、とタマラは思った。

飛行場には小規模だがアメリカ軍の基地があり、いまそこに勤務しているチーム――六週間おきに交代することになっていた――が、滑走路に給油車を待機させてくれていた。数分後、シコルスキーはふたたび離陸した。

ヘリコプターは東、最後にメディアの一行が確認されたほうへ向かった。ようやくタブに近づいている、とタマラは思った。彼がトラブルに巻き込まれているかどうか、助けることができるかどうか、それがもうすぐわかる。

　十五分後、惨《みじ》めな野営地のようなものが見えた。間に合わせの住居が何列も並び、住人は汚れて不活発で、子供たちがごみの散らばる小径《こみち》で石で遊んでいた。パイロットはそこを縦横に三往復ずつ低空飛行した。メディアの一行がいる気配はなかった。スーザンが地図を確認し、一番近い難民キャンプを特定して、副操縦士に方向を指示した。シコルスキーは一気に高度を上げ、北東へ向かった。

　数分後、大規模な軍隊が東へ移動しているのが眼下に見えた。「チャド国軍よ」スーザンが無線越しに言った。「兵の数は五千から六千。あなたの情報は正しかったわ、タマラ。スーダン軍の倍はいるわね」

　それを聞いた兵士たちが、改めて尊敬の目でタマラを見た。いい情報は彼らの命を救い得る。兵士はそういう情報を提供する者はだれであれ尊敬するのだった。

　次のキャンプも最初のそれと似たようなものだったが、東側と西側が少し高くなった浅い窪地《くぼち》にあるところが違っていた。タマラは都会の人間の姿を探した。ヨーロッパ風の服装、無帽、サングラス、陽光にきらめくカメラのレンズ。そして、二台のバスを見つけた。埃にまみれて、キャンプの中央に一列に駐まっていた。近くに、紫のブラウス、ブルーのシャツ、そして、野球帽が見えた。「ここじゃないかしら」タマラは言った。

スーザンが答えた。「わたしもそう思う」

さっきまでタマラが気づかなかった小型のヘリコプターがいきなりキャンプから姿を現わし、前のめりになりながら、シコルスキーから高速で西へと離れていった。

タマラは思わず声を上げた。「あれはいったい何なの？」

「教えてあげる」スーザンが答えた。「将軍の専用機よ」

タマラは嫌な予感がし、内心で訝った——「なぜ帰るのかしら？」

スーザンがパイロットに指示した。「周辺を俯瞰《ふかん》できるところまで高度を上げてちょうだい」

シコルスキーが上昇した。

晴れた日だった。埃を巻き上げながら向かってくる軍隊が東に見えた。スーダン軍だった。

スーザンが吐き捨てた。「くそ」

タマラは訊いた。「距離はどのぐらいかしら？　一マイル？」

「もっと近いわね」

「逆方向にいるチャド軍との距離は？」

「三マイル。こういう未舗装の道だと一時間に十マイルがせいぜいだけど、ここまでは二十分あればくるでしょうね」

「それまでにメディアの一行を救出し——戦闘に巻き込まれないよう難民を避難させるんですね」

「スーダン軍がやってくる前に救出を終えて帰れることを期待していたんだけど」

「そうよ」

「そのつもりだったけど、計画変更ね」

スーザンはバスの近くに着陸するようパイロットに命じ、高度を下げるシコルスキーのなかで兵士に指示した。「第一分隊と第二分隊は着陸と同時に東の尾根に展開し、敵が射程距離に入り次第、銃撃を開始すること。こちらが実際の十倍いるように見せること。第三分隊はキャンプに入り、メディアの一行に対してバスのところに集まるよう、難民に対しては砂漠に逃げるよう伝えること。以上、待機」スーザンがタマラに、〝スーダン軍がやってくる、逃げろ！〟は、アラビア語で何と言うのかと訊いた。

タマラはそれを、機内の兵士全員に聞こえるよう、無線越しに教えた。

スーザンが締めくくった。「本機はすべてが見えるよう、上空でホヴァリングする。引き上げる時間と場所は追って指示する」

シコルスキーが着陸し、機体後部の傾斜路《ランプ》が下げられた。

スーザンが命じた。「作戦開始！」

兵士がランプを駆け下り、そのほとんどが命令通り東へ向かって傾斜を上ると、尾根の近くでうつぶせになった。残りの兵士はキャンプじゅうに散っていった。タマラはタブを探しに出た。

兵士の警告を聞いた難民の何人かが、漫然とした足取りでキャンプを離れはじめた。切羽詰まっていると信じている様子ではなかった。

メディアの一行の大半はキャンプをうろついてインタヴューをしていたが、彼らも避難指示に対して反応が鈍かった。残りの者は接待用テーブルを囲んで、政府の広報担当者がアイスボックスから取り出した飲み物や、プラスティック容器に入れた軽食を受け取っていた。

「危険が迫っているわ」タマラは政府関係者に向かって叫んだ。「わたしたちはみなさんをここから連れ出すためにきています。あのヘリコプターに乗るよう、全員に伝えてください」

ふと見ると、記者の一人のバシル・ファホーリーがビールを片手に持って立っていた。「何事だい、タマラ？」彼が訊いた。

説明している暇はなかったから、質問を無視して訊いた。「タブダル・サドウルを見なかった？」

「ちょっと待てよ」バシルが言った。「闇雲《やみくも》に命令を叫んで回ったって駄目だ。事情を説明しろ！」

「うるさい！」タマラは吐き捨てて歩き去った。

上空にいたときに見てわかっていたのだが、キャンプはかなりまっすぐな、二本の長い道に貫かれていた。一本は大体北から南へ、もう一本は東から西へ。そしていま、タブを探す最善の方法は二本の道を走り抜けることだとタマラは判断した。いちいち足を止めて建物のなかを見ることはできないだろう。時間がかかりすぎる。スーダン軍がやってきたときも、まだタブを探していることになる。

尾根にいる兵士たちのほう、東へ走っているとき、ライフルの銃声が一発轟いた。一瞬、びっくりして戸惑ったかのような間があったが、すぐにまた、今度はつづけざまに銃声が聞こえはじめた。そこにいるアメリカ兵全員が発砲しはじめたのだった。最後に、もっと遠くからの銃声が聞こえはじめ、驚いたスーダン軍が反撃を開始したのだとわかった。心臓が恐怖の早鐘を打ちはじめたが、タマラは走りつづけた。

その音がキャンプの人々をわれに返らせた。何事かと、全員がテントを飛び出してきた。銃声は言葉による指示より効果覿面《てきめん》で、難民がキャンプから逃げ出しはじめた。ほとんどが子供や貴重な財産と一緒だった。山羊《やぎ》、鉄鍋《てつなべ》、ライフル、小麦の袋。記者たちはインタヴューを諦《あきら》めて、カメラを握り、マイクのコードを引きずりながら、バスへと走った。

タマラはそういう人々の顔を検めたが、タブはいなかった。

そのとき、砲撃が始まった。

タマラの左で迫砲弾が炸裂《さくれつ》し、家を一軒破壊した。直後に、何発かが矢継ぎ早につづいた。スーダン軍の砲弾はアメリカ軍兵士の頭上を通過してキャンプに着弾していた。負傷した難民の苦悶《くもん》の悲鳴や恐怖の叫びが聞こえた。アメリカ軍の衛生兵が折畳式のストレッチャーを抱えて飛び出し、負傷者の手当てを始めた。キャンプを逃れ出ようとする人の流れは、いまや洪水のようになっていた。

冷静を保つのよ、とタマラは自分に言い聞かせた。落ち着いて。タブを見つけるの。

見つかったのはデクスターだった。

タマラは危うく彼を見落とすところだった。ある住まいの開け放しの入口に倒れていて、一目見ただけでは襤褸《ぼろ》の山のようでしかなかったが、何かが気になってちらりと見直したとき、それが青と白のシアサッカーのスーツだと気がついた。デクスターはここへくるとき、それを着ていた。

タマラは彼の横に膝を突いた。息はしていたが、浅かった。目に見える傷は、擦過《さっか》傷《しょう》程度のものはあるにせよ、ほとんどなかった。だが、意識を失っていて、ダメージを受けているのは確かだった。

タマラは立ち上がって叫んだ。「衛生兵！」

視界に衛生兵はいず、応答もなかった。中心部へ二十ヤードほど走ったが、依然としてだれの姿もなかった。タマラはデクスターのところへ引き返した。怪我《けが》人を動かすのが危険なのはわかっていたが、スーダン軍の慈悲を当てにしてここに置き去りにするのは、明らかにもっと危険だった。タマラは急いで腹を決めた。デクスターをうつぶせにして上体を持ち上げ、その腹の下に自分の背中を入れると、何とか上半身を起こして、だらりと力の抜けている身体を右肩に担《かつ》いだ。立ち上がってしまうと担いでいるのが少し楽になり、彼女はシコルスキーとバスのほうへ歩き出した。

百ヤード進んだところで、二人の衛生兵が見えた。「ねえ!」タマラは叫んだ。「この人を診てもらえないかしら——うちの大使館の人間なの」衛生兵はデクスターを引き受け、ストレッチャーに乗せた。タマラはタブの捜索を再開した。

記者の何人かはいまも撮影をつづけていて、タマラはその勇気に敬意を表さずにいられなかった。

難民はほとんどいなくなっていた。一人の年配の女性が足の不自由な男に手を貸していて、十代の少女が泣き叫んでいるよちよち歩きの子供二人の面倒を見ていた。だが、それ以外は全員がすでにキャンプの外へ出て、できるだけ速い速度で砂漠を横断し、戦闘から逃れようとしていた。

たかだか三十人かそこらのアメリカ軍兵士が、二千人の軍隊を相手にどのぐらい持ちこたえられるものだろう、とタマラは訝った。残された時間はほとんどないはずだった。

シコルスキーが高度を下げはじめた。スーザンが全員を引き上げさせようとしているのだ。タブはどこにいるのか？

そのとき、彼が見つかった。南北を貫く小径を、逃げる難民を追いかけて走っていた。大きな子供を左腕にぞんざいに抱いていた。それは九歳ぐらいの女の子で、たぶん背後で爆発する迫撃砲より見知らぬ男に捕まえられている恐怖からだろう、声を限りに泣き叫んでいた。

シコルスキーが着陸した。イヤフォンからスーザンの声が聞こえてきた。「第三分隊、民間人を乗機させよ」

タブはキャンプの外れへきたところで逃げていく難民の最後尾に追いつき、抱えていた女の子を降ろしてやった。彼女はすぐさま走り出した。タブは踵《きびす》を返して戻ってきた。

タマラはタブに駆け寄った。タブがタマラを抱き止め、にやりと笑って言った。

「きみがきっとこの救出作戦に加わっていると感じていたのはなぜだろうな？」

タマラは彼の冷静さと大胆さを称賛せざるを得なかった。戦場で冗談を飛ばせるなんて。わたしはこんなに落ち着いてはいられなかった。「急ぎましょう！」思わず大きな声になった。「あのヘリコプターに乗らなくちゃ！」そして走り出し、タブがあとにつづいた。

イヤフォンからスーザンの声が響いた。「第二分隊、撤退して乗機せよ」

タマラがちらりと尾根を見上げると、そこにいた兵士の半分が腹這《はらば》いになったまま傾斜を這い下り、そのあと立ち上がってキャンプへと走り込んできた。一人は味方の兵士を運んでいた。死んでいるのか、それとも、負傷ですんでいるのか？

第二分隊がシコルスキーに戻ると、スーザンがふたたび命令した。「第一分隊、撤退して乗機せよ、死に物狂いで走ること、わかったか？」

全員が彼女の助言通りのことをした。

タマラとタブがシコルスキーにたどり着いた直後、第一分隊がつづいた。残りの者も後続して、兵士と民間人全員が機内に揃った。百人ほどがぎっしり詰め込まれた格好になり、何人かはストレッチャーに横たわっていた。

タマラがシコルスキーの窓から外を覗《のぞ》くと、スーダン軍が尾根を越えてくるのが見えた。勝利の匂《にお》いを嗅《か》ぎ取っているらしく士気が緩んでいて、発砲しつづけているものの、何かを狙《ねら》っているふうではほとんどなかった。銃弾は彼らと撤退するアメリカ兵のあいだの掘っ立て小屋のような住居に無駄に吸い込まれていた。

シコルスキーのドアがいきなり閉まったと思うと、タマラの足元の床が不意に浮き上がった。外を見ると、いまや全スーダン軍兵士の銃がシコルスキーを狙っていた。

タマラは恐怖にほとんど圧倒されそうになった。機体下部の装甲を銃弾が貫通することはないかもしれないが、しっかり照準を合わせた迫撃砲や携帯式ロケット・ランチャーに撃墜される可能性はある。エンジンが止まったり、たまたまローターに被弾したりしたら……タマラはパイロットにとって忌々《いまいま》しくもユーモラスな警句を思い出した――〝ヘリコプターの滑空はグランドピアノが墜落するようなもんだ〟。シコルスキーが上昇し、それにつれてスーダン兵の銃口が上を向きはじめると、タマラは身体が震えだすのがわかった。エンジンとローターが轟いているにもかかわらず、銃弾が機体に当たる音が聞こえた。百人を乗せたこの巨大なヘリコプターが墜落し、地面に激突して木端微塵《こっぱみじん》になり、一気に炎に包まれるところが頭に浮かんだ。

そのとき、スーダン兵の注意がそれるのが見て取れた。シコルスキーを撃つのをやめて、違う方向へ顔を向けたのだ。その方向をたどっていくと、彼らが見ているのは西の傾斜だとわかった。チャド軍が尾根を越えてやってきていた。それは整然とした進軍ではなく突撃で、兵士は銃を乱射しながら走っていた。スーダン軍のなかには反撃する者もいたが、圧倒的に数で劣っていることがすぐに明らかになった。スーダン軍の敗走が始まった。

シコルスキーのなかで拍手喝采《かっさい》が起こった。

パイロットはまっすぐ北へ飛んで両軍から遠ざかり、数秒後には射程距離の外へ出た。

「もう大丈夫だろう」タブが言った。

「そうね」タマラは彼の手を取ってしっかりと握り締めた。


翌朝、ＣＩＡンジャメナ支局は忙しかった。前夜はワシントンのＣＩＡ長官からの質問が途切れることがなかった。どういう形の戦闘だったのか？　規模は？　負傷者は？　アメリカ人に死者はいるのか？　勝ったのはどっちか？　デクスターの状態は？　アベシェとはいったいどこなのか？　そして――これが最も重要だったが――この戦闘の結果がもたらす意味は何か？　彼は大統領に説明する前に答えを知っておく必要があった。

タマラは早出をして自分の席に着いた。報告書を書かなくてはならなかった。昨日カリムと会って情報収集をしたことから書き出したが、彼のことは〝将軍に近い筋〟と記すにとどめた。聞かれれば名前を明らかにしてもよかったが、可能なら文字にした報告には載せないでおくつもりだった。

出勤してきた者たちの全員が、デクスターはどうなのかと訊いてきた。「わからない」タマラはそのたびに答えた。「見つけたときはもう意識がなかったけど、殴られたり打撃を加えられたりした形跡はなかったから、恐怖のあまり失神したのかもしれないわね」

デクスターはストレッチャーを必要としたほかの負傷者と同じく、シコルスキーが給油のために立ち寄ったアベシェの病院へ収容されていた。タマラはマイク・オルソンに、たとえばディーン・ジョーンズといった下級局員を次のアベシェ行きの便で病院へ行かせ、医師から直接容態を聞いたらどうだろうと提案した。「名案だ」というのがオルソンの答えだった。

入院しているデクスターの代わりに支局をまとめているオルソンの性格のおかげか、支局の雰囲気は明るくなり、仕事もすべて、以前よりよくなったとは言わないまでも、滞ることなく順調にはかどっていた。

将軍は朝のニュースで、得意げに胸を張って豪語した。「やつらは教訓を得たはずだ！ いまや、ングエリ・ブリッジへテロリストを送り込むことを考え直すだろう」

インタヴュアーが訊いた。「あの事件への対応が遅すぎたという声もありますが、大統領、それについてはいかがでしょう」

将軍は明らかに答えを準備していた。「中国のことわざにあるとおり」彼は言った。「復讐《ふくしゅう》というのは、相手が忘れたころにやるのが一番効果があるんだ」

それは中国のことわざではなく、フランスの小説にある言葉だったが、いかなる言語であろうとメッセージははっきりしていた。〝自分はこれを慎重に計画し、この時を待ち、そして、一撃を加えた。実際、自分は実に頭がいい〟と言っているのだった。

タマラは詳細をすべて報告書に盛り込み、そのあと、椅子にもたれて、あの戦闘の仕返しをもたらす意味をどうまとめたものか思案した。ングエリ・ブリッジの銃撃戦の仕返しに将軍は待ち伏せ攻撃を考えているというカリムの話は事実だったことが確認された。「やつらは教訓を得たはずだ」という将軍の言葉も、スーダン軍は大敗を喫したというトゥーレ将軍の報告によって――タマラはそれをスーザンに教えてもらった――確認されていた。

しかし、それはハルツーム政府が激怒することを意味していた。彼らはあの戦闘での敗北をなるべくそう見えないようにしようとするだろうが、世界は必ず事実を知ることになる。そして、彼らは恥をかくことになり、仕返しを欲するようになるはずだった。

国際政治はときとしてシチリアの敵討ち《ブエンデッタ》の連鎖にそっくりになる、とタマラは思った。人は自分にされたことに対して報復する。敵がその報復に対して報復せずにいないことを知らないかのように。そういう小競《こぜ》り合いがつづけば、徐々に規模が拡大していくのは避けられない。より大きな怒り、より大きな報復、より大きな暴力へとエスカレートしていくのだ。

それが独裁者の弱点だった。自分のやり方に慣れすぎているせいで、自分の勢力範囲の外の世界が何であれ自分を拒否するなどとは思いもしない。将軍は自分では制御不可能になるかもしれないことを始めたのかもしれなかった。

さらに、グリーン大統領にとっても、これは看過できない問題だった。彼女はチャドが安定した状態にあることを望んでいる。アメリカは秩序を維持できるリーダーとしての将軍を後援しているのに、いまやその地域の安定の脅威になりつつある。

タマラは報告書を仕上げてオルソンに送った。数分後、報告のプリントアウトを手に、オルソンがタマラの机にやってきた。「ご苦労だった」彼は言った。「刺激的な読み物だったよ」

「刺激的過ぎます」タマラは応えた。

「いずれにせよ、これにはラングレーが知る必要のあることのほとんどが含まれている。だから、このまま送っておいた」

「ありがとうございます」デクスターなら、自分が書いたと見えるよう手を入れ、自分のサインをして送ったでしょうね、とタマラは思った。

オルソンが言った。「今日は休んでくれてかまわないぞ」

「では、そうさせてもらいます」

「ゆっくり休んでくれ」

タマラはアパートへ帰り、タブに電話をした。彼も午前中はオフィスでＤＧＳＥのための報告書を書いていたが、ほとんど完成しているから、そのあとは休みを取るつもりだとのことだった。彼のアパートで会うことにして、気が向けば外で昼食をとることで話がまとまった。

車でタブのアパートへ行くと、彼はまだ帰っていなかった。合鍵でなかへ入った。彼がいないのは初めてだった。彼のプライヴェートな世界の本拠地を探索するというぞくぞくするような気分を味わえるかと思い、アパートのなかを歩き回りながらその気分を探したが、そんなものはどこにもなかった。これまでに見たものばかりだった。彼は言っていた。「何でも見てくれ。きみに隠すものなんて一つもないんだから」だが、いまなら、是非覗いてみたいとずっと思っていたところを、「ぼくのバスルームの戸棚にどうしてそんなに興味があるんだ？」と不審がられる心配なく、じっくりと検めることができる。

クローゼットを開けて、衣服を確認した。ライトブルーのシャツが十二枚、履いているのを見たことのない靴が何足かあった。全体に白檀《びゃくだん》の香りが漂っていて、思案した結果、木製のハンガーと靴型にその香りが沁《し》み込ませてあるのだとわかった。

小さな棚に医薬品がしまってあった。解熱鎮痛剤、絆創膏《ばんそうこう》、風邪《かぜ》薬、胃薬。あのタブが腹具合を悪くするなんてことがあるのだろうか？　本棚に十八世紀版のモリエール戯曲集全六巻があった。もちろんフランス語で、一冊を手に取って開くと、カードが落ちた。やはりフランス語でこう書いてあった――〝誕生日、おめでとう、タブ。愛しているわ。母〟。愛しているわ、か。いいじゃない。

引き出しには個人的な証明書や手紙の類いがあった。出生証明書のコピー。二つの学位の修了証、そして、祖母からの古い手紙。あまり字を書く機会がないらしい用心深い筆跡で、試験に合格したことを祝う、明らかに子供のころのタブに宛《あ》てたものだった。なぜか涙が込み上げたが、自分でも理由はわからなかった。

数分後、タブが帰ってきた。タマラはベッドに胡坐をかき、彼が仕事用のスーツを脱いで顔を洗い、カジュアルな服に着替えるのを眺めていた。しかし、タブは急いで外出しようとする気配を見せず、ベッドに腰かけて、いつまでもタマラを見つめていた。そうされても、タマラは当惑を感じなかった。それどころか、大好きだった。

ようやく、タブが口を開いた。「銃撃が始まったとき……」

「あなたはあの少女を抱きかかえた」

タブが苦笑した。「気の強い子でね、ぼくに噛《か》みついたよ、ほら」そして、自分の手を見た。「出血はしなかったけど、この痣《あざ》はどうだい！」

タマラは彼の手を取ってキスをした。「可哀そうに」

「こんな傷はどうってことないんだけど、一時は死を覚悟したな。そのとき、こう思ったんだ――タマラともっと一緒に過ごしたかった、とね」

タマラは彼を見つめた。「死を目の前にしたときの想いのようなものかしら」

「そうだな」

「あそこへ行く途中の」タマラは言った。「ヘリコプターの長い旅のあいだ、わたしもあなたのことを考えていたわ。そして、同じような気持ちになった。絶対に二度と、あなたと離れ離れになりたくないってね」

「それじゃ、ぼくたちは同じ思いでいるわけだ」

「わたしはそうだとわかっていたわよ」

「でも、そうなるためにはどうすればいい？」

「それが大きな問題なのよね」

「ぼくはそれをずっと考えているんだ。きみはＣＩＡに自分を捧《ささ》げている。ぼくはＤＧＳＥにそこまでする気はない。諜報《ちょうほう》の世界で仕事をするのは面白いし、多くを学んできたけど、頂点を極めようとは思っていない。もう十年も祖国のために働いてきたし、そろそろ家業に戻る潮時かもしれない。そして、母が引退を望んだら、あとを引き受けるかもしれない。ぼくはファッションと贅沢《ぜいたく》が大好きで、それはわれわれフランス人が何よりも得意とする分野だ。でも、それはパリに住むことを意味するからね」

「わかるわ」

「もしＣＩＡがきみを異動させてくれたら……ぼくと一緒にパリにきてもらえるかな？」

「もちろんよ」タマラは応えた。「すぐにでもそうするわ」

16

気温は容赦なく上がっていった。バスは呻きながら、のろのろと砂漠を横断していた。自分の故郷、チャド湖の岸が、この国でも涼しい地域だったことに、キアは初めて気がついた。チャドはどこも同じだと昔から思い込んでいたから、人があまり住んでいない北のほうがもっと暑いとわかったことは面白くない驚きだった。旅が始まるときは、バスの窓にガラスがなくて開けっ放しなのが気になった。埃っぽい微風が吹き込んできて不快だろう、と。しかし、汗に濡《ぬ》れ、ナジを膝に乗せて心地いいとは言えない状況にあるいまは、どんな風でも、たとえ砂混じりの熱風であっても、大歓迎だった。

ナジはぐずって落ち着かなかった。「レーベンが欲しい」とせがみつづけたが、米もバターミルクもなかったし、仮にあったとしても料理する術《すべ》がなかった。乳首を含ませたが、ナジはすぐに不満を訴えた。わたし自身の空腹のせいで、母乳が薄くなりはじめているのではないだろうか、とキアは疑った。ハキムが約束した食べ物は、水と悪くなりかけたパンがほぼ毎食というありさまで、量も多くなかった。別料金を取る〝贅沢品〟には、毛布、石鹸《せっけん》、パンと粥《かゆ》以外のすべての食べ物が含まれていた。母親にとって、腹を空かしたわが子に食べ物を与えられないとわかっているほど辛《つら》いことがあるだろうか？

アブドゥルはちらりとナジを見た。キアは自分の胸を見られたら、本来は恥ずかしがるのだろうが、いまはそうでもなさそうだった。二週間以上、毎日、昼も夜も隣り合わせに坐っていると、疲労ゆえの気の緩みが出てきているのだった。

いま、アブドゥルはナジに声をかけた。「昔、サムソンという男がいた。この広い世界全体で一番強い男だった」

ナジがぐずるのをやめて大人しくなった。

「ある日、サムソンが砂漠を歩いていると、近くでいきなりライオンの唸《うな》り声が聞こえた――ほんのすぐそばでだ」

ナジが親指をくわえてキアにすり寄ったが、目は大きく見開かれてアブドゥルを見つめていた。

アブドゥルはだれとも仲がいいことに、キアは気づいていた。このバスに乗っている全員が彼を好いていた。よくみんなを笑わせたが、キアには驚きでも何でもなかった。初めて会ったときは煙草を売っていて、男には冗談を飛ばし、女にはお世辞を使って喜ばせていた。レバノン人は商売上手だという話も聞いていた。一夜を過ごすためにバスが停まった最初の町で、アブドゥルは露天のバーへ行き、キアも場所と気分を変えるために、エスマや彼女の義理の両親と一緒に同じ店へ行った。アブドゥルはそこでカードをしていて、大して勝ちもしなかったが、負けもしなかった。手にはビールがあったが、ボトルが空《から》になることはなかった。そのあいだもほとんどひっきりなしに人々に話しかけていた。意味のないお喋《しゃべ》りのようだったが、実は男たちに何人妻がいて、どの店の主人が不誠実で、そのなかでみんなが恐れているのはだれなのかを突き止めていたのだと、キアはあとになってわかった。以降、彼はすべての町や村で同じようなことをした。

だがキアは、あれは演技だと確信していた。友だちを作ろうとしていないときの彼は、孤立して、よそよそしく、暗い顔をしていて、自分の人生を懸念し、過去を悲しんでいる男のようだった。彼のそういうところを見て、キアは最初、自分のことが好きではないのではないかと考えた。だが、そのうちに、彼には二面性があるのだと信じるようになりはじめた。そしていま、その下にさらに別の一面があることがわかった。ナジをなだめる面倒を厭《いと》わず、二歳の男の子に理解できる面白い物語を語ることができるという一面が。

バスはほとんど先行者の形跡のない、キアにはたびたびそうとわからないことがある道をたどっていた。砂漠は平たくて硬い石の上に薄い砂の層ができているところが大半で、その表面は車がゆっくりと走るには充分だった。ときどき捨てられているコカコーラの缶やパンクしたタイヤが、自分たちが本当に道をたどっているのであって、荒れ地に迷い込んでいるのではないことを確認させてくれた。

すべての村にオアシスがあった。水がなくては、人は生きていけない。小さな集落の一つ一つが地下水を採取できる場所を持っていて、それ自体が小さな池や井戸のように地表に現われているものも多かった。チャド湖のように涸《か》れているところもときどきあって、その場合、人々はいまのキアがそうであるように、どこかよそへ移らなくてはならないはずだった。

ある晩など、泊まるところがなく、全員がバスのなかで寝て朝陽を拝むことになった。

旅の初めのころ、男の何人かがキアを悩ませた。そういうことが起こるのは常に夜、暗くなって、乗客がどこかの家の床や、中庭、運がよければマットレスに横になっているときだった。そういうある日の夜、男の一人がキアの上に乗ってきた。彼女は抵抗したが、声は出さなかった。悲鳴を上げたり、別の方法で撃退したりしたら、仲間に仕返しされ、売春婦呼ばわりされるとわかっていた。だが、男はキアよりはるかに力が強く、毛布を無理矢理に払いのけることに成功した。そのとき、いきなり男の身体が宙に浮いた。力の強いだれかが男を引き剝《は》がしてくれたのだとわかった。アブドゥルが男を地面に押さえつけ、声を出せないよう、あるいは息もできないのではないかと思われるほどに首を締め上げているのが見えた。アブドゥルが小声で言うのが聞こえた。「彼女にかまうな、さもないと殺すぞ。わかったか？ 殺すからな」そして、男を放してやった。男は呼吸を取り戻そうと喘《あえ》いでいたが、やがてこそこそと逃げていった。その男の正体すらわからなかった。

そのあと、キアはアブドゥルがわかりはじめたような気がした。友だちだと見られたくないのだろうと推測し、みんなの前では見知らぬ相手のように対応し、話しかけもせず、微笑したりもせず、じっとしていない二歳の男の子を抱いての日々に苦闘しているときも、助けを求めたりしなかった。だが、バスで隣り合わせているときは話をした。小声で、さりげなく、自分の子供のころのこと、スーダンにいる弟のこと、縮んでいく湖のこと、サリムの死のことを語り、ついには〈バーボン・ストリート〉というナイトクラブのことまで明らかにした。アブドゥルは自分のことは一切口にせず、歓迎されないだろうとキアも感じ取っていたから訊かなかった。だが、彼女の話にはたびたび感想を口にしてくれたので、同情が増しつつあるように感じられた。

いま、キアはレバノン訛《なま》りの彼の声を聴いていた。慰撫《いぶ》するような、低い声だった。「彼女は人差し指と親指で彼の髪をつまんだ。彼は目を覚まさず、鼾《いびき》をかきつづけているだけだった。彼女はつまんだ髪を鋏《はさみ》で切った。でも、彼はまだ目を覚まさなかった。彼女はまた髪をつまんだ。ちょきん、ちょきん、鋏は髪を切りつづけ、ぐう、ぐう、ぐう、サムソンは鼾をかきつづけた」

キアの想いは修道女の学校へ戻っていった。そこで初めて聖書の物語を聴いたのだった。ヨハネと鯨、ダヴィデとゴリアテ、ノアの方舟《はこぶね》。読み書きを覚え、割り算と掛け算を習い、少し英語を話せるようになった。ほかの女の子たちからの知識を吸収した。大人の謎《なぞ》、たとえばセックスというようなことについて、キアより多くを知っている子が何人もいた。幸せな時期だった。実際、生まれてからずっと幸せがつづいていた。冷たくなったサリムが家に運ばれて帰ってくるまでは。あれからはすべてが辛く、落胆することばかりだ。いつか終わりがくるだろうか？　幸せな日々がふたたび訪れるだろうか？　フランスへたどり着けるだろうか？

バスがいきなり減速した。前を見ると、車の前部から蒸気が噴き出していた。「今度は何なの？」キアはつぶやいた。

アブドゥルが言った。「朝、頭がほとんど坊主になっていて、素敵な長い髪は全部枕《まくら》の周りに散らばっていた。それからどうなったかは、明日のお楽しみだ」

「いやだ、いま教えて！」ナジがせがんだが、アブドゥルは応えなかった。

ハキムがバスを止めてエンジンを切り、乗客に知らせた。「エンジンがオーヴァーヒートした」

キアは怖くなった。バスはすでに二度故障していた。旅に予想以上の時間がかかっているのは、それが主たる理由だった。三度目となると、恐怖はさらに増した。近くに人はいず、電話は通じない。車も滅多に通らない。バスが直らなければ、全員が歩くしかない。オアシスにたどり着くか、野垂《のた》れ死ぬか、どっちが先になるかだ。

ハキムが道具箱を持ってバスを降り、ボンネットを開けてエンジンを検めた。ほとんどの乗客が外に出て身体を伸ばした。ナジはあたりを走り回り、有り余ったエネルギーを発散させた。古い車やオートバイを修理するのはチャドの貧しい地区では重要な活動であり、それは男の仕事だったが、キアもある程度の知識は持ち合わせていた。

漏れている様子はなかった。

ハキムがプーリーから蛇のように垂れさがっているゴムのベルトのようなものを指さして言った。「ファン・ベルトが切れてる」そして、火傷《やけど》しないよう用心しながらそろそろと手を突っ込み、茶色斑《ぶち》の黒いファン・ベルトを引っ張り出した。所々が擦《す》り切れそうになり、罅《ひび》が入っていた。この前取り換えてからずいぶん経っていることがキアにもわかった。

ハキムがバスに戻り、運転席の下から大きな、この前の故障のときにも登場したブリキの箱を取り出した。彼はそれを砂の上に置いて蓋《ふた》を開け、なかを引っ掻《か》き回して予備の部品を選び出した。スパーク・プラグ、ヒューズ、何種類かのシリンダー・シール、そして、ダクト・テープ。ハキムが眉をひそめ、もう一度なかを検めた。

そして、言った。「予備のファン・ベルトがない」

キアは小声でアブドゥルに言った。「大変なことになったわね」

「それほどでもないだろう」彼が同じく小声で応えた。「いまのところはな」

ハキムが言った。「何かで代用するしかない」そして自分を取り巻いている乗客を見回し、アブドゥルに目を留め、彼の腰のコットンの帯を指さした。「それをよこせ」

「お断わりします」アブドゥルが拒否した。

「応急のファン・ベルトにしなくちゃならないんだ」

「こんなものは使い物になりませんよ」アブドゥルは言った。「もっと吸着力の強いものでなくては駄目ですね」

「スプリング・プーリーだから、お互いに反対方向へ引っ張ることで吸着力を強くできる」

「それでも、コットンは滑ってしまいます」

「おれは命令しているんだ！」

護衛の一人が介入してきた。ハムザとタレクという二人がいたが、いま出てきたのはタレク、背の高いほうだった。そのタレクが口を開いた。「命令に従え」低い、しかし、問答無用と言っている声だった。

キアは恐ろしかったし、男たちのほとんども怯《おび》えているはずだったが、アブドゥルはタレクを無視してハキムに言った。「吸着力なら、あなたのベルトのほうが強いでしょう」

ハキムのジーンズは使い古された茶色の革のベルトで腰の周りに留まっていた。アブドゥルが付け加えた。「長さも充分です」全員が笑った。ハキムの腰回りはずいぶんあった。

タレクが苛立《いらだ》った。「いいから、命令に従うんだ!」

キアが驚いたことに、アブドゥルは肩に突撃ライフルを掛けている男を恐れていないようだった。「ハキムのベルトのほうが、コットンの帯より仕事をしますよ」落ち着いた声だった。

一瞬、タレクがライフルを肩から外してアブドゥルを威嚇《いかく》しそうになったが、考え直したらしく、ハキムを見て言った。「あんたのベルトを使え」

ハキムがベルトを抜いた。

アブドゥルがあそこまでコットンの帯に執着するのはなぜだろう、とキアは不思議だった。

ハキムがベルトをプーリーに巻きつけ、バックルで留めて締め上げた。それからまたバスに戻り、今度は五リットルのプラスティック容器に入った水を持ってくると、それでラジエーターを満タンにした。ラジエーターはしゅうっと音を立てて泡立ち、やがて落ち着いた。ハキムが三度《みたび》バスに戻ってエンジンをかけ、また外に出てきてボンネットのなかを覗いた。キアが見てもわかったが、ベルトは役目を果たし、冷却装置を回していた。

ハキムが叩きつけるようにしてボンネットを閉めた。猛烈に腹を立てているようだった。

ジーンズを片手で引っ張り上げながらバスに戻ると、運転席に腰を下ろしてエンジンを始動させた。乗客も戻ってきた。ハキムが苛立たしげにエンジンをふかした。エスマの義理の父のワヘドがステップに足を載せるのに手間取っていると、ハキムはいきなりバスを出し、急ブレーキを踏んで怒鳴りつけた。「おい、もたもたするな!」

キアはすでにナジを膝に乗せて席に着き、アブドゥルも隣りに坐っていた。「ハキムはあなたにしてやられて激怒しているのね」彼女は言った。

「敵を作ってしまったな」

「あいつなんか豚も同然よ」

バスが動き出した。

低い電子音が聞こえた。アブドゥルが驚いた様子で電話を取り出した。「つながった！」彼が言った。「ファヤに近づいているに違いない。中継基地があるとは知らなかったな」普通でなく嬉しそうだった。

その電話は以前見たものより大きく、二台持っているのだろうかとキアは訝りながらも冷やかした。「これでたくさんいる恋人に電話できるわね」

アブドゥルが一瞬キアを見てから、にこりともしないで言った。「恋人はいない」

アブドゥルが忙しく電話を操作した。これまでに書いて保存してあったメッセージを送信しているようだった。そのあと、ためらっていたが腹を決めたらしく、写真を何枚か呼び出した。ハキム、タレク、ハムザ、そして、途中で出会った男たちだ、とキアは気づいた。盗み撮りしていたのだ。目の端で見ていると、彼は一分か二分、スクリーンをタップしつづけた。キア以外のだれにも絶対に見られないようにしながら。

キアは訊いた。「何をしているの？」

彼はもう一度だけタップすると、電話を切って、ローブの下にしまった。「ンジャメナの友人に写真を送って、こうメッセージを添付したんだ。〝ぼくが殺されたら、犯人はこいつらだ〟とね」

キアはささやいた。「あなたが何を送ったか、ハキムやあの二人の護衛に気づかれるかもしれないでしょう。心配じゃないの？」

「逆だよ。ぼくに手出ししなくなるはずだ」

彼は本当のことを話してくれているんだろうとキアは思ったが、同時に、丸々全部話してくれているわけでもないという確信があった。今日は彼について、もう一つ、驚くべき事実がわかった。バスの乗客のなかで、彼だけはタレクとハムザを怖がっていない。ハキムでさえ、あの二人の言うことは聞くというのに。

アブドゥルは秘密を持っている。それは間違いない。だけど、その秘密が何なのかがわからない。

間もなく、ファヤの町が見えてきた。キアはアブドゥルに、あの町の人口がどのぐらいか訊いた。彼はそういうことを知っているのが珍しくなかった。そして、案の定、知っていた。「一万二千ほどだ」彼は答えた。「この国の北部の主要な町だ」

町というより大きな村のようだった。たくさんの木々と灌漑《かんがい》を施された多くの畑が見えた。大規模に農業をつづけられるほど地下水が豊かなのだ。バスは飛行場の横を通り過ぎたが、飛行機の姿も、活動している人や車の姿もなかった。

アブドゥルが言った。「六百マイル移動するのに十七日かかっている。一日にたった三十五マイルだ。覚悟はしていたが、それ以上に遅いな」

バスは町の中心部の大きな家の前で止まった。乗客は中庭へ案内され、ここで食事と睡眠をとるのだと告げられた。陽は低くなりつつあり、多くの陰ができはじめていた。何人かの若い女性が現われ、冷たい飲み水を配り出した。

ハキムと二人の護衛はバスで出かけていった。たぶんファン・ベルトを買いに行ったのだろうけど、とキアは推測した。予備も忘れないでほしいわね。これまでの経験から、彼らがバスを停めるのは安全なところに限られていて、タレクかハムザのどちらかが一晩じゅうバスにとどまることがわかっていた。でも、とキアは不思議だった。あんなおんぼろバスを盗もうとする者なんて、当たり前だけど、いないんじゃないの？　でも、彼らには貴重なんだ。まあ、朝になって姿を現わし、旅をつづけられるのなら、どうでもいいことだけど。

アブドゥルもその家を出ていった。きっとバーかカフェへ行くんだ、とキアは推測した。ハキムと護衛から目を離さないために。

中庭の隅に衝立《ついたて》が立てられ、その奥に手押しポンプ式のシャワーがあったから、男たちはそこで身体を洗うことができた。キアは水を持ってきてくれた娘の一人に、女性陣とナジについては家のなかで身体を洗わせてもらえないだろうかと頼んだ。娘は一旦《いったん》なかに引っ込み、入口へ戻ってきてうなずいた。キアは自分以外に二人しかいない女性のエスマとブシュラを手招きし、家のなかに入った。

地下水はとても冷たかったが、それがありがたかった。さらにありがたいことに、この家の姿の見えない主《あるじ》――あるいは、キアの推測では、おそらく彼の第一夫人――が、気前よく石鹼とタオルを使わせてくれた。キアは下着とナジの服も洗い、気持ちよくなって中庭へ戻った。

暗くなり、松明《たいまつ》がともされた。昼に水を持ってきてくれた娘たちが、今度はクスクスを添えたマトンのシチューを運んできた。たぶん朝になったらハキムがこの料金も徴収するのだろうが、キアはその思いをとりあえず頭から閉め出した。とどめておいたら、食事の楽しみが台無しになる。ナジに塩味のソースにつけたクスクスと野菜をすり潰《つぶ》したものを食べさせてやった。ナジはそれを貪《むさぼ》った。キアも同じだった。

アブドゥルが松明が消えるころに戻ってきて、キアから二ヤードほど間隔を置いて腰を下ろすと、壁に背中を預けた。キアはナジと一緒に横になった。息子はすぐに眠りに落ちた。明日になれば、とキアは思った。またフランスが近くなる。そして、わたしたちはいまも生きている。そんなことを思っていると、眠りがやってきた。

17

ポーリーンは言った。「チャドで起こっていることを懸念しているのはわたしだけなの？」答える者はもちろんいなかった。「すべての兆候が、事態はエスカレートすると言ってるじゃないの」そして、つづけた。「スーダンはいま、友好国のエジプトに軍の派遣を要請して、チャドの武力攻撃に対抗しようとしているのよ」

これは国家安全保障会議《NSC》の正式な会合で、国家安全保障問題担当顧問、国務長官、大統領首席補佐官をはじめとする枢要なメンバーと、その補助員が出席していた。今朝の七時にポーリーンによって招集された会議だった。全員が集合しているキャビネット・ルームは天井が高く、大きな弧を描く四つの窓からはウェスト・コロネードを望むことができた。マホガニーの楕円《だえん》テーブルの周りには革張りの椅子が二十脚並び、その下に金の星をちりばめた赤い絨毯《じゅうたん》が敷かれていた。左右の縦長の壁際に、補助員用のもう少し小さな椅子が置かれていた。突き当たりは暖炉になっていたが、使われたことは一度もなかった。窓は開いていて、十五番通りを走る車の音と、遠くの木々を揺らす柔らかな風の音がかすかに聞こえていた。

チェスター・ジャクソン国務長官が言った。「エジプト政府はその要請にまだ同意していない。あのダム建設に関して、スーダン政府が自分たちを支持してくれなかったことを不愉快に思っているんだ」

「でも、いずれ同意するでしょう」ポーリーンは言った。「ダムをめぐる諍いなんて小さなことだもの。スーダンは侵攻されたと主張しているわ。彼らの説明では、自分たちが負けたのはチャド軍が国境を越えて不意打ちを仕掛けたからなの。もちろん、事実ではないけど、そうだとしても、それは問題にならないわ」

ガス・ブレイク国家安全保障問題担当顧問が言った。「大統領の言うとおりだ、チェス。昨日、ハルツームでは、愛国主義者を名乗る者たちが反チャドのデモを行なっている」

「たぶん、政府が組織したデモだな」

「そのとおりだ。だが、それで彼らがどこへ向かおうとしているかがわかる」

「そうだな」チェスが応えた。「きみの言うとおりだ」

ポーリーンは言った。「そして、チャドはフランスに、駐留軍を二倍にしてほしいと要請しているわ。フランスは拒否するはずだなんて言わないでね。フランスはザ・サヘルにおける、チャドをはじめとする友好国の領土を保全する義務を負っているんだから。それに、チャドの地下には数十億バレルの石油があって、その大半がフランスの石油会社〈トタル〉のものなの。フランスはエジプトとのいざこざを望まないし、チャドへ、さらなる軍隊を送ることも望まないかもしれないけど、そうせざるを得ないという結論に達するはずよ」

チェスが言った。「きみの言うエスカレーションが何を意味するかがわかったよ」

「そう遠くない将来、フランス軍とエジプト軍がチャド - スーダン国境で鼻を突き合わせ、挑発合戦を始めるんじゃないかしら」

「そうだな」

「それだけではすまない可能性があるわ。スーダンとエジプトは中国に援軍を求めるかもしれない。中国はアフリカに足がかりを作ろうと必死だもの。そうなったら、フランスとチャドはアメリカに助けを求めるはずよ。フランスはNATOの同盟国で、われわれはすでにチャドに軍を駐留させている。したがって、戦いを傍観しているのは難しいでしょう」

「そんなところまで行くかな?」チェスが疑問を呈した。

「でも、絶対にあり得ないかしら?」

「いや、ないとは言えない」

「その点では、わたしたちは超大国同士の戦争の瀬戸際にいるのよ」

一瞬、部屋が静かになった。

ポーリーンの頭に、マンチキンの国の記憶がいきなりよみがえった。あれは目が覚めているのに消えてくれない悪夢のようだった。居住区画の寝台の列、五百万ガロンの水を貯槽するタンク、電話とスクリーンがずらりと並んだシチュエーション・ルーム。ある日気がついてみると、人類を救える唯一の人物として、自分があの地下の隠れ家《が》にいるのではないかという思いに、ポーリーンはたびたび悩まされていた。そして、もしその黙示録的破滅が起これば、それは彼女のせいになるはずだった。何しろアメリカ大統領であり、責められるべき人物はほかにだれもいなかった。

それに、その恐ろしい義務をジェイムズ・ムーアに担《にな》わせるわけには絶対にいかなかった。彼は普段でも常に好戦的で、彼の支持者はそういうところを気に入っていた。アメリカに立ち向かえる者はいないと、本心かどうかはわからないが豪語していた。ヴェトナム、キューバ、ニカラグアはなかったことにして。常に強気で話し、支持者を大船に乗った気にさせた。だが、暴力的な言葉は世界での暴力的な行動を誘発する。学校の校庭で起こっていることと同じだ。馬鹿はただの馬鹿だが、馬鹿がホワイトハウスの主になれば、その馬鹿は世界で最も危険な馬鹿になる。

ポーリーンは言った。「手に負えなくなる前に状況を落ち着かせられないか、やってみましょう」そして、首席補佐官を見た。「ジャクリーン、フランス大統領と電話で話せるよう手配してちょうだい。時間は向こうの都合に合わせるけど、何があろうと今日じゅうでないと駄目よ」

「了解、大統領」

「エジプトの大統領とも話さなくてはならないけど、その前に根回しをする必要があるわね。チェス、ここのサウディアラビア大使と話をしてちょうだい――ファイサル皇子だったかしら？」

「そう、ファイサル皇子は何人もいるが、そのうちの一人だ」

「わたしの話を聞いてくれるようエジプト政府を説得してもらいたいと、彼に頼んでちょうだい。サウディアラビアはエジプトの友好国だから、何らかの影響力はあるはずよ」

「了解、大統領」

「当事者全員の怒りが頂点に達して暴発する前に、わたしたちで何とかそれを阻止《そし》できるかもしれないわ」ポーリーンは立ち上がり、全員がそれにつづいた。「レジデンスまで歩きましょうか」彼女はガスに言った。

国家安全保障問題担当顧問は大統領のあとから部屋を出た。

ポーリーンと二人でウェスト・コロネードを歩きながら、ガスが言った。「いいかね、危険の程度を正しく認識しているのは、あの部屋にいた者のなかではきみだけだ。

ほかの連中は全員、いまだに局地的で小さな小競り合いぐらいにしか見ていない」

ポーリーンはうなずいた。ガスの言うとおりだった。それが彼女が大統領である所以《ゆえん》だった。「難民キャンプでの戦闘目撃報告を送ってくれて感謝しているわ。まるでわたし自身が現場にいるみたいだった」彼女は言った。

「よくできていただろ？」

「わたし、あの報告書を作った女性を知っているの。タマラ・レヴィットはシカゴ出身で、わたしが議会に出るときの選挙をヴォランティアで手伝ってくれたのよ」ポーリーンは記憶を掘り起こした。「黒髪の女性で、きちんとした服装で、とても魅力的だった。男の子はみんな彼女の虜《とりこ》になったわ。それに、優秀でもあった――だから、リーダーに抜擢《ばってき》したの」

「いまはンジャメナのＣＩＡ支局に工作員として配属されている」

「それに、簡単に怖がるような子でもなかった。報告書にはそのままは書いてなかったけど、どうやらスーダン軍の砲弾が炸裂するなか、彼女は意識不明の上司を肩に担いで助け出そうとしていたようね」

「私ならアフガンへ行かせたかもしれないな」

「あとで、彼女に電話しておくわ」

レジデンスに着くと、ポーリーンはガスと別れ、家族階へと小走りに階段を上がった。ジェリーはダイニングルームにいて、スクランブルエッグを食べながら、〈ワシントン・ポスト〉を読んでいた。ポーリーンは彼の隣りに腰を下ろしてナプキンを広げると、ブレイン・オムレツを作ってくれるよう料理人に頼んだ。

ピッパがやってきた。眠たそうだったが、ポーリーンは何も言わなかった。ティーンエージャーは成長がとても速いからたっぷり眠る必要があり、だらしがないわけではまったくないのだと、最近どこかで読んだからだった。ピッパはサイズの大きすぎるフランネルのシャツを着てダメージ・ジーンズを穿いていた。フォギー・ボトム・デイ・スクールに制服はなかったが、生徒はそれなりにきちんとした服装をすることを期待されていた。ピッパは明らかに境界線上にいたが、ポーリーンは自分が彼女の年頃だったときのことを考え、常に規則を破らずに教師の機嫌を損ねられる服装をしようとしていたことを思い出した。

ピッパがシリアルをボウルに入れてミルクをかけた。ブルーベリーを混ぜてビタミンをとることを薦《すす》めようかと考えたが、それも黙っているほうがいいと思い直した。ピッパの食生活は理想的とは言えないが、いずれにせよ、免疫システムは完璧に機能しているようだった。

ポーリーンはきっかけを作ろうとした。「学校はどう、マイ・ダーリン？」

ピッパが無愛想に応えた。「マリファナはやってないから、心配しないで」

「そう、それはよかったわ。でも、授業のほうはどうなの？」

「どれも同じでろくでもないわ、違うのは曜日だけよ」

ポーリーンは思った――わたしはこんな返事をされて当然なのかしら？

彼女は言った。「あと三年で大学への入学申し込みをしなくちゃならないわけだけど、志望校や志望学科はあるの？」

「大学へ行くかどうかわからない。あんまり意味があるように思えない」

ポーリーンは仰天したが、すぐに気を取り直して言った。「自分のために勉強するということもあるけど、それ以外に、自分に可能な人生の選択肢を広げるという意味があるんじゃないかしら。高卒の資格だけが頼りの十八歳のあなたにどんな仕事があるのか、わたしには想像できないわね」

「詩人になるかもしれない。詩は好きだから」

「だったら、大学で詩を勉強すればいいじゃない」

「そうね、でも、〝一般教養〟というのがあって、それは化学とか地理とか、そういうくだらないものを勉強しなくちゃならないってことでしょう」

「好きな詩人はいるの？」

「現代詩が好きよ、実験的なのがね。韻《いん》と韻律とか、ああいう決まりは全部、わたしにはどうでもいいの」

ポーリーンは思った——なぜ驚かないの？

十八歳の実験詩人になったとして、どうやって生活していくつもりなのかと訊きたかったが、今度も自制した。事実、その理由は明白すぎるぐらい明白だった。ピッパ自身にそのことに気づかせなくては意味がない、である。

オムレツが運ばれ、ポーリーンはそれを口実に、会話を打ち切ってフォークを手に取った。ほっとしている自分がいた。そのあとすぐにピッパが食事を終えてバッグを手にすると、こう言い残して姿を消した。「じゃあね」

ポーリーンはピッパの態度についてジェリーが何か言うのを待ったが、彼は沈黙を保ったままビジネス欄をめくっていた。お互いの気持ちが同じだった時代がかつてはあったが、最近ではそういうことは多くなかった。

子供を二人持つことは常に話し合っていた。ジェリーはとても欲しがっていた。しかし、ピッパが生まれてからは、二人目についてあまり熱心でなくなった。そのころにはポーリーンは国会議員になっていて、ジェリーは子育てを分かち合うことが面白くくないようだった。そのときにはポーリーンは三十代後半になっていたが、そうだとしても、努力はした。そして妊娠した。だが、流産してしまい、それ以降はジェリーにその気がなくなった。きみの身体が心配なんだ、とジェリーは言った。しかしポーリーンには、どっちが赤ん坊を医者に連れていくかでもう口論をしたくないのが本当の理由ではないかと思われた。子供はもう作らないというジェリーの判断はポーリーンをひどく落胆させたが、彼女は抵抗しなかった。親の一方が望まない子を持つのは間違いだった。

気がつくと、ジェリーがドレス・シャツを着てサスペンダーをつけているところだった。「今日のあなたの予定は？」ポーリーンは訊いた。

「重役会だ。面倒なことは何もないよ。きみは？」

「北アフリカでの戦争勃発《ぼっぱつ》を何としても阻止しなくてはならないけど、面倒なことは何もないわ」

ジェリーが笑い、ポーリーンは一瞬、彼がまた近くなったような気がした。彼が新聞を畳んで立ち上がった。「ネクタイをしたほうがいいな」

「重役会を愉しんでね」

ジェリーがポーリーンの額にキスをした。「北アフリカの幸運を祈っているよ」そして、出ていった。

ポーリーンはウェスト・ウィングへ戻ったが、オーヴァル・オフィスではなく、広報担当のオフィスへ向かった。十数人――大半がとても若かった――が、ワークステーションで何かを読んだり、キイボードを叩いたりしていた。四方の壁にテレビ・スクリーンがあり、そのすべてがそれぞれに異なるニュースを映し出していた。朝刊がいたるところに散らばっていた。

サンディップ・チャクラボーティの机は部屋の真ん中にあった。彼は専用オフィスよりそれを好んでいて、何であれ中心にいるのをよしとしていた。ポーリーンが入っていくと、すぐに立ち上がった。トレードマークのスーツにスニーカーという格好だった。

「チャドの問題だけど」ポーリーンは言った。「だれかが何か言ってる？」

「数分前までは、静かなもので、だれも何も言っていませんでした」サンディップが答えた。「ですが、大統領、ついさっき、ジェイムズ・ムーアがＮＢＣでこう言っています――大統領はアメリカ軍を派遣するべきではないし、介入するべきでもない、と」

「わたしたちはすでに二千人の対テロ部隊をあそこに駐留させているじゃない」

「しかし、ムーアはそういうことは知らないんです」

「ともかく、段階は一から十までのどのあたり？」

「たったいま、一から二に上がりました」

ポーリーンはうなずいた。「チェスター・ジャクソンと話して」彼女は言った。「われわれがすでにチャドをはじめとする、ＩＳＧＳと戦っている国々に部隊を派遣していることを指摘する、短い声明を出すことに同意してもらってちょうだい」

「ムーアの無知をほのめかしますか？〝ミスター・ムーアは認識しておられないようだが……〟とか、そういう類いですが？」

ポーリーンは束の間考えた。政治的にそういう姑息《こそく》なやり方で敵をやり込めようとするのはあまり好きではなかった。「やめておきましょう、チェスにはそんな小賢《こざか》しい小細工はしてほしくないもの。事実を淡々と、辛抱強く、優しく説明する、品格のある声明になるようにしてちょうだい」

「わかりました」

「ありがとう、サンディップ」

ポーリーンはオーヴァル・オフィスへ戻った。

まず財務長官と会い、そのあと、ノルウェー首相の訪問を受けて一時間相手をし、さらにそのあと、農業団体の代表と面会した。昼食は書斎《スタディ》で盆に載せて運ばれたもの——サラダを添えたコールド・ポーチト・サーモン——ですませることにし、それを食べながら、カリフォルニアの水不足の報告メモに目を通した。

次の仕事はフランス大統領への電話だった。チェスがオーヴァル・オフィスへきて腰を下ろし、イヤフォンを着けた。ガスをはじめとする数人は遠隔操作でその電話を聴くことになっていた。アメリカ側、フランス側、ともに通訳が控えていたが、それは万一必要な場合に備えてであって、ポーリーンもペレティエール大統領も、通常は彼らなしの直接会話で事足りるはずだった。

普段のジョルジュ・ペレティエールは相手を緊張させることのない穏やかな態度だったが、一旦ことが起こるや、何がフランスの利益になるかを自問自答し、容赦なくその結論を実行に移した。だから、ポーリーンの意志が通るかどうか、保証はなかった。

ポーリーンはフランス語で会話を開始した。「こんにちは《ボンジュール》、大統領《ムッシュ・プレジダン》。お元気ですか《コマン・サ・ヴァ》、友よ《モ・ナミ》？」

フランス大統領は教育を受けた人間の完璧な口語体英語で応えた。「大統領《マダム・プレジデント》、敢えてフランス語でご挨拶いただいて本当にありがとうございます《イッツ・ヴェリー・カインド・オヴ・ユー・トゥ・プリテンド・トゥ・スピーク・フレンチ》。われわれがどれほどそれを評価しているかはご存じと思いますが《ユー・ノウ・ハウ・マッチ・ウィ・アプリシエイト・イット》、結局のところ《イン・ジ・エンド》、双方が英語で話せば、そのほうが楽でしょう《イッツ・イージアー・イフ・ウィ・ボス・スピーク・イングリッシュ》」

ポーリーンは笑った。ペレティエールは自分が得点を挙げようとしているときでさえ魅力的になることができるんだ。彼女は言った。「言語が何であれ、あなたとお話しできるのはいつも歓びです」

「それは私も同じですよ」

ポーリーンはエリゼー宮にいる彼を思い浮かべた。まるでそこで生まれたかのように、磨き上げられたサロン・ドールで大きな大統領執務机に向かっている、カシミアのスーツ姿の上品な姿を。ポーリーンは言った。「ここワシントンは午後の一時ですから、パリは夕方の七時ですよね。シャンパンを召し上がっているのではありませんか？」

「もちろんです、今日の最初の一杯ですよ」

「では、乾杯《サリュー》」

「乾杯《チアーズ》」

「実はチャドのことでお電話しているのです」

「そうだろうと思っていました」

ポーリーンが状況をすべて説明する必要はなかった。しっかりと報告を受けているのがジョルジュの常だった。彼女は言った。「あなたの軍とわたしの軍はチャドで協力して任務にあたり、ISGSと戦っています。ですが、わたしたちはスーダンとのいざこざに関わるべきでないのではないでしょうか」

「同感です」

「もしチャド軍とスーダン軍が国境を挟んで対峙《たいじ》することになれば、早晩、愚か者が発砲するでしょう。そうなると、最後には、わたしたちは望まない戦闘に巻き込まれることになるのではないでしょうか」

「そのとおりですね」

「国境に沿って幅二十キロメートルの非武装地帯を設けたらどうかと考えているのですが」

「素晴らしい考えです」

「わたしたちの側が軍を国境から十キロメートル離しておけば、エジプトとスーダンも同じようにすることに同意するはずです」

間があった。ジョルジュはもとより簡単に丸め込める相手ではなかった。いまは感情を入れずに冷静に計算をしているところだろうと思われ、それはポーリーンが予想していたことでもあった。「聞いた限りでは、いい考えのようですね」

ポーリーンは覚悟した――そのあとに、〝しかし〟がつづくのではないか。

だが、それは杞憂《きゆう》だった。「軍に伝えましょう」ジョルジュが言った。

「きっと軍も賛成してくれるはずです」ポーリーンは言った。「彼らだって無用の戦争は欲しないでしょう」

「そうであってくれるといいんですが」

「それから、もう一つ」ポーリーンは言った。

「何でしょう？」

「わたしたちが先にやらなくてはなりません」

「エジプト政府がわれわれと同じことをするのに同意する前に、われわれが先に軍をを引くということですか?」

「たぶん彼らは原則としては同意すると思いますが、われわれが本当にそうするのを見るまでは実行しないのではないでしょうか」

「それは問題ですね」

「ですが、現状、あなたの軍は国境の近くにいません。ですから、非武装地帯を見守るつもりであると発表するだけでいいはずです——これは他意がないことの具体的な形であり、相手側が同じ形で返してくれることを強く希望するものであると付け加えて。そうすれば、あなたは思慮深い調停者に見えるはずです。もちろん、実際にそうですけど。そして、状況を観察すればいいのです。それで、もし相手側が同意を実行しなければ、あなたはいつでも好きなときに軍を国境へ動かせるわけです」

「親愛なるポーリーン、実に説得力のある意見です」

「せっかくのあなたの夕刻を損ねるのはとても気が引けるのですが、ジョルジュ、いますぐ軍と話していただけませんか? できれば、ディナーの前に?」大胆な要求だったが、ポーリーンは先送りが大嫌いだった。一時間は一日になり、一日は一週間になって、どんないい考えも、そのあいだに窒息死してしまうことが往々にしてある。

「この作戦を進めていいと、今夜、おやすみになる前にあなたの許可をいただければ、わたしのほうでエジプト政府との交渉に入ります。明日の朝、お目覚めになったときには、世界はいまより安全になっているかもしれませんよ」

フランス大統領が笑った。「私はあなたのことが好きだな、ポーリーン。実に大した人だ。大胆と言うか、厚かましいと言うか」

「褒め言葉だと受け取らせてもらいます」

「褒め言葉ですよ。では、今夜早い時間に連絡しましょう」

「本当にありがとうございます、ジョルジュ」

「どういたしまして」

双方が受話器を置いた。

チェスが口を開いた。「言わせてもらいたい大事なことがある。きみは本当にすごいな。信じられないぐらい優秀だ」

「うまくいくといいんだけど」ポーリーンは言った。

ポーリーンはエジプト大統領とも同様の会話をした。ジョルジュが相手のときほど友好的ではなかったが、結果は同じだった。明確な同意なしの好意的な返事、である。

今日の夕方、ポーリーンは〈外交官の夕べ〉でスピーチをしなくてはならなかった。大使委員会主催の、識字のための慈善基金を募るダンス・パーティである。海外で事業を展開している大企業が、重要な外交使節と接触するためにテーブルを買っていた。

服装規定はブラック・タイ着用だった。ポーリーンがあらかじめ選び、レジデンスのスタッフが準備してくれた服装は、ナイル・グリーンのドレス、ダークグリーンのヴェルヴェットのショール、エメラルドの涙滴形のペンダントに同色のイヤリングだった。ポーリーンがそれを身に着けるあいだに、ジェリーはシャツの袖《そで》をカフスで留めていた。

そのパーティでの会話の大半はどうということもないものになるはずだったが、招待客のなかには力のある人物が何人かいて、ポーリーンはチャドとスーダンについての計画を前に進めるつもりでいた。経験でわかっていたが、本当の決断は会議テーブルを囲んでの正式な話し合いでなされるのと同じぐらい、こういう催しごとのときになされていた。リラックスした雰囲気、アルコール、セクシーな衣装、おいしい料理、それらのすべてが気を許させ、いちいち疑義を呈する気をなくさせるのだった。

ディナーの前のカクテルの時間にできるだけ多くの人とお喋りをし、そのあとスピーチをして、すぐに引き上げるつもりでいた。見知らぬ者との食事で時間を無駄にしないという原則を譲るつもりはなかった。

出かけようとしていると、サンディップがやってきた。「パーティに行かれる前にお知らせしたほうがいいと思ったので」彼は言った。「ジェイムズ・ムーアがチャドに関してまた発言しました」

ポーリーンはため息をついた。「彼はわたしの足を引っ張るのが生き甲斐《がい》なんじゃないの？」

「いずれにせよ、アメリカはすでにチャドに軍を駐留させているという、われわれの側が出した声明に反応しているんじゃないでしょうか。彼はその軍を撤退させるべきだと言っています。アメリカと無関係な戦争に巻き込まれないことを確かなものにするために、です」

「それは、われわれはISGSとの面倒な戦いの一翼をこれ以上は担わないということ？」

「そういうことになるかもしれませんが、ISGSのことは一言も言っていません」

「わかったわ、サンディップ、教えてくれてありがとう」

「どういたしまして、大統領」

ポーリーンはドアに乗り込んだ。窓が厚さ一インチの防弾仕様になっている、背の高い黒塗りの車に乗り込んだ。前にまったく同じ仕様の車が止まっていたが、乗っているのは護衛を担当しているシークレットサーヴィスだった。後ろにも同様の車が、ホワイトハウスのスタッフを乗せて待機していた。車列が動き出し、ポーリーンは苛立ちを抑えようとした。わたしが和平計画を急いで推し進めようとしているときに、ムーアときたらわたしが無思慮にも新たな外国での戦争にこの国を巻き込もうとしているかのような印象を国民に与えている。ことわざがあった――〝真実が靴を履こうとしているあいだに、嘘《うそ》は世界を半周する〟。自分の苦労がムーアのような大口叩きにいとも簡単に土台から崩される可能性があることを思うと、ポーリーンは憤懣《ふんまん》やるかたなかった。

すべての交差点にオートバイ警官がいて交通を規制していたから、ジョージタウンまでは何分もかからなかった。

ホテルの前に着くと、ポーリーンはジェリーに言った。「あなたさえよければ、いつもどおり、なかに入ったらすぐに別々に動きましょうね」

「もちろんだよ」ジェリーが応えた。「そのほうが、きみと話せなくてがっかりしている人も、ぼくと話すことで残念賞をもらえるからね」ジェリーは笑顔でそう言ったが、本心は違っているような気がポーリーンはした。

ホテルの支配人が正面入口で彼女を迎え、地下階へ案内した。その前後をシークレットサーヴィスが固めていた。大広間《ボールルーム》から会話の声が賑《にぎ》やかに聞こえていた。がっちりした体格の男性が目に留まり、ポーリーンは嬉しくなった。階段の下でガスが待ってくれていた。タキシード姿は圧倒的にハンサムだった。「念のために教えておくが」彼が言った。「ジェイムズ・ムーアがきているぞ」

「ありがとう」ポーリーンは応えた。「心配しないで、出くわしたらうまくやるから。

ファイサル皇子はどうだった？」

「彼もここにきている」

「チャンスがあったら引き合わせて」

「任せてくれ」

ポーリーンはボールルームに入り、勧められたシャンパンは断わった。雰囲気は特に熱気があるわけでもなく、カナッペは二流品で、ワイン・ボトルが何本も空になっていた。慈善団体の一つの会長が歓迎してくれた。富豪の妻で、ターコイズ・ブルーのシルクのシース・ドレスをまとい、あり得ないほど踵《かかと》の高いハイヒールを履いていた。そのあとは会場を回遊しつづけ、識字について気の利いた質問をし、返ってきた答えに興味を示した。このパーティのメイン・スポンサーである大製紙会社のＣＥＯを紹介され、事業の状況を訪ねた。ボスニアの大使につかまってなかなか解放してもらえず、不発のまま地面に埋もれている地雷の処理の手助けを懇願された。八万発残っているとのことだった。同情はしたが、その地雷を埋めたのはアメリカではなかったから、それを取り除くのにアメリカ国民の税金を使うつもりはなかった。ゆえなく共和党員になったわけではなかった。

だれに対しても愛想よくし、興味を示そうとし、やるべきこととの優先順位を護ろうとどんなに苛立っているかを何とか押し隠した。

フランス大使がやってきた。ジゼル・ド・ペリンは六十何歳かの痩せた女性で、今夜は黒の装いだった。パリからどんなニュースが届けられるのだろう？　ペレティエール大統領は自軍の同意を取りつけられるだろうか？　それとも……

マダム・ペリンが握手をして言った。「大統領、一時間前にムッシュ・ペレティエールと話して、これをあなたに渡すよう頼まれました」そして、畳んだ紙をクラッチバッグから取り出した。「きっと喜んでもらえるはずだとのことです」

ポーリーンは勢い込んで紙を開いた。それはエリゼー宮のプレス・リリースで、一段落分が蛍光マーカーで強調され、英語に翻訳されていた。〝フランス政府はチャド・スーダン国境の緊張を懸念し、至急千名からなる部隊をチャドに増派し、現地の任務を支援するつもりである。少なくとも当面は、フランス軍は国境から最低でも十キロメートルの位置にとどまり、スーダン側が同様の措置を講じてくれることを期待するものである。そうなれば、国境は幅二十キロメートルの非武装地帯ができ、偶発的な挑発の発生を避けることができる〟

ポーリーンは気持ちが軽くなった。「ありがとうございます、大使」彼女は言った。「これは大いに役に立ちます」

「どういたしまして」大使が応えた。「フランスはアメリカの友好国を援助することを常に歓びとしています」

嘘だ、とポーリーンは思ったが、笑顔はそのままにしておいた。

そのとき、ミルトン・ラピエールの姿が目に入り、ポーリーンはそのほうへ気を取られた。まずい、いまのわたしにこれは必要ない。彼がここにいるとは予想外だった――だって、理由がない。彼は辞任し、わたしはすでに次の副大統領を指名して、いま上下両院で認可手続きの最中なのだ。でも、彼と十六歳のリタ・クロスとの関係はまだメディアに現われていないし、まったく何でもない振りをしつづけようとしているのだろう。

ミルトは様子があまりよくなかった。ウィスキーのグラスを手にしていたが、もうずいぶん飲んでいるようだった。タキシードは高級なものだが、カマーバンドはずり落ちかけていて、ボウ・タイも緩んでいた。

護衛がもう少しポーリーンの近くに寄った。

当惑するようなことに出くわしても冷静さを保つことを、ポーリーンはキャリアの初期に学んでいた。「こんばんは、ミルト」彼女は言い、彼がロビー活動をする事務所の重役になっていることを思い出した。「〈ライリー・ホブクラフト・パートナーズ〉の重役に就任したんですってね、おめでとう」

「ありがとう、大統領。きみは私の人生を壊すために最善を尽くしたが、まだ完全に成功したわけではないからな」

ポーリーンは彼の憎しみの強さに驚いた。「あなたの人生を壊す、ですって?」友好的な笑顔になってくれていることを願いながら、彼女は言った。「あなたやわたしより優秀だけど職を失い、それを乗り越えた人は大勢いるわよ」

ミルトが声をひそめた。「彼女は私を捨てたよ」

気の毒に、とはポーリーンは思えなかった。「それが最善よ」彼女は言った。「彼女にとっても、あなたにとってもね」

「何も知らないくせに」ミルトが歯を食いしばるようにして吐き捨てた。

ガスがやってきて、ポーリーンとミルトのあいだに仲裁の腕を入れた。「こちらがファイサル皇子殿下だ」ガスはポーリーンの腕を軽く取って振り返らせ、ミルトに背を向けさせた。護衛の一人がこう言ってミルトの気を逸《そ》らす声が聞こえた。「またお目にかかれて何よりです、副大統領、お元気ですか?」

ポーリーンはファイサルに微笑した。中年で、黒い鬚《ひげ》に白いものが増えた、油断のならない顔の人物だった。「こんばんは、ファイサル皇子」彼女は言った。「エジプト大統領と話したんですけど、何も約束してもらえないようです」

「われわれに対してもそれは同じです。わが外務大臣はチャド‐スーダン国境を非武装地帯にするという案を気に入り、すぐにカイロに電話をしたのですが、エジプト政府は〃考えてみる〃としか言いませんでした」

ポーリーンはフランス政府のプレス・リリースをまだ手にしていたから、それを差し出して言った。「これを見てください」

ファイサルが急いでそれを読んで言った。「これで状況が変わるかもしれない」

ポーリーンはふたたび気持ちが明るくなりはじめた。「これをあなたのお友だちのエジプト大使に見てもらったらどうでしょう」

「まさに私もそう考えていたところです」

「是非、お願いします」

ガスがポーリーンの腕を取り、演壇のほうへ誘《いざな》った。そろそろスピーチの時間だった。撮影許可を得ているテレビ局のクルーがいた。識字に関する原稿が彼女のために、聴衆は見ることができないスクリーンに現われることになっていた。しかし、彼女は原稿を離れて、あるいは少なくともそれに付け加えて、チャドのことに多少の言及をしようと考えはじめていた。その前に、単なる希望ではなく、根拠のしっかりした報告すべきいい知らせが入ってきてくれるといいのだが。

そこにいる者たちと短い会話を交わしていると、何人かのシークレットサーヴィスが混雑を掻き分けて彼女のほうへ向かってきた。演壇へ上がる短い階段に着く直前、ジェイムズ・ムーアが声をかけてきた。

ポーリーンは丁重に、しかし、無表情で応えた。「こんばんは、ジェイムズ。あなたがチャドに関心を持ってくれるなんて、本当に嬉しい驚きだわ、ありがとう」慇懃《いんぎん》無礼寸前だと自分でもわかるほどだった。

ムーアが言った。「予断を許さない状況だからな」

「そのとおりよ、そして、わたしたちが何としても避けなくてはならないのは、アメリカ軍部隊が巻き込まれることよ」

「それなら、彼らを撤収帰還させるべきだ」

ポーリーンは薄く笑みを浮かべた。「もっと上策があるんじゃないかしら」

ムーアが怪訝《けげん》な顔になった。「上策?」

彼はいくつかの選択肢を面白がり、賛否の両方を考量するだけの頭脳を持っていなかった。できるのは、戦闘的な何かを考え、それを口に出すことだけだった。

しかし、ポーリーンは彼の提案に対抗すべき別の案を持たず、あるのは一つの希望だけだった。「いずれわかるわ」彼女は自分で感じている以上の自信を込めて言い、その場を離れた。演壇への階段にたどり着いたとき、今度はラティーフ・サラーと出くわした。このエジプト大使は明るい目と黒い髭《ひげ》の小男で、背丈はポーリーンとほとんど変わらなかった。タキシードを着ている姿は、よくさえずる黒い鳥を思わせた。

ポーリーンは彼のエネルギッシュなところが好きだった。「ファイサルにフランス政府のプレス・リリースを見せてもらいました」彼が前口上抜きで言った。「これは重要な一歩です」

「わたしもそう考えます」ポーリーンは言った。

「いま、カイロはずいぶん遅い時間ですが、外務大臣はまだ起きていて、私は数分前に彼と話しました」喜ばしそうな顔だった。

「凄《すご》い！　それで、外務大臣は何と？」

「われわれは非武装地帯に賛成します。もうフランス政府からの確認を待っているだけです」

ポーリーンは飛び上がりたい気持ちを隠した。ラティーフにキスしたかった。「それは素晴らしいニュースです、大使。早々と教えてくださってありがとうございます。もしよろしければ、いまの話をわたしのスピーチに加えてもかまいませんか？」

「わが政府も喜ぶと思います、ありがとうございます、大統領」

ターコイズ・ブルーのシルクのドレスの富豪の妻と目が合った。ポーリーンは彼女にうなずき、準備はできていることを知らせた。彼女が短い歓迎のスピーチをしたあと、ポーリーンを紹介した。聴衆の拍手のなか、ポーリーンは書見台へ移動した。そして、プリントアウトした原稿をクラッチバッグから出して取り出して開いた。それが必要だからではなく、あとで、芝居がかったことをしなくてはならなくなったときの小道具だった。

識字に関する慈善事業がなしえた業績を称え、連邦政府にもなすべき仕事が残っていると認めるスピーチをしながらも、頭の奥にあるのはチャドのことだった。自分が何をなしたかを大声で明らかにし、大使たちが果たしてくれた役割に感謝し、ジェイムズ・ムーアを悪意を見せないようにして貶《おとし》めたかった。そのための原稿を作るには一時間はかかるはずだったが、これは逃すにはあまりに惜しい絶好の機会であり、原稿なしの即興でやることに決めた。

識字に関して必要なことはすべて述べ、外交官についても話をした。その時点で、これ見よがしに原稿をかざし、それを脇《わき》へ退《ど》かして、もう必要ないことを明らかにした。そして、身を乗り出し、声を小さくして、より親密な口調で話しかけた。会場が静かになった。「これから、重要なことをお話ししようと思います。命を救うことになる合意についてです。それは今日、ワシントンの外交部隊によってなし遂げられました。実は、その何人かがここにきています。チャド‐スーダン国境が緊張状態にあることは、みなさんもニュースでご存じだと思います。すでに命が失われていることも、その緊張がエスカレートすれば他国軍隊がその争いに引きずり込まれる危険があることも、ご承知でしょう。ですが、今日、われわれの友人であるフランスとエジプトが、サウディアラビアとホワイトハウスからの願いを聞き入れてくれ、国境に沿って幅二十キロメートルの非武装地帯を構築することに同意してくれました。緊張を緩和し、さらなる人的被害を出す危険を減少させる第一歩です」

彼女は聴衆がいまの話を頭のなかで消化するのを待ってからつづけた。「これがわたしたちの世界を平和にするやり方で」そして、ささやかな冗談を言ってみた。「外交官が静かにそれを実行するのです」小さな、しかし、好意的な笑いが起こった。「われわれの武器は事前の深慮と誠実さです。締めくくりに当たって、素晴らしい識字慈善事業に感謝するとともに、ワシントンの外交官、命を救う静かな交渉人に感謝していただければありがたく思います。彼らに満場の拍手をお願いします」

盛大な歓声が沸き上がり、ポーリーンの拍手に全員がつづいた。彼女は会場を見渡して大使の一人一人と目を合わせ、ラティーフとジゼルとファイサルには特にうなずいて感謝を示した。そして演壇を降り、人の群れのなかに道を作るシークレットサーヴィスに護られて部屋を出た。拍手喝采はまだつづいていた。

ガスがすぐ後ろにいて、感激の声で言った。「素晴らしかったよ！　きみさえよければ、サンディップに電話して、今夜のことを逐一教えてやろうと思っている。すぐにプレス・リリースを出すべきだ」

「いいわね。是非、お願いするわ」

「会場へ戻らなくてはならないんだ」ガスが恨めしそうにいった。「数少ない特権を持った者だけが、活きがいいとは言えないサーモンを口にするはめにならなくてすむのでね。あとでオーヴァル・オフィスへ寄ろうと思うが、かまわないかな？」

「もちろんよ」

車に戻ると、すでにジェリーがいた。「お見事だった」彼は言った。「うまく行ったじゃないか」

「非武装地帯は明日の一面になるわね」

「そして、ムーアが大口を叩いているだけで、実際に問題を解決しているのはきみだと、みんなが気づくはずだ」

ポーリーンの顔に哀しげな笑みが浮かんだ。「それは望みが過ぎるんじゃないかしら」

ホワイトハウスに戻ると、二人はレジデンスへ直行し、ダイニングルームへ行った。そこではピッパがすでにテーブルに着いていて、二人の服装を見て言った。「わたしのためだけにそんな形式張った服装をしてくれる必要はなかったのに。でも、それが形だけだとしても、評価してあげる」

ポーリーンは笑った。嬉しかった。これがわたしの一番好きなピッパよ。機転が利いてふてくされているピッパではなく、機転が利いて面白いピッパ。三人はロケット・サラダにステーキという食事と、気楽な会話を楽しんだ。そのあと、ピッパは宿題をしに部屋へ戻り、ジェリーはゴルフをテレビで観戦しに行った。ポーリーンはオーヴァル・オフィスの隣りの小さなスタディへコーヒーを持ってきてくれるよう頼んだ。

そこはより私的な空間で、許可なく入ってくる者はいなかった。それからの二時間、ほとんど邪魔が入ることはなく、報告書やメモの山に目を通しつづけることができた。十時半になって、パーティを脱出したガスがやってきた。タキシードからダークブルーのカシミアのセーターにジーンズという服装に変わっていて、リラックスし、ほとんど可愛いと形容してもいいように見えた。ポーリーンはほっとして書類を脇へ退かした。今日の出来事を話し合う相手ができて嬉しかった。「あれから、パーティはどうだったの？」彼女は訊いた。

「オークションは大成功だった」ガスが答えた。「あるワインが一本、二万五千ドルで落札されたよ」

ポーリーンは微笑した。「そんなワイン、だれが飲むの？」

「みんな、きみのスピーチにとても好意的で、あれからずっとその話ばかりだった」

「よかった」ポーリーンは嬉しかったが、あの場にいたのはほとんどが味方だった。彼のあのパーティの招待客で、ジェイムズ・ムーアに投票する者はほとんどいない。彼の支持者はアメリカ社会の別の層に属している。「明日のタブロイド新聞がどう扱ってくれているかしらね」彼女はテレビをつけた。「あと何分かしたら、ニュース番組が各紙の初刷りのレヴューをしてくれるわ」そして、スポーツ・ニュースの音を消した。

ガスが言った。「きみこそ、あのあとはどうだったんだ？」

「よかったわよ。ピッパはいつになく機嫌がよくて素直だったし、わたしは仕事をするための静かな二時間を持てた。でも、消化して理解しなくてはならない情報の多さを考えると、もっと大きな頭脳を持っていないのが残念だわ」

ガスが笑った。「その気持ちはよくわかるよ。私の頭には最新版のランダム《R》・アク《A》セス・メ《M》モリーが必要だ。パソコンなら簡単にアップグレードできるんだがね」

明日の新聞の初刷りの紹介が始まり、ポーリーンは消していた音を元に戻した。〈ニューヨーク・メイル〉の一面が現われた瞬間、ポーリーンはその見出しを見て心臓が止まるかと思った。

〝ピッパ、マリファナを常用か？〟

ポーリーンは思わず声を上げた。「何これ？　嘘でしょう！」

キャスターが言った。「大統領の長女、ピッパ・グリーン、十四歳は、自身が通う名門私立高校の同級生の自宅で催されたパーティでマリファナを吸引し、問題になっています」

ポーリーンは茫然《ぼうぜん》と画面を凝視した。困惑のあまり口が開き、両手を半ば頬《ほお》に当てて、これが現実だとはほとんど信じられなかった。

一面が画面いっぱいに映し出された。ポーリーンとピッパが一緒に写っているカラー写真がそこにあった。ポーリーンが激怒しているように見え、ピッパは古いTシャツを着て、髪が汚れていた。二枚の異なる写真からそれぞれを抜き出し、同じ場所に一緒にいるように加工して、ポーリーンがドラッグ依存の娘を叱《しか》りつけているように見える、元より実在するはずのない合成写真だった。

ショックは怒りに変わった。ポーリーンは立ち上がり、テレビに向かって絶叫した。

「このろくでなしども！　彼女は未成年なのよ！」

ドアが開いて、シークレットサーヴィスが何事かと顔を覗かせた。ガスが何でもないと手を振ると、ドアが閉まった。

画面では、キャスターが次の新聞に移っていたが、それも、そのあとも、全紙例外なくピッパが一面だった。

自分に対する侮辱なら、どんなものであれ受け容れて笑い飛ばすことができる。でも、ピッパへの辱《はずかし》めには耐えられない。ポーリーンはだれかを殺したいほど腹が立った。記者、編集者、経営者、そして、こういうごみのような記事を読む脳味噌《のうみそ》が腐っている馬鹿どもを。怒りの涙が込み上げた。動物的な本能がわが子を護れと言っているのに、それができない。髪を引きむしりたいほどの無力感に苛まれた。「こんなのはフェアじゃないわ！」彼女は叫んだ。「人を殺した子供の名前は伏せるのに——たかだかマリファナをやったぐらいでわたしの娘を十字架にかけるなんて！」

高級紙はもっと優先順位の高い記事があるはずなのに、それでもピッパは全紙の一面になっていた。チャドの衝突事件、わたしが非武装地帯構築に成功したことをキャスターは素通りした。

ポーリーンは言った。「こんなこと、信じられるものですか」

新聞各紙のレヴューが終わると、次は映画のレヴューになった。ポーリーンはテレビを消し、ガスに向き直って訊いた。「わたし、どうすればいいと思う？」

ガスが静かに言った。「犯人はジェイムズ・ムーアだろう。きみの非武装地帯構築を一面から追いやるためにやったんだ」

「だれがリークしたかはどうでもいいの」ポーリーンは言った。声が感情的に甲高《かんだか》くなっているのが自分でもわかった。「これにどう対処してピッパを護るか、その答えを見つける必要があるわ。これは十代の女の子なら自殺しかねないほどの辱めよ」ふたたび涙が溢《あふ》れたが、これは悲嘆の涙だった。

「わかってる」ガスが言った。「私の娘たちも十年かそこら前は生意気だった。微妙な年ごろなんだ。マニキュアの仕方を馬鹿にされただけで、一週間も落ち込んだりする。だが、きみならピッパを救い出してやれるはずだ」

ポーリーンは時計を見た。「十一時を過ぎているわ。それなら、あの子はもう寝ていて、ニュースを聞いてもいないでしょう。明日の朝、あの子が起きたらすぐに会うわ。でも、何と言えばいいかしら?」

「――こんなことになって残念だ、でも、あなたを愛している、一緒に乗り越えれば大丈夫だ。確かに面倒なことだけど、考えてみれば、だれかが死んだわけではないし、致命的なウィルスに感染したわけでも、刑務所に入ることになるわけでもない、かな。何より言ってやらなくてはならないのは、これはピッパの落ち度ではない、ということだ」

ポーリーンはガスを見つめた。冷静さが戻りはじめていることが自分でもわかった。声も普段に近くなっていた。「どうやったらそんな知恵者になれるの、ガス?」

ガスが一拍置いて静かに言った。「大半はきみの発言を聴くことによって、だな。きみは私が会ったなかで最も賢い人物だ」

ガスの答えには強い気持ちがこもっていて、そんなことを予想もしていなかったポーリーンは思わずはにかみ、冗談めかして言った。「わたしたちがそんなに賢いのなら、どうしてこんなに多くの問題を招来することになるのかしらね?」

ガスがその質問に真面目に答えた。「善を為す者には例外なく敵ができるものだ。

彼らがどんなにマーティン・ルーサー・キングを忌《い》み嫌っていたかを考えてみろ。そして、私には別の疑問がある。まあ、答えは自分でもわかっていると思うんだがね。それはピッパがマリファナをやっていたことをジェイムズ・ムーアに教えたのはだれか、という疑問だよ」

「ミルトだと？」

「彼はそのぐらいはしかねないほどきみを憎んでいるからな――今夜のパーティで、それを露わにして見せてくれたじゃないか。ピッパがマリファナをやっていることを彼がどうやって知ったのかはわからないが、まあ、想像するのは難しくないな――何しろ、しじゅうこのあたりにいたわけだから」

ポーリーンは思案した。「彼がいつ、どうやって知ったか、はっきりわかったわ。たぶん、間違いない」彼女はあのときを思い出していた。「三週間ほど前よ。わたしはミルトとチェスを相手に北朝鮮のことを相談していた。そのとき、ジェリーがやってきて、ミルトとチェスは帰っていき、ジェリーがピッパがマリファナがらみで問題を起こしたことを教えてくれた。ジェリーとその話をしている最中に、ミルトが忘れ物を取りに戻ってきたの」そして、さらに思い出した。だれだろうと驚いて顔を上げると、ミルトが紫のスカーフを手に取るのが見えたのだった。「あのときはどこまで聞かれたかわからなかったけど、いまはわかるわ。いずれにしても、〈メイル〉が記事にするに充分な量の情報を仕入れたのよ」

「おそらくきみはそのつもりはないだろうが、一応言っておく。もしミルトを罰したいのであれば、すぐにでも使える手段があるぞ」

「彼の情事をばらすんでしょ？　そうよ、わたしにはそのつもりはないわ」

「確かに、きみのやり方ではないな」

「それに、この騒ぎの真ん中にはもう一人、リタ・クロスという無防備な少女がいることを忘れないようにしましょう」

「そうだな」

電話が鳴った。サンディップだった。彼は前口上を省いてすぐに本題に入った。

「大統領、明朝の〈ニューヨーク・メイル〉の記事にわれわれがどう対応すべきか、提案をさせてもらっていいでしょうか？」

「極力短く、ほとんど何も言わないに等しいぐらいにすべきね。禿鷹《はげたか》どもとわが子の話をするつもりはないから」

「そうですね。提案は以下のとおりです――〝これはプライヴェートなことであり、ホワイトハウスはコメントしない〟。どうでしょうか？」

「完璧よ」ポーリーンは言った。「ありがとう、サンディップ」

見ると、ガスが鬱憤《うっぷん》を溜《た》めているのがわかった。彼はポーリーンのようにいきなり噴火はしないが、胸の内は熱く燃えていて、いまにもそれが炎となって噴き出そうとしていた。「あの糞《くそ》ろくでなしどもは、いったい何が望みなんだ？」彼が吐き捨てるように言った。

ポーリーンは内心で驚いた。ウェスト・ウィングの往々にして緊張状態が生じるところでは下品な言葉を使うことを許されていたが、ガスがここまで汚ない呪詛《じゅそ》の言葉を吐くのを聞いた記憶はなかった。

ガスがつづけた。「きみは建設的な何かをし、それを自慢したりはしない。それなのに、やつらときたら、そういう事実を無視して、きみの娘を標的にしている。私はときどき、この国の大統領にはジェイムズ・ムーアのような馬鹿野郎が似合いではないかと思うことがある」

ポーリーンは微笑した。ガスの怒りに元気づけられていた。彼が腹を立てて見せると、彼女のほうはもっと理性的になれるのだった。「民主主義は国を経営するにはいい方法ではないんじゃないかしらね？」彼女は言った。

ガスはチャーチルのその言葉をもちろん知っていて、締めくくりの部分を返してきた。「だが、ほかのすべての方法よりはましだ」

「感謝してもらいたいのなら、政治の世界にいるべきではない」ポーリーンはさらにその続きを口にしたが、突然疲れを覚え、腰を上げて出口へ向かった。

ガスも立ち上がった。「今日、きみは、外交のささやかな傑作をものにして見せてくれたよ」

「嬉しいわ、メディアがどう言おうとね」

「私がきみをどれほど敬愛しているか、わかってくれているといいんだがね。私はきみを三年間、見てきている。その間《かん》、きみは何度も解決策を考え出し、正しい方法を見つけ、示唆《しさ》に富む言葉を口にしてきている。しばらく前にわかったんだが、私は天才と一緒に仕事をする恩恵にあずかっているんだな」

ポーリーンはドアノブに手をかけて言った。「そのどれ一つとして、わたしが独力で成し遂げたものではないわ。わたしたちはそれぞれがいいチームの片方なのよ、ガス。あなたと、あなたの知性と、あなたの友情が私を支えてくれているの。運がいいのはわたしのほうよ」

ガスはまだ終わっていなかった。感情が忙しく変化して彼の顔をよぎっていき、とうとうポーリーンはついていけなくなった。そのとき、彼が言った。「私のほうでは、多少なりとも友情以上なんだがな」

どういう意味？　ポーリーンは困惑してガスを見つめた。友情以上だとしたら、それは何なの？　意識の縁に答えが現われたが、それを受け入れることはできなかった。

ガスが言った。「これは口にすべきことじゃなかった、忘れてくれ」

ポーリーンはしばらく彼を見つめたまま、どう言うべきか、どうするべきかわからずにいたが、ようやく一言だけ言葉になった。「わかったわ」

そして、なおも一瞬ためらったあとで、部屋を出た。

シークレットサーヴィスを従え、急ぎ足でレジデンスへ向かいながら、ガスのことを考えた。あれは愛の告白のように聞こえたけれど、それはあり得ない。いくらなんでも馬鹿げている、

ジェリーはすでに寝室に引っ込み、ドアも閉まっていたから、ポーリーンはまたリンカーン・ベッドルームへ行った。独りでいられるのが嬉しかった。考えることが山ほどあった。

ピッパにどう話をしようか計画をじっくり考えながら、考えることを必要としない寝る前の儀式に移った――歯を磨き、化粧を落とし、装身具を箱に戻し、服をハンガーに掛け、タイツを洗濯籠《かご》に放り込む。

目覚まし時計は六時にセットした。それなら、ピッパが起きるまでに丸々一時間ある。どれだけ時間がかかっても、必要な限り話をつづける。明日、ピッパが学校へ行かなくても、気にする者はいないはずだ。

ナイトドレスを着ると、窓のところへ行き、サウス・ローンからワシントン記念塔までを見渡した。そして、ジョージ・ワシントン――いまの自分の仕事を最初に引き

受けた人物――のことを想った。彼が就任したとき、ホワイトハウスはなかった。彼に子供はいず、いずれにせよ、当時の新聞は自分たちのリーダーの近親者の振舞いに関心がなかった。発信すべきもっと重要なことがあった。

雨が降っていた。コンスティテューション・アヴェニューは眠っていなかった。白人警官による黒人男性殺害に抗議する人々が、雨のなか、帽子をかぶり、傘をさして、静かに異議を唱えて立っていた。ガスは黒人だった。彼には孫がいた。彼らはいつの日か、警察に特別に目をつけられていて、無事でいつづけるには厳密に規則に従わなくてはならないと教えられるのだ。通りを走ってはいけない、大声を上げてはいけない。白人の子供には適用されない規則だ。ガスがこの国の最上級公務員であり、知性と知恵をこの国に捧げていても、それが変わることはない。やはり、人種で定義されるのだ。そういう不公平がアメリカからなくなるのに、どのぐらいの時間がかかるのだろう、とポーリーンは考えた。

ひんやりしたシーツのあいだに滑り込み、明かりを消したが、目はつむらなかった。今日はショックなことが二つあった。ピッパにどういう話をするかは答えが出はじめていたが、ガスのことはどうしていいかわからないままだった。

問題は、ガスとポーリーンに過去があることだった。

ポーリーンが大統領に立候補したとき、ガスは外交政策について助言してくれていた。一年間、二人は一緒に街頭に立ち、夜も昼も選挙運動に追われて、充分な睡眠もとれなかった。そして、仲良くなった。

やがて、仲がいい以上の関係になった。大したことではなかったが、ポーリーンは忘れなかった。そして、彼も忘れていないという確信があった。

それは選挙運動の最中、ポーリーンの勝ちが見えるようになったときに起こった。二人は野球場に何千人もの支持者が集まって歓呼の叫びを上げ、ポーリーンが見事な演説をして大成功に終わった集会から戻っていた。気持ちが高揚したまま、高層ホテルの速度の遅いエレベーターに乗った。そのとき、二人きりだと気づいた。ガスがポーリーンを抱擁《ほうよう》し、ポーリーンは顔を上に向けた。キスは情熱的になり、お互いの口が開いて、手はお互いを探り合った。ついにエレベーターが止まってドアが開き、二人は別々の方向へ歩き出すと、おやすみも言わずにそれぞれの部屋へ戻った。

以来、そのことはどちらも口にしていなかった。

最後に自分を好きになってくれた人のことを思い出すのに苦労しなくてはならなかった。もちろん、ジェリーとのロマンスがそうだった。だが、あれは大恋愛というより、友情がゆっくりと変化していった結果に過ぎなかった。そして、ポーリーンの場合、それが普通だった。自分のほうから誘惑しようとしたことも、すり寄ろうとしたこともなかった。ほかにやることがあり過ぎた。見た目はよかったが、一目惚《ぼ》れはされなかった。そうではなくて、最初は彼女のことを好ましく思い、彼女を知るにつれて徐々にそれが愛に変わっていくのだった。もっとも、最終的には彼女にひれ伏した男は結構いたし、考えてみれば、女も一人いたのだが。そのなかの何人かとはデートをし、数は少ないけれども寝たこともあるけれど、彼らと同じような、愛になす術もなく圧倒され、どうしようもなく親密になりたいという感じにはならなかった。人生を変えるほどの熱い想いを経験したことがなく、その代わりが世界をよりよいものにしたいという強い思いだった。

そしていま、ガスの宣言があった。

そこから何かが生まれることはおそらく、いや、明らかにあり得ない。わたしとガスがそういう関係になったら、秘密にしておけるはずがない。それが表に出たら、彼のキャリアもわたしのキャリアも台無しになる。わたしの小さな家族も壊してしまうことになる。実際、私の人生も破滅する。考えるまでもないことだ。決断は無用だ。そもそも選択の余地がないのだから。

そうは言っても、理屈の上では、わたしはガスとのロマンスをどう思うのだろう？

彼のことは大好きだ。情熱もあり、タフでもあり、謎めいていて本心をうかがうのが難しい。自分の見方を無理強いすることなく助言を与える達人でもある。それに、セクシーだ。ポーリーンはいつの間にか、最初に彼の身体を探ったときの手触り、素敵なキス、髪を撫《な》でる感触、接近した身体の温もりを想像していた。

あなた、滑稽《こっけい》に見えるわよ、とポーリーンは自分に言い聞かせた。彼のほうが一フィートも背が高いんだから。

だが、それは滑稽ではなかった。それ以外の何かだった。身体の内側が熱くなり、それを考えるだけで歓びが込み上げた。

ポーリーンはそういう考えを振り払おうとした。わたしは大統領なのよ、恋に落ちるわけにはいかないわ。そんなことになったら、ただではすまないどころか、大事件になり、破滅に至る危険さえある。

ありがたいことに、そんなことは起こり得ない。

18

バスはファヤから北西へ走り、アオウゾウ・ストリップと呼ばれる地帯に入った。旅人はここで新たな危険に直面することになる。地雷である。

幅六十マイルのアオウゾウ・ストリップは、チャドが北の隣国であるリビアを国境で撃退したときからの問題だった。その国境紛争が終わったあと、チャドが勝利した領域に数千発の地雷が残されたままになった。ところどころに警告として、赤と白に塗られた石が路肩に並べられていた。だが、大半はどこに隠れているかわからなかった。

埋まっている場所は全部知っているとハキムは主張していたが、その顔はバスが進むにつれて恐怖を募らせていった。そして、ついには減速し、ちゃんと道をたどっていることを神経質に確認することを繰り返すようになった。確かに、砂漠のなかでは道がはっきり道だとわからないことが往々にしてあった。

彼らはいま、サハラのど真ん中にいた。焼けるように暑かった。空気まで焦《こ》げたような味がした。不快しかなかった。幼いナジは裸でむずかっていた。キアは息子が脱水症にならないよう、少しずつ水を与えつづけた。ぼんやりと遠くに見える山の連なりが、その高さゆえに、そこは涼しい気候だと見せかけの約束をしていた。なぜ見せかけかと言うと、その山々は車輪のついた乗り物では通り抜けることができず、麓《ふもと》を迂回《うかい》するしかないからである。というわけで、オーヴンで焼かれているような砂漠の底から逃げ出すことは不可能だった。

昔のアラビア人は、とアブドゥルは思った。一日じゅう旅をしたりしなかったはずだ。夜明け前に駱駝を起こし、象牙《ぞうげ》や金を詰めた籠を星明かりを頼りにその背中に括《くく》りつけて、裸の奴隷を縄でつないで哀れな長い列を作らせる。そして、曙光《しょこう》と同時に出立《しゅったつ》し、焼けつくような暑さの日中は休んだに違いない。彼らの現代の子孫は、ガソリンを燃料とし、高価なコカインと絶望的な移民を乗せているけれども、あまり利口ではないらしい。

バスがリビア国境に近づくにつれて、アブドゥルはハキムが国境の検問をどうくぐり抜けるのか気になりはじめた。移民の大半はパスポートを持っていない。ヴィザや、旅行を許可する書類など論外だ。いかなる種類の身分証明書も申請することなく一生を終えるチャド国民がほとんどなのだ。入国審査と税関をどうやって通過するのだろう？　きっとハキムは何らかの手段を持っていて、それはおそらく袖の下だ。だが、それでも絶対に大丈夫だという保証はない。係官が賄賂《わいろ》の額を二倍に吊《つ》り上げてくるかもしれない。あるいは、上司が今回はそこにいて、一挙手一投足に目を光らせている可能性だってある。はたまた、堕落を拒否する真面目な係官に代わっていないとも限らない。そういうことは予測不可能だ。

国境に一番近い村は、これまでにアブドゥルが見たなかで最も原始的なところだった。主たる建材は細い木の枝で、砂漠で渇死した動物の骨と同じぐらい、陽に焼かれて白く乾燥していた。そういう枝木——それしかなかった——が横材に固定された壁が、辛うじて、危なっかしく立っていた。屋根は木綿の襤褸布とカンヴァスだった。それでも六軒かそこら、もう少しましな、一部屋しかなくて狭いけれどもセメントブロック造りの住居がないこともなかった。

ハキムがバスを停め、エンジンを切って言った。「ここでトウボウの案内人と待ち合わせだ」

アブドゥルはトウボウについて知っていた。チャド、リビア、ニジェールの国境周辺の遊牧民で、ほとんどないに等しい牧草地を求め、家畜の群れを連れて休みなく移動しつづけていた。ずいぶん前から三つの政府すべてによって原始的な野蛮人と見なされていたが、トウボウはその侮辱を逆手《さかて》に取り、どの政府も認めず、法にも従わず、国境を無視していた。彼らの大半が、人や薬物の密輸が家畜を育てるより楽で儲《もう》けになることを見抜いていた。移動することをやめない人々を取り締まるのは国の力をもってしても不可能で、彼らがいるのが行政の本拠地から何百マイルも離れた砂漠とあっては尚更だった。

しかし、いま、トウボウの案内人の姿はなかった。

「必ずくる」ハキムが言った。

村の中心に井戸があり、澄んで冷たい水を提供してくれていた。全員が存分に渇きを癒した。

しかし、ハキムは住人と長いこと話していた。聡明《そうめい》そうな老人で、たぶん非公式ではあるが村の長《おさ》だろうと思われた。話の内容はアブドゥルには聞こえなかった。

乗客はいくつもの差し掛け小屋に囲まれた敷地に案内された。アブドゥルは臭《にお》いから、たぶん真昼の陽射しから羊を護るために使われているのだろうと推測した。もう午後も遅かった。たぶん、乗客はここで夜を過ごすことになる。

ハキムが乗客を呼び集めた。「フォウアドが案内人から伝言を預かっていた」フォウアドというのはさっきハキムと話していた村の長らしい男のことだろう、とアブドゥルは見当をつけた。「案内人が、料金を倍にする、値上げ分が支払われるまではここにはこないと、そう言っているそうだ。一人当たり二十ドルだ」

どっと抗議の声が上がった。そんな余裕はないと乗客は言い、立て替えるつもりはないとハキムは言った。そのあと、さらに押し問答がつづいた。この旅のあいだ、すでに何度か同じような状況が出来し、そのたびに雰囲気は険悪の度を増していた。原因は常にハキムの追加料金要求で、結局は乗客が押し切られる形になっていたが、今回もそれは同じだった。

アブドゥルは立ち上がって敷地の外へ出た。

彼は村を見て回った結果、ここの人々はだれも人の密輸にも薬物の密輸にも関わっていないようだと思われた。それをやっているのであれば、こんなに貧しいはずがない。これまでの中継地では、現地の犯罪者を特定できるのが普通だった。金と銃を持っていたし、暴力の周辺で生きているストレスが溜まっていて、いつでも逃げる準備ができているという雰囲気を漂わせていた。そういうとき、アブドゥルはそういう連中の名前、人相風体《ふうてい》、関係を慎重にメモした。そして、長い報告をファヤからタマラに送った。この哀しげな集落には、そういう男はいないようだった。だが、どうしてそうなのかは、トウボウのことを訊いたときの村人の話でわかった。たぶん、この地域ではトウボウが密輸を担当しているに違いなかった。

井戸のそばに腰を下ろし、陰を提供してくれるアカシアの木に背中を預けた。そこからは村の大半を見ることができたが、タマリスクの低木の広がりのおかげで、井戸にきた人たちからは彼が見えなかった。アブドゥルは観察したいのであって、話をしたいのではなかった。案内人は、とアブドゥルは考えた。この村にいないのならどこにいるのか？　周辺の集落はずいぶん離れていた。トウボウというよくわからない種族は丘のすぐ向こうにテントを張り、追加料金が支払われたと報告がくるのを待っているのだろうか？　その案内人が追加料金を要求した事実はなく、ハキムのまたもやの悪企みに過ぎないという可能性も充分にある。ガイドはこの村の小屋の一つにいて、山羊のシチューにクスクスを添えて食べながら、明日の旅のために英気を養っているかもしれない。

ハキムが敷地から出てくるのが見えた。不機嫌な顔だった。その後ろに、エスマの義理の父のワヘドがつづいた。ハキムが足を止め、二人は話し合いを始めた。ワヘドが懇願し、ハキムは拒否した。声は聞こえなかったが、案内人の追加料金のことで揉《も》めているに違いなかった。ハキムがもう話は終わりだというように手を振って歩き出したが、ワヘドは哀願するように両手を広げて追いすがった。ハキムが足を止めて振り返り、声を荒らげて何かを言って、ふたたび歩き出した。アブドゥルは眉をひそめた。苦い思いだった。ハキムの振舞いは野蛮で、ワヘドはみっともなかった。そういう場面を見せられて気分が悪かった。

ハキムが井戸のほうへだらだらと歩いていると、エスマが敷地から姿を現わし、急いで追いかけはじめた。

何千年も前から人々がしているように、二人は井戸の脇で話を始めた。姿は見えなかったが、声ははっきり聞き取ることができ、アブドゥルは早口のアラビア語の会話を聞き取る訓練ができていた。

エスマが言った。「父はとても動揺しています」

ハキムが応じた。「それがおれと何の関係がある?」

「追加料金は払えません。リビアに着いたら払うお金はあります、きっかり料金分です。でも、それ以上は持っていないんです」

ハキムが知ったことかという振りをした。「それなら、この村にとどまるしかないな」

「でも、それは理屈に合わないでしょう」エスマが言った。

もちろんだ、アブドゥルは思った。ハキムは何を企んでいるんだ?

エスマがつづけた。「あと何日かしたら、わたしたちはあなたに二千五百ドル払うんですよ。それなのに、二十ドルぽっちのために、本当にそれを失ってもいいんですか?」

「六十だ」ハキムが言った。「おまえの分が二十、おまえの義理の母親の分が二十、そして、あの老いぼれの分が二十だ」

難癖をつけてるだけじゃないのか、とアブドゥルは訝った。

エスマが言った。「いまは払えないけど、トリポリへ着いたら大丈夫です。夫に頼んで、ニースからもっとお金を送ってもらいます——約束します」

「約束なんか当てになるか。それに、トウボウは約束を支払いとは見なさないんだ」

「それなら、もうどうしようもありません」エスマは困惑と苛立ちを声に表わして言った。「だれかがやってきて、チャド湖へ連れて帰ってやると言ってもらえるまで、ここにとどまるほかないんでしょうね。夫がお金持ちのフランス人の家の壁を作って手にしたお金を無駄にしたことになるんだわ」惨めに打ちひしがれた声に変わっていた。

ハキムが言った。「だが、ほかの方法で払うことを考えられるんなら話は別だ——かわいこちゃん」

「何をするの？　そんなふうに触るのはやめてください！」

アブドゥルは緊張した。本能は介入しろと言っていた。彼はその衝動を抑えた。

ハキムが言った。「好きにするがいいさ、おれはおまえを助けようとしているだけだ。優しくしてくれてもいいだろう、どうしてしないんだ？」

ハキムはこうなるようにずっと目論んでいたんだ、とアブドゥルは思った。まあ、驚くには当たらないが。

エスマが言った。「お金の代わりに身体で払えと言っているの？」

「頼むから、そんな身も蓋もない言い方をしないでくれよ」

性的な弱い者いじめをするやつが何を上品ぶっているんだ、とアブドゥルは気分が悪くなった。ハキムが彼女にさせたいと思っていることの名前――〝陰惨な皮肉〟――を聞きたくなかった。

ハキムが言った。「どうなんだ？」

長い沈黙があった。

ハキムが本当に欲しかったのはこれか、とアブドゥルは思った。六十ドルは実はどうでもよかったんだ。金のことをしつこく主張して譲らなかったのは、もう一つのほうを選択させるための手段に過ぎなかったんだ。

ほかにどのぐらいの数の女性がこのおぞましい選択を迫られたんだろう、とアブドゥルは考えた。

エスマが言った。「あなた、夫に殺されるわよ」

ハキムが笑った。「違うな。旦那《だんな》が殺すのはおれじゃない、おまえだ」

とうとうエスマが折れた。「わかった、いいわ。でも、手でやるだけよ」

「いずれわかるさ」

「駄目よ！」エスマは譲らなかった。「手だけですからね」

「いいだろう」

「でも、いまじゃないわ。あとで、暗くなってからよ」

「食事のあとで敷地を出るから、そのときについてこい」

エスマが必死の声で言った。「トリポリへ着いたら、倍の料金を払えるんだけど」

「また約束か」

ハキムが歩き出す足音が聞こえた。アブドゥルはその場を動かなかった。ハキムの足音が遠ざかり、ついに聞こえなくなった。

アブドゥルはさらに二時間、村を観察した。だが、何も起こらず、人々が井戸へやってきては帰っていっただけだった。

陽が落ちて暗くなりはじめるころ、敷地に戻った。何人かの村人が夕食の支度をしていて、それをフォウアドが監督し、クミンのいい匂いがしていた。アブドゥルはナジをあやしているキアの近くに腰を下ろした。

鋭い目を持っているキアが訊いた。「エスマがハキムと話していたけど？」

アブドゥルは応えた。「そうだな」

「どんな話だったの？」

「金が払えないんなら、ほかの支払い方法もあると、そういう話だった」

「やっぱりね、あの豚野郎」

アブドゥルはこっそりとローブの下に手を入れ、マネー・ベルトを開けた。いくつかの国の紙幣が入っていたが、どこの紙幣であれ見ないでも取り出せるよう、順番をつけてしまってあった。アメリカでもそうだが、アフリカでも、大金を持ち歩いているのを見られるのは愚か者のすることだった。

彼はアメリカの二十ドル札を三枚そっと抜き取ると、両手のなかに隠して間違いないことを確かめたあとで小さく折り畳んだ。そして、それをキアに渡して言った。

「エスマに渡してくれ」

受け取ったものをローブのどこかにしまって、キアが言った。「あなたに神の祝福がありますように」

その少しあと、夕食の列に並んでいるとき、アブドゥルはキアがエスマの手に何かを滑り込ませるのを見た。直後、エスマがキアを抱擁し、喜びと感謝のキスをした。

食事は薄いパンと雑穀の粉末でとろみをつけた野菜のスープだった。肉が入っているとしても、アブドゥルには見つけられなかった。

寝る前に敷地を出て井戸へ行き、手と顔を洗った。帰りにバスの前を通りかかると、ハキムがタレクとハムザと一緒にいた。「おまえ、この国の人間じゃないよな？」ハキムが挑むような口調で訊いた。

エスマに手でやってもらうのを楽しみにしていたのに、六十ドルを支払われて思惑が外れ、がっかりしているんだ、とアブドゥルは推測した。たぶんエスマがキアを抱擁してキスをしているのに気づき、キアが金を渡したと思っているんだ。それでも、もちろんキアが秘密の金の隠し場所を持っているかもしれないが、もしほかのだれかから預かったのだとしたら可能性があるのはおれだと、そう睨《にら》んだんだろう。狡猾《こうかつ》な悪党は勘が鋭いことがときどきある。

アブドゥルは答えた。「どうして私の出身が気になるんです?」

「ナイジェリアか?」ハキムが言った。「ナイジェリア人らしくない話し方だが、どこの訛りなんだ?」

「私はナイジェリア人じゃありませんよ」

ハムザが煙草を出して、一本口にくわえた。神経質になりはじめている印だとアブドゥルは察知し、煙草売りを装っているときに客に使っていた赤い使い捨てライターをほとんど反射的に取り出して、ハムザの煙草に火をつけてやった。もうライターは必要なかったのだが、いつか役に立つことがあるかもしれないと漠然と感じて、捨てないでおいたのだった。ハムザがおまえもどうだと一本差し出したが、アブドゥルは辞退した。

ハキムが攻撃を再開した。「父親はどこの出身なんだ?」

ここは事を荒立てないほうがいい、とアブドゥルは判断した。何しろ、相手は三人だ。「レバノンです。菓子職人で、スウィート・チーズ・ロールは絶品でした」

ハキムの顔に冷笑が浮かんだ。

アブドゥルはつづけた。「もう死んでしまいましたがね。私たちは神のものであり、全員、神の下《もと》へ帰るんです」この神を敬う言葉は、〝安らかに眠れ〟のイスラム教版だった。それを聞いて、タレクとハムザがうなずくのがわかった。

アブドゥルは真面目な声で、ゆっくりと話しつづけた。「他人の父親について何か言うときは言葉に気をつけるべきでしょうね、ハキム」

ハムザが煙を吐き出し、そのとおりだとうなずいた。

「おれは言いたいことを言いたいように言うまでだ」文句があるかと威嚇する口調だった。そして、二人の護衛を見た。自分を護ってくれると頼りにしていたのに、いまやその忠誠心が弱くなりはじめていると気づいたようだった。アブドゥルはハキムというよりタレクとハムザに向かって、世間話でもするような口調になって言った。

「実は、私は軍隊で運転手をしていたんです」

ハキムが言った。「それが何だ？」

アブドゥルはあからさまにハキムを無視した。「まず装甲車、次に、燃料輸送車。燃料輸送車で砂漠の道を走るのは難しいんですよ」全部即興の作り話だった。燃料輸送車を運転したことなどなかったし、チャド国軍にも、ほかのどの軍隊にもいたことはなかった。「私がいたのは、ほとんどが東部のスーダン国境の近くですがね」

ハキムが困惑した。「どうしてこんな話をしているんだ？」もどかしさに声が甲高くなっていた。「一体何を言おうとしているんだ？」

アブドゥルはいきなりハキムに親指を突きつけ、タレクとハムザに言った。「彼が死んでも、私がバスを運転できます」直截的ではなかったが、ハキムの命に対するうっすらとした脅しだった。タレクとハムザの反応を見るためだった。

二人とも何も言わなかった。

ハキムは二人の仕事がコカインを護ることで、自分を護ることではないのを思い出したらしく、面子《メンツ》を潰されたと気づいて力のなくなった声で言った。「おれの目の前から消えろ、アブドゥル」そして、歩き去った。

タレクとハムザの忠誠心を、わずかではあるかもしれないが揺さぶることができたかもしれない、とアブドゥルは感じた。タレクやハムザのような男が尊敬するのは強さだ。ハキムに対する忠誠心は、おれをいじめようとして失敗したことによって揺らいでしまった。「私たちは神のものであり、全員、神の下へ帰るんです」――この言葉が効いたんだ。タレクもハムザもＩＳＧＳの聖戦士《ジハーディ》であるなら、殺された同志の死体に向かい、たびたびあの言葉を繰り返してきたに違いない。

彼らはおれを自分たちの一人と考えはじめてさえいるかもしれない。いずれにせよ、おれとハキムのどちらを選ぶかを迫られた場合、少なくともためらう可能性はある。

アブドゥルはそれ以上何も言わず、敷地に戻って地面に横になった。眠りが訪れるのを待ちながら、今日一日のことを考えた。おれはいまも生きている。いまもISGSとの戦争のためのかけがえのない情報を積み上げている。ハキムの挑戦的な質問を躱《かわ》した。だが、立場は危うくなりつつある。この旅を始めたときのおれは、乗客のだれにとっても未知の人間、だれも何も知らないし、大して気にもならない男だった。だが、その役を演じつづけることを途中でやめた。いまわかったのだが、そもそも不可能だったのだ。数十人がこれだけ長いあいだ一緒にいれば、それぞれが親密になり、関係が近くならずにはいられないのだから。いまのおれは、人を寄せつけようとせず、未知であることは同じだが、同時に、無防備な女性を助け、弱い者いじめをする連中を恐れない男になってしまってもいる。

いま、キアという味方がいて、ハキムという敵ができた。潜入工作員として、二つの過失を犯したことになる。

翌朝、トゥボウが現われた。

乗客がパンと薄いお茶の朝食をとっている、まだ涼しい早い時間に敷地に入ってきた。白のローブに白のヘッドドレスという格好の長身の黒人で、超然としているように感じられた。それは誇り高いアメリカ先住民をアブドゥルに想起させた。ローブの下、左側の胸と腰のあいだが出っ張っていて、間に合わせのホルスターに大口径の拳銃──マグナムか──が収まっているのかもしれなかった。

ハキムが彼と一緒に中庭の中央に立って言った。「よく聴け！　われわれの案内人のイッサだ。すべて彼の言うことに従ってもらうからな」

イッサが短く話した。第一言語は明らかにアラビア語だが、とアブドゥルは思い出した。トウボウはテダという独自の言葉を話すはずだ。「あんたたちは何もする必要はない」ゆっくりと聞き取りやすいように配慮した発音だった。「全部、おれがやる」口調に温かみはなく、事実を淡々と述べているだけのように聞こえた。「もし訊かれたら、リビア南部の金鉱へ金の採掘に行くと答えるように。まあ、訊かれることはないだろうが」

ハキムが言った。「よし、伝えることは以上だ。さあ、ぐずぐずしないでバスに乗れ」

キアがアブドゥルに言った。「少なくともイッサは頼りになりそうね。いずれにしても、わたしはハキムより彼を信用する」

アブドゥルはそこまでの確信を持てなかった。「有能ではありそうだが」彼は言った。「胸の内までは読めないからな」

それを聞いて、キアが思案する顔になった。

イッサが最後にバスに乗ってきた。アブドゥルが興味を持って見ていると、彼は車内を見回して、補助席がないことを見て取った。タレクとハムザが相変わらずそれぞれ並びの席を二つ占領し、だらしなく坐っていた。イッサは腹を決めたらしく、タレクの前に立つと、何も言わず、無表情に、しかし、瞬《まばた》きもせずに相手を見つめた。

タレクは何か言われるのを待っているかのようにイッサを見返した。

ハキムがエンジンをかけた。

イッサが振り返りもせずに、落ち着いた声で言った。「エンジンを切れ」

ハキムがイッサを見た。

イッサがタレクを見つめたまま繰り返した。「切れ」

ハキムがイグニション・キイを回し、エンジンが止まった。

タレクが背中を伸ばして坐り直し、隣りの席のバックパックをどかすと、自分も横へ詰めて一つ分の席を空けた。

イッサはもう一方の、ハムザが占領している二つの席を黙って指さした。

タレクが立ち上がり、バックパックを一方の手に、突撃ライフルをもう一方の手に持って、通路を挟んだハムザの二席の一つに腰を下ろした。二人とも、バックパックを膝に置くことになった。

イッサがハキムを見て言った。「バスを出せ」

ハキムがエンジンをかけ直した。

アブドゥルにはすぐに明らかになったのだが、この意志の戦いはだれがボスかを決めるだけのものではなかった。実際にイッサは最前列の並びの席を確保する必要があったのだ。窓側と通路側の移動を頻繁に繰り返しながら、窓側にいるときは道路の後方を、通路側にいるときは前方を、一瞬たりとも気を抜くことなく見張りつづけなくてはならなかった。そして、数分おきにハキムに指示やら何やらを――その大半は身振りだったが――与え、道路の端が見えなくなっているときにはどこが道路かを教えてそのほうへハンドルを切るよう命じ、表面に石が散らばっているときは減速させ、何事もないときは加速させた。

あるところでは道路を右へ外れて荒れ地へ入るよう指示して、おそらく地雷を踏んだ結果だろうと思われる、路肩にひっくり返って燃え尽きているトヨタのピックアップ・トラックを大きく迂回させた。リビアとチャドが戦争をしたのはずいぶん前だったが、地雷はいまも生きていて、一発あればもっとある可能性があった。

バスは二時間か三時間ごとに停まり、乗客は外に出て一息入れて、再乗車するときに、悪くなりかけたパンと水のボトルをハキムから渡された。陰になるところはどこにもなかったから、バスは日中の暑さのなかを走りつづけた。一箇所にじっとしているよりは、走っているときのほうがまだしもしのぎやすかった。

午後が過ぎていき、バスが国境に近づくと、アブドゥルは自分が人生最初の犯罪を犯そうとしていることに気がついた。これまで、CIAのためであれ、ほかの活動領域においてであれ、実際に法に反することは一度もしていなかった。盗品の煙草売りを装ったときですら、その煙草はすべて正価で購入した。しかし、いまは不法に他国に入ろうとしている。不法移民と、不法に製造したライフルで武装している護衛と、数百万ドルの価値を持つコカインと一緒に。ことが間違えば、リビアの刑務所行きになりかねない。

そうなったら、CIAが救い出してくれるまでどのぐらいかかるだろう?

太陽が西の空へ傾き出したころ、前方に、ぞんざいな造りの小屋が見えてきた。この前の村の小屋と同じく、壁は枝木で造られ、屋根は使い古してくたびれた敷物だった。小型のタンク車の姿もあり、給水車かもしれないとアブドゥルは推測した。路肩にドラム缶が積み上げられていた。

そこは非公式の給油所だった。

ハキムがバスを減速させた。

白と黄色のローブ姿の男が三人、高性能ライフルを誇示しながら現われ、横一列になって立った。無表情で、威嚇しているかのようだった。

イッサがバスを降りていくと、雰囲気が一気に変わった。三人がまるで兄弟のように彼を迎え、抱擁し、両頬にキスをし、勢いよく握手をし、その間もひっきりなしにしゃべっていた。アブドゥルには理解できない、おそらくテダだろうと思われる言葉だった。

次にハキムが降りていき、イッサが彼を紹介した。そのおかげだろう、ハキムも歓迎されたが、イッサに対するほど熱烈でないのは、ハキムは協力者であって、同じ種族でないからだった。

そのあとに、タレクとハムザがつづいた。

ここにオアシスがないことは水のタンクが証明していた。それなら、なぜここに給油所があるのか？　さらに言うなら、なぜこんな人里離れた辺鄙《へんぴ》なここに？

アブドゥルはキアにささやいた。「どうやら国境に着いたらしい」

乗客もバスを降りた。夕方で、ここで夜を過ごすことになるのは明らかだった。建物は一つしかなく、名前をつける価値もほとんどないように見えた。

トゥボウの一人がドラム缶からバスに給油をしはじめた。

乗客は小屋に入り、それぞれに多少なりとも居心地をよくするための努力を開始した。アブドゥルは気を許すわけにはいかなかった。何しろ全員が重武装している凶暴な犯罪者のなかにいるのだ。何だって起こりうる。拉致《らち》、レイプ、殺人。ここに法はない。誰一人として安全ではない。それに、乗客全員が殺されたとしても、だれが気にするというのか。移民も犯罪者なのだ。いい厄介払いだ、で終わってしまうだろう。

しばらくして、十代の男の子が二人、パンとシチューを運んできた。たぶんこの子たちが料理をしたんだ、とアブドゥルは思った。硬さからして駱駝の肉ではないかと疑ったが、訊きはしなかった。そのあと、二人の男の子は地面に散らばっている食べ物の屑《くず》を拾うでもなく、おざなりな片付けをした。女がいないと男は駄目だな、とアブドゥルは思った。

暗くなると、ブーツの踵に隠してある追跡装置をこっそり検めた。少なくとも一日に一回は、コカインがバスから降ろされ、どこかよそへ運ばれていないかどうか確めることにしていた。いつものとおり、今夜も安心していいようだった。

全員が毛布にくるまって眠りを待っているとき、アブドゥルは坐ったまま、目を開けてあたりを見ていた。様々な記憶が浮かんでは消えていくに任せて、何時間も、ベイルートでの子供時代、ニュージャージーの十代のころ、大学で複合格闘技に没頭していたころ、アナベルに振られたことに想いを巡らせた。何より考えたのは、末の妹のヌラの死についてだった。結局、おれがここにいる理由は彼女だ。サハラ砂漠のど真ん中にいて、殺されまいと夜っぴて起きているのは。

こういう男どもがヌラを殺したんだ。文明化された世界の軍隊が、こういう連中を一掃しようとしている。おれはそのための決定的な役割を担う一人だ。生き延びられれば、アメリカ軍と友好国軍にこの悪の勢力を掃討させられる。

その何時間かのあいだに一度、トウボウの一人が小便をするために外へ出ていった。男は戻ってくる途中で、眠っているキアを考えるようにして見た。アブドゥルが見つめていると、男はその視線に気づいたらしく、目を合わせてきた。束の間、二人は敵意を持って睨み合った。アブドゥルは男が無慈悲な頭で何を計算しているかが目に見えるようだった。この女なら力ずくで言うことを聞かせられる。運がよければ、悲鳴も上げないかもしれない。なぜなら、責められるのは常に女のほうだからだ。人が間違いなくこう考える、あるいは考える振りをする、とわかっているからだ――女のほうが誘惑したに決まっている、と。だが、この男は見て見ぬ振りをしそうにない。戦ってもいいが、かつ確証はない。ライフルを持ってきて撃ち殺してもいいが、それではみんなが起きてしまう。

結局、男は何もしないでその場を離れ、自分の毛布に戻った。

それからそんなに時間が経たないうちに、アブドゥルの目の端で黒いものが動いた。そのほうへ目を凝《こ》らしたが、音もなく、ちらりと見えたものの正体はすぐには特定できなかった。月はなかったが、砂漠の常で、星明かりが明るかった。銀色に光る生き物がまるで滑っているかのように滑《なめ》らかに動いているのが見え、アブドゥルは一瞬、この世のものではない何かを見ているのではないかと、愚かにも恐怖を覚えた。そして次の瞬間、犬らしいと気がついた。敷地に入り込んできた、明るい色の毛と黒い足と尾を持った犬だった。犬は何も気づかずに眠っている者たちの前を音もなく通り過ぎた。用心深かったが自信ありげで、以前にもここへきたことがあるかのようだった。

この荒れ地の粗末な宿営地に足しげく通う夜の常連と言ったところか。狐《きつね》の一種に違いないと思われ、すぐ後ろに子狐がいることもわかった。母子か、とアブドゥルは思った。おれは滅多に見られない特別なものを目にしているわけだ。そのとき、バスの乗客の一人がいきなり大きな鼾をかきはじめ、母狐を警戒させた。彼女は音のするほうへ顔を向け、ぴんと耳を立てた。それは驚くほど長くまっすぐに立っていて、ほとんど兎《うさぎ》の耳のようだった。アブドゥルはそれを見て気がついた――これは聞いたことはあるけれども見たことのない動物、オオミミギツネだ。母狐が警戒を解いた。鼾をかいている男が起きる心配はないとわかったのだ。やがて、母子狐は地面に散らばっている食べ物の屑を音もなく漁《あさ》り、汚れたボウルを舐《な》めはじめた。三分か四分そうしていたあと、きたときと同じように静かに出ていった。

それから間もなく、夜が明けた。

移民たちが起き出してきたが、みな疲れていた。すでに三週間が経っていて、程度の差こそあれ、心地よく眠れた夜は一晩もなかった。みな、毛布を巻き、水を飲み、乾燥したパンを口に入れた。手や顔を洗う水はなかった。熱いシャワーの出る家で育った者はアブドゥル以外だれもいなかったが、それでも、定期的に身体をきれいにすることに慣れていたから、こんなに汚れっぱなしでいるのがどんなに気持ちを暗くするかがわかりはじめていた。

だが、バスが給油所を離れるにつれて、アブドゥルは気持ちが高揚していった。トウボウは薬物や移民を無事に通過させる代価として、かなりの金額を受け取っているに違いない。約束を守る動機となる額、次の積荷がまたすぐにやってくると期待するに充分な額、皆殺しにして一切合財《いっさいがっさい》を奪い取るよりもいいと考えさせるに足るだけの額を。

陽が高くなると、バスは丘陵地帯をあとにして広大な平原に入った。一時間後、アブドゥルは太陽が常に自分たちの後方にあることに気がついた。席を立って前へ行き、ハキムに訊いた。「どうして西へ向かっているんです？」

「これがトリポリへの道なんだ」ハキムが答えた。

「だけど、トリポリはここからなら真北でしょう」

「こっちでいいんだ！」ハキムが声を荒らげた。

「そうですか」アブドゥルは席へ戻った。

キアが訊いてきた。「何だったの？」

「何でもない」アブドゥルは答えた。

　もちろん、トリポリへ着くのが目的ではなかった。バスがどこへ行こうと、どこまでも一緒にいなくてはならなかった。密輸をしている連中を特定し、隠れ家を突き止め、局に情報を送ることが任務だった。

　というわけで、口を閉じて座席に深く坐り直し、次に起こることを見るのを待つことにした。

19

南シナ海での一件は慎重に対処しないと危機に発展する可能性がある、とチャン・カイは考えた。

カイの机の上の衛星写真は、西沙《せいさ》諸島、欧米の呼び方ではパラセル・アイランズの近くにいる正体不明の船を撮影したものだった。偵察機による目視確認で、〈ヴ・トロン・フュン〉というヴェトナムの海底探査船であることが明らかになった。これはダイナマイトだったが、導火線に火をつける必要はなかった。

カイはその背景を知っていたし、中国政府のほぼ全員がそうだった。中国漁船はその近海で何世紀も前から漁をしていた。いま、中国は人の住めない岩と礁《しょう》の固まっているところを何百万トンもの土と砂で埋め立て、そのあとに軍事基地を建設していた。カイの考えでは、だれであろうと公正な考えを持っている者なら、そこが中国の諸島群の一部になることを認めるはずだった。

そのことを気にする者などいないと思われたのだが、あの諸島近くの海底に石油があることがわかり、みんながそれを欲しがるようになって、中国の目算は外れることになった。中国はその石油は自分のものだと考えていて、だれとも分かち合うつもりはなかった。それが〈ヴ・トロン・フュン〉が問題である理由だった。

カイは外務大臣に直接説明することにした。直属の上司である国家安全部大臣のフー・チューユーは新疆《しんきょう》地区の首都ウルムチへ行っていて、北京《ペキン》にいなかった。そこでは数百万のイスラム教徒が頑《かたく》なに自分たちの宗教に忠実であろうとしていて、いまも中国政府はそれを抑え込もうと躍起になっているのだった。カイにとってフーがいないことは〈ヴ・トロン・フュン〉のことを外務大臣とひそかに話し合い、チェン主席に進言すべき外交方針の同意を得る好機だった。だが、朝陽門《チャヤオヤンメン》南大路の外務省に着いてみると、がっかりしたことにファン将軍がそこにいた。

ファン・リンは背は低いが幅は広く、肩の張った軍服を着ていると箱のように見えた。彼は友人のフー・チューユーと同じく共産党の誇り高い守旧勢力の一人で、やはりフーと同じく、しじゅう煙草を喫っていた。

国家安全保障委員会のメンバーであることが、ファンに非常に強い力を与えていた。ディナー・パーティでも人を人とも思わぬ態度で自分の好きな席に坐ったし、外務省のどこだろうと問答無用で入る権利を持っていた。しかし、今日おれが外務大臣と会うことをだれから聞いたんだろう、とカイは訝った。外務省にスパイを飼っていて、それはウー・ベイ外務大臣に近いだれかだ。これは常に頭に置いておかなくてはならないことだぞ、とカイは自分に言い聞かせた。

カイは苛立ちを押し隠し、形だけの、年上の者に払うことになっている敬意を表わした。「みんな、将軍の知識と専門性に触れられることをありがたい特権と考えています」実はファンとカイは、老いた守旧派と若き改革派のあいだでつづいている根深い闘争の敵同士だった。

腰を下ろすや、ファンがすぐさま攻勢に出て、ほとんど怒鳴るような声で言った。「ヴェトナムはわれわれを挑発しつづけている！　われわれの石油に近づく権利などないとわかっているくせに、だ」ファンは助手を一人伴っていて、ウーはそばに補助員を坐らせていた。この話し合いに助手も補助員も必要なかったが、ファンは大物過ぎて随行員なしではどこにもいかなかったし、ウーはおそらく、守備を強化する必要があると感じて補助員を呼んでいるのだった。カイは自分だけ単独であることにわずかではあるが気後れを感じ、自分を叱咤した。下らんことを気にするな。

だが、ヴェトナムがすでに二度、石油を探して海底探査を行なっていることは事実だった。「ファン将軍のおっしゃるとおりです」カイは言った。「ハノイ政府に抗議しなくてはなりません」

「抗議だと？」ファンが冷笑した。「抗議なら以前にもしただろう！」

カイは辛抱強く対応した。「その結果、彼らは最終的には常に引き下がり、船を撤退させています」

「それなら、あいつらが同じことを繰り返すのはなぜだ？」

カイはため息を押し殺した。ヴェトナムが中国領海へ侵入を繰り返す理由を知らない者はいない。彼らにとって脅されて撤退するぶんにはどうということはない、強い中国が弱い自分たちをいじめていることにすればいいからだ。だが、海底探査をやめることは、石油を手にする権利がないと認めるのと同じだ。だから、海底探査をやめようとしないんだ。「彼らは主張しているのです」カイは簡単に説明した。

「それなら、こっちはもっと強く主張しなくてはならん！」ファンが身を乗り出し、煙草を指で叩いて、ウーの机の上の磁器の深皿に灰を落とした。その深皿はルビーのような深紅色の二重蓮華模様で、たぶん一千万ドルの価値はあるはずだった。ウーが骨董《こっとう》的価値のある精妙な磁器を慎重に手に取り、煙草の灰を床に落としてから机の反対側、ファンの手が届かないところに黙って遠ざけた。そして、訊いた。

「では、あなたの考えは？　将軍？」

ファンがためらいもなく答えた。「〈ヴ・トロン・フュン〉を沈めるんだ。そうすれば、ヴェトナムも教訓を学ぶだろう」

例によって、ファンは強い圧力をかけたがっていた――このことに限らず、それが常と言ってよかった。

ウーが応えた。「それは少し過激だが、こういう侵害の繰り返しに終止符を打つことにはなるかもしれないな」

カイは言った。「問題が一つあります。わが局が手に入れた情報によれば、ヴェトナムの石油産業はアメリカの地質学者の助言を受けていて、〈ヴ・トロン・フュン〉にも一人か二人、アメリカ人が乗っている可能性があります」

ファンが言った。「それで?」

「中国政府はアメリカ国民を殺したいのかどうか、それをお尋ねしているだけです」

「アメリカ国民の乗っている船を沈めれば、小さな事件ですまなくなることは確かだな」ウーが答えた。

それを聞いてファンが激怒し、珍しく英語をまじえて言った。「ろくでもない《マザー・ファッキング》アメリカ人がわが領海でわがもの顔に振る舞うのを、われわれは一体いつまで許しておかなくてはならないんだ?」

この言葉は礼を失していた。中国で最悪の罵倒《ばとう》語はすべてだれかの母親とやること《マザー・ファッキング》と関係していて、そういう言葉が外交政策の話し合いの場で使われることは、普通はなかった。

「それは確かにそうなのですが」カイは穏やかに言った。「もしわれわれがアメリカ国民を殺しはじめたら、問題は海底の石油だけではなくなります。自国民の殺害にアメリカがどんな反応をするかを見定め、それに対応する準備をする必要が出てきます」

「殺害？」ファンがさらに憤激した。

「グリーン大統領はそう見るでしょう」ファンを落ち着かせるために譲歩する潮時だと判断して、カイはすぐにつづけた。「私は〈ヴ・トロン・フュン〉を沈める選択肢を排除してはいません。とりあえずはその選択肢を残しておいて、どうしてもやむを得ない場合にはそれを実行すると言う必要があります。まずはハノイへ抗議をし――」

ファンが馬鹿にするかのように鼻を鳴らした。

「――次の段階はレヴェルを警告に引き上げ、それでも駄目なら、威嚇という手段に移るべきです」

「そうだな、それがしかるべき手順だ」ウーが言った。「梯子《はしご》は一段ずつ上るものだからな」

「それをすべてやっておけば、万一最終的に〈ヴ・トロン・フュン〉を沈めることになったとしても、われわれは平和的解決を求めて最善を尽くしたことをはっきりさせられます」

　ファンは不満そうだったが、勝ち目がないこともわかっていた。それでも、ダメージを最小限にしようとした。「では、せめて近くに巡洋艦を配置して、いつでも攻撃できるようにしておこう」

「素晴らしい提案だ」ウーが言い、立ち上がって会議が終了したことを示した。「この案をチェン主席に進言する」

　カイはファンと一緒に下りのエレベーターに乗った。ファンは七階から一階へ下りるまで一言も口をきかなかった。正面入口の前では、磨き上げられた黒の〈紅旗《ホンチー》〉リムジンがファンと助手を待っていた。カイはヘーシャンが運転席にいるシルヴァーグレイの〈吉利汽車《ジーリー》〉のファミリー・セダンに乗り込んだ。

　こういう、たとえば車といったステータス・シンボルにもっと気を使うべきだろうか、とカイは思案した。共産主義国家では、金も力もあることを目に見える形で示すことが、退廃的なヨーロッパより重要だった。ヨーロッパでは、くたびれた革のジャケットを着ている男が大金持ちでも不思議はなかった。だが、カイはプリンストン大学で出会ったアメリカの学生と同じく、ステータス・シンボルなど無用の長物だと感じていた。そして、今日、それが正しかったことが証明された。外務大臣がファンではなく、カイの助言を採用したことによって。だとすれば、リムジンに乗っていることも、助手を連れていることも、結局のところ大して意味はないのかもしれなかった。

〈ジーリー〉は車の流れに合流し、美的電影撮影所を目指した。今夜、「宮廷の愛」百回放送を祝うパーティが開かれていた。番組は大当たりしていて、膨大な数の視聴者を獲得しているうえに、主役の二人は有名人になっていた。ティンの収入はカイよりはるかに多く――カイにとって、それは問題ではなかった。

俳優たちに混じってもなるべく堅苦しく見えないよう、カイはネクタイを取った。着いてみると、パーティはサウンド・ステージで始まったばかりで、そこはありとあらゆるセットに囲まれ、大小の部屋が清朝《しんちょう》後期の贅を極めたスタイルで家具調度の配置や装飾がなされていた。

俳優たちはテレビ用の厚化粧を落とし、衣装を着替えて、いまは彼らの私服のとりどりの色が部屋に満ちていた。カイの世界では、男は自分を真面目に見せようとスーツを着ていたし、数少ない女性も男のように見えるためにグレイやダークブルーの服を着ていた。ここは違っていた。俳優は男女を問わず、あらゆる色を使った流行の服を着ていた。

ティンが会場を歩いていた。黒のジーンズとピンクのスウェットシャツが可愛くよく似合って、番組のプロデューサーを魅了していた。嫉妬《しっと》するんじゃない、とカイは自分を戒めた。ああいう態度は彼女の仕事の一部で、いずれにせよ、彼女が仲良く話をしている男の半分はゲイなんだから。

カイは〈燕京啤酒《ヤンジンビール》〉を一本、手に取った。見ると、技術者やエキストラはわれ先に無料《ただ》の酒に飛びついていたが、俳優陣はもう少し抑制的だった。ティンの相手役でもう一人の主役、皇帝を演じているウェン・ジンが、自分の立場が微妙な撮影所長と深刻な顔で話していた。ジンは長身でハンサムで態度が大きく、所長は少し及び腰で、単に演じているだけのジンをあたかも現実世界の万能の支配者であるかのように遇していた。ほかの俳優たちはお喋りして笑っていて、もっとリラックスしているように見えたが、全員、自分たちの生殺与奪《せいさつよだつ》の権を握っているディレクターやプロデューサーに気に入られようとしているらしかった。こういうパーティの御多分に漏れず、これもまた、客にとっては仕事だということだった。

ティンがカイに気づいてやってくると、彼が自分の夫で、自分が彼を愛していることをたぶん全員に知らしめるためだろう、本格的な長いキスをした。カイはその恩恵に浴した。

しかし、彼女の楽しそうな笑顔が本心を隠すための表向きのものであることをカイは見抜いた。彼女が何か面倒なことになっているのがわかるぐらいには、妻のことを知ってもいた。「何があった?」カイは訊いた。

ちょうどそのとき、黒いスーツを着た撮影所長が椅子の上に立ってスピーチを始めようとし、会場が静かになった。ティンがささやいた。「ちょっと待ってて、すぐに教えるから」

「私がともに仕事をしたなかで最も才能豊かなグループのみなさん、おめでとうございます！」所長がスピーチを始め、会場がどっと沸いた。このシリーズは第一話からずっとよくなりつづけています！「われわれはいま、『宮廷の愛』の百話目の撮影を完了しました。このシリーズは第一話からずっとよくなりつづけています！」ショウビジネスの世界ではこの手の誇張が普通なのをカイは知っていた。たぶんハリウッドでもそれは同じだろうとカイは思った。もっとも、ロサンジェルスに行ったことはなかったが。「そしていま、特別な朗報をお届けできることになりました」所長はつづけた。「『宮廷の愛』が〈ネットフリックス〉に売れたのです！」

これは実際に朗報で、大歓声が爆発した。

中国を除いても、中国人は世界じゅうに五千万人いて、その大半が母国のテレビ・ドラマを観るのが大好きだった。最高の中国製ドラマは現地語の字幕付きの北京標準語で放送され、プロデューサーに大金をもたらしていた。一応、その逆のようなことがないわけではなく、人々に英語を覚えさせるために中国でも外国のドラマが放送されてはいた。しかし、中国の撮影所は恥知らずにもアメリカの番組を真似《まね》したものを作って放送するのを当然のことのようにやっていた。しかも、元々の製作者に放送権料を払ってもいなかったから、ハリウッドからたびたび厳しい抗議を受けていた。カイも中国のほとんどの人々と同じく、それを笑って相手にしなかった。欧米は何百年にもわたって中国を無慈悲に搾取《さくしゅ》してきたのだから、中国が搾取しているという欧米の抗議など、中国にとっては噴飯物《ふんぱんもの》でしかなかった。

所長が椅子を降りると、ティンが小声でカイに言った。「さっき、脚本家の一人と話したの」

「何が問題なんだ？」

「わたしが――もちろん、役の上でよ――病気になるの」

「何の病気？」

「謎の、でも、深刻な病なんですって」

何が問題なのか、カイはすぐにはわからなかった。「波乱万丈だな」彼は言った。「きみの敵は意地悪く喜び、味方は涙にくれ、愛人たちはきみの床の横に膝を突く。きみは悲劇役者になれるかもしれないぞ」

「あなたはテレビの台本をたくさん読んできているでしょうけど、撮影所の政治については違うみたいね」ティンの声には苛立ちの色があった。「これは彼らがある役をドラマから消そうと考えたときに使う手なの」

「役の上のきみが死ぬ可能性があるのか？」

「その脚本家に訊いたんだけど、はっきりとは言わなかったわ」

あるまじき考えがカイの頭に浮かんだ。降板することになったら、ティンも引退して子供を作る気になるかもしれない。カイはすぐにその考えを振り捨てた。彼女はスターであることを愛している、その仕事を彼女がつづけるというのなら、そのために何でもする。カイは言った。「だけど、きみが演じている役は一番人気があるんだろう」

「そうよ。ひと月前、わたしが党を批判しているというあの告発がなされたとき、わたしはウェン・ジンが嫉妬のあまりやったんだと確信した。でも、ジンには脚本を操作してわたしを降板させる力はないわ。何かほかのことが起こっているのよ。それが何かは、わたしにはわからないけど」

「それが何か、ぼくにはわかるような気がする」カイは言った。「これはたぶん、きみと関係のないことだ。ぼくだよ。ぼくの敵が、きみを通してぼくを狙っているんだ」

「敵って、どんな？」

「いつものやつらさ。ぼくの上司のフー・チューユー、今日、やり込めてやったファン将軍、髪型もスーツも時代遅れの守旧派全員だ。ワン・ボーエンと話してもかまわないかな」カイはワンを知っていた。撮影所を監督する役目の共産党職員である。見回すと、皇帝の第一夫人の寝室にワンの禿《は》げ頭が見えた。「何かわかるかもしれない」カイは言った。

ティンがカイの腕を握り締めた。「ありがとう」

カイは混雑を掻き分けるようにしてワンのほうへ向かった。ティンの世界では、とカイは思った。すべての争いは想像上のものでしかない。ティン本人が実際に死ぬわけではないんだ。彼女が演じる架空の人物に過ぎない。もしかすると、おれはショウビジネスのそこが好きなのかもしれない。おれの世界では、〈ヴ・トロン・フュン〉についての話し合いが人を殺す相談になってしまった。

カイはワン・ボーエンを捕まえた。ワンはシャツが皺《しわ》になっていて、残り少ない髪も切って整える必要があった。カイはこう言いたかった。「きみは世界で最も偉大な共産党を代表しているんだ——もう少しきちんとして見えるようにすべきだと考えないのか?」だが、いまのカイの役目はそれではなかった。多少の社交辞令のやりとりがあったあと、カイは言った。「ティンの演じている主人公が病気になることは知っていると思うが」

「もちろん、知っています」ワンが不安げな顔になった。

やはり既定の事実だった。カイはつづけた。「もしかして死に至る病とか?」

「そう聞いています」ワンが答えた。

やはりティンの疑いは当たっていた。

カイは言った。「そういうふうに話が展開したら政治的な問題が起こる可能性があることを、きみのことだ、もちろん考えただろうな」

ワンが完全に当惑し、怯えた様子になった。「何を言っておられるのかわかりませんが」

「十八世紀の医学はいまほど進んでいない、はるかに遅れている」

「そうですね」ワンが言った。「未開と言ってもいいと思います」

「もちろん、彼女が奇跡的に回復することもあり得るわけだ」カイは肩をすくめて微笑した。「アイドル・ドラマでは奇跡が起こってもいいかもしれない」

「もちろんです」

「しかし、きみはこれから細心の注意を払わなくてはならなくなるな」

「私は常に細心の注意を払っています」ワンは言ったが、依然として困惑と不安を拭《ぬぐ》えずにいた。「ですが、特に何を考えておられるのでしょう？」

「その物語の展開では、いまの中国の医療を風刺しているとみなされる危険があるということだ」

「そんな！」それを聞いて、ワンが怯えた。「どうしてそんな可能性が出てくるのですか？」

声まで震えていることに、カイは気づいた。

こういう男を怯えさせるのは難しくない。党の方針に違背しているように見えるのを恐れているからだ。カイは言った。「この物語のたどる道は二つしかない。医師たちが無能で彼女が死ぬか、医師たちは無能だが彼女が奇跡によって生き延びるかだ。いずれも、医師たちは無能だ」

「しかし、十八世紀の医師たちは何も知らないんです」

「そうだとしても、人気のあるテレビ・ドラマで医師たちが無能だという話を視聴者に見せたいとは、党は思わないのではないかな」地方へ行くと、正式な医学教育を受けた医師は全体の一割に過ぎなかった。「私が何を言おうとしているかはわかるだろう」

「もちろん、わかります」いまや少しは馴染《なじ》みの増した領域に入って、ワンの理解速度が速くなった。「だれかがソーシャル・メディアに、〝自分は昔、ひどい藪《やぶ》医者にかかっていた〟などと投稿する可能性があります。そして、それに反応して、〝自分もだ〟とつづくかもしれません。そうなったら、あっという間に個人の体験がインターネットで拡散し、わが国の医師は無能であるという話が中国全土で盛り上がる恐れがあります」

カイは言った。「きみはとても頭がいいし、ワン・ボーエン、よく考えている。それに、危険をすぐに見抜いたしな」

「ありがとうございます」

「あのドラマの制作チームはそういう疑問についてきみに導きを求めるだろうし、きみは彼らを助けてやれるはずだ。きみという信頼できる人物が党にいてくれるのはありがたいことだ」

「あなたと話すのは常に有益です、チャン・カイ。教えていただいて感謝します」

ワンのプライドは充分に回復され、面子も潰されずにすんだ。カイはティンのところへ戻った。「あのドラマだが、筋書きが変わるんじゃないかな」彼は言った。「きみが心配している筋書きだと、歓迎されない政治的な意味合いを持ち得ることにワンが気づいたからね」

「ああ、本当にありがとう、愛しい人」ティンが言った。「でも、あいつら、別の手を考えてくるんじゃないかしら」

「ぼくを攻撃したいんなら、きみを経由するんじゃなくて、本人を直接責めるほうが簡単だとわかってくれるといいんだけどな」しかし、あまり期待はできそうになかった。家族を脅すのは人々を従わせるときの共産党の標準的なやり方で、政府は外国にいる中国人に言うことを聞かせるときも、国内にいる家族を利用して同じ方法を取っていた。そのほうが、本人を脅すよりも効率的だった。

「そろそろお開きみたい」ティンが言った。「わたしたちも抜け出しましょう」

二人は撮影所を出ると、ヘーシャンが待っている車に戻った。動き出した車中で、ティンが言った。「何かおいしいものを買って帰ってディナーにしましょうよ。静かな夜を過ごしたいの」

「名案だ」

「かりかりに揚げた兎の耳はどう？　大好きでしょ？」

「大好物だよ」そのとき、カイの電話が鳴ってメールの着信を知らせた。発信者は不明だった。カイは訝った。この番号を知っている者はほとんどいないし、名乗らずにかけてくるのを許されている者はもっと少ない。ともかく、メッセージを開いた。一言、〝至急〟とあった。

北朝鮮のハン将軍だとすぐにわかった。可及的速やかに会いたいと言っているのだ。ハンからはもう三週間近く接触がなかった。何か重要なことが起こったに違いない。いまさら経済危機の話ではないだろう。何か新しい進展があったのだ。

スパイが自分の重要性を押し上げるために情報の意味を誇張することは間々《まま》あるが、ハンはそういうことをする人物ではない。カン・ウジン最高指導者が核弾頭の発射実験をしようとしているのかもしれない。それはアメリカを激怒させるはずだ。もしかすると、カン・ウジンは南北朝鮮のあいだの非武装地帯の侵犯を目論んでいるのかもしれない。あの最高指導者は中国政府を煩《わずら》わせる策をいくらでも思いつく。

北京・延吉《イエンチー》の定期便は一日三本しかなかったから、急ぐ場合には空軍機を使うことができた。カイはオフィスに電話をした。第一秘書のペン・ヤーウェンはまだ机にいた。カイは言った。「明日の延吉行きの一番早い便は何時かな？」

「早いですよ……」その声の向こうで、彼女がキイボードを叩く音が聞こえた。「六時四十五分、直行便です」

「その便を予約してくれ。到着時間は何時だろう？」

「八時五十分です。朝陽川《チヤオヤンチエン》空港の到着エリアに車を待たせておきますか？」

「いや、それには及ばない」目立たないほうがよかった。「タクシーを使う」

「一泊なさいますか？」

「いや、できれば日帰りしたい。次の北京行きの便を予約しておいてくれ。そうしておけば、万一のときでも予約を変更すればすむ」

「承知しました」

電話を切ると、カイは頭のなかで時間を計算した。ハン将軍とは、それ以外の選択肢で合意しない限り建築中の彼の家で会うことになっていて、九時半にはそこへ着けるはずだった。

カイは同じく簡潔な一言を返信した――〝9：30 a.m.〟

翌朝、延吉空港は強い冷雨が降っていた。カイの乗った便は上空で十五分、空軍機が一機着陸するのを待って旋回待機しなくてはならなかった。軍民共用の滑走路で、中国でも常にそうだったが、軍に優先権があった。

まだ十月半ばだったが、ターミナルを出てタクシー待ちの列に並んだときには、冬物のコートがありがたかった。いつものとおり、ウマルト・スーパーマーケットの住所を告げた。運転手は韓国語のラジオ局を聴いていて、人気のあるKポップ、〈ガンナム・スタイル〉がかかっていた。カイは後部席に背中を預けて音楽を楽しんだ。

やはりいつもどおり、スーパーマーケットからは徒歩でハンの家へ向かった。建築現場は泥の海と化していて、作業もほとんど進んでいなかった。

「私は自分の命を危険にさらしてきみと会っているが」ハンが言った。「どのみち、数日のうちに殺されることになりそうだ」

カイは驚いて訊いた。「それは真面目な話なんですか?」

それは無意味な質問でしかなかった。ハンは常に真面目だった。「雨のなかにいることもあるまい、なかへ入ろう」彼が言った。

二人はいまだ未完成の家に入った。内装業者が弟子と一緒にハンの孫の寝室にいて、明るいパステルカラーで装飾作業をしていた。そのせいで新しい塗料のぴりっと鼻をつく強い臭いが家のなかに充満していたが、それは同時に、新しさと現代風であることをほのめかす心地いい匂いでもあった。

ハンはカイをキッチンに連れていった。カウンターに湯沸かし器、茶葉の容器、カップがいくつか並んでいた。ハンが電気湯沸かし器のスイッチを入れ、これからの会話が外に聞こえないようドアを閉めた。

家のなかは寒く、二人ともコートを着たままだった。椅子はなく、二人とも作りつけられたばかりのキッチン・カウンターに寄りかかった。

カイは待ち切れずに訊いた。「何があったんです？　至急とは何ですか？」

「この経済危機は朝鮮戦争以来最悪のものだ」

それはもうわかっている、とカイは思った。その責任の一端はおれにもある。「それで……」

「最高指導者が軍事予算を削減した。元帥《げんすい》たちが反対したら、全員更迭《こうてつ》された」ハンが言った。「それが間違いだった」

「そして、いまは彼らに代わって新しい若い世代が軍を統括しているんですね。それで……？」

「軍には長年、強固な超愛国主義的改革派が存在している。彼らは北朝鮮を中国から自立させたがっていて、自分たちの運命は自分たちで決めるべきだと主張している。中国の飼い犬であるべきではない、とな。気を悪くしないでくれるといいんだがね、友よ」

「まったくそんなことはありませんよ」

「自立を維持するためには、共産党の管理下での規制を緩めながら、農業と工業を改革しなくてはならない」

「鄧小平《トンシャオピン》のときの中国がそうでした」

「彼らの考えが表に出てくることはこれまでなかった。最高指導者を大っぴらに批判したら、そんなに長く将校ではいられないからな。そういう考えは信頼できる仲間内で小声でささやかれるのが常だ。だが、それは最高指導者が自分の敵を必ずしも知らないことを意味する。そして、新しいリーダーたちの多くが密かに超愛国的傾向の急進派に属していて、カン・ウジンの下では何もよくならないと考えている」

話がどこへ向かおうとしているかわかりはじめて、カイは懸念した。「それで、彼らは何をしようとしているんでしょう?」

「軍事クーデターだ」

「くそ」カイは動揺した。これは西沙諸島周辺のヴェトナム探査船や、武器取引に関するアメリカの国連決議よりはるかに深刻だ。北朝鮮には安定していてもらわなくてはならない。それが中国防衛の要《かなめ》だ。何であれピョンヤン体制への脅威は北京体制への脅威だ。

湯が沸き、電気湯沸かし器のスイッチが自動的に切れた。どちらも、お茶を淹《い》れようともしなかった。「クーデターはいつ、どうやるんですか？」カイは訊いた。

「首謀者は私の同僚、ヨンジョンドン基地にいる将校たちだ。彼らなら確実に基地を乗っ取ることができる」

「つまり、彼らは核兵器を手にするわけですね」

「彼らはそれが不可欠だと考えている」

状況がどんどん悪くなっていくじゃないか。「よそからの支援はどのぐらいあるんです？」

「それはわからない。わかってもらわなくてはならないが、私は中心にはいないんだ。支持者だと思われて信頼されているようだが、しょせんは周辺にいるだけだ。昔なら彼らの熱心な味方になってやれたんだろうが、もうずいぶん前に自分の進む道は決めてしまったからな」

「しかし、本気でやろうとしているのなら、仲間はかなり広範に広がっているはずですよ」

「考えを同じくする上級将校がほかの基地にもいて、お互いに連絡を取り合っていることは考えられるが、確かなことはわからない」

「では、いつ動き出すかもわからないわけですね？」

「もう間もなくだとは思う。軍は食料も燃料も底をつきかけている。だから、蹶起《けっき》は来週であっても不思議はない。あるいは、明日という可能性だってある」

早くこのニュースを国家主席に伝えなくてはならなかった。

電話で北京に知らせることを考えたが、すぐに却下した。われながら、狼狽《うろた》えて拙速に陥ったとしか思えなかった。国家安全部への電話は暗号化されるけれども、解読されない暗号はない。いずれにせよ、クーデターが今日なら、すでに手遅れだ。明日なら、どんなに早い時間でも、通報する余裕はある。

すぐに北京へ戻れば、数時間以内に報告できる。

カイは言った。「何人かでも名前を教えてもらえませんか」

ハンは長いことそこに立ち尽くし、足元の新しく敷かれたばかりのタイルの床を見つめていたが、しばらくしてようやく口を開いた。「北朝鮮政府は残忍で無能だ。だが、問題はそれではない。問題は嘘をついていることだ。彼らの言うことはすべてがプロパガンダで、真実は一つもない。人は悪いリーダーについていくことはできるが、不誠実なリーダーについていくことはできない。私は自分の国のリーダーを裏切っているが、それは彼らが私に嘘をついてきたからだ」

カイはそんな話を聞いていたくなかった。急いでいた。だが、ハンは言わずにいられないのだと感じて、黙っていた。

「ずいぶん昔、私は自分と自分の家族を大事にすると決めた」自分の人生の進路を決めた選択が正しかったかどうかを考える年寄りの、重い口調だった。「だから、娘を励ましてここへ、中国へ移住させた。私自身はきみのために、そして金を貯めるために、スパイを始めた。そしていま、ついに退役後の家を建てようとしている。そういうことのすべてにおいて、恥ずかしいと思うようなことは何一つしていない。しかし、いまは……」

カイは言った。「わかります。しかし、あなたはいま、自分の運命に従おうとしているんです。自分でも言っているじゃないですか、あなたはずいぶん前に決定的な決断をしているんです」

ハンはカイの言葉を無視した。「いま、私は戦友を裏切ろうとしている。自分たちの国が本当に自立することだけを欲している男たちを」そして間を置き、悲しげにつづけた。「私に決して嘘をつかなかった男たちを」

「あなたの気持ちはわかります」カイは小声で言った。「しかし、われわれはこのクーデターを阻止しなくてはなりません。一旦クーデターが起こったら、その結末がどうなるかはだれにもわかりません。われわれは北朝鮮が制御不能になるのを許してはならないんです」

ハンはそれでもためらっていた。

カイは言った。「それなら、この企みがあることを私に教えた意味は何なんです？　それを阻止したいのでないのなら？」

「名前を教えたら、私の同志が処刑されることになる」

「クーデターが起こったら、どれだけの数の人々が殺されると思いますか」

「もちろん、犠牲者は出るだろう」

「必ずや何千もの命が失われることになりますよ。あなたと私が今日、行動を起こして、それを阻止しない限りはね」

「きみの言うとおりだ。われわれは全員が軍にいて、戦いの誓いを立てている。私は年のせいで弱気になりつつあるに違いない」ハンが気力を奮い起こした。「反乱グループのリーダーは基地司令官、私の直属の上司のパク・ジェジン大将だ」

カイは携帯電話の掲示板にその名前を書き込んだ。

ハンがさらに六人の名前を挙げ、カイはその一人一人について同じ作業を繰り返した。

そして、訊いた。「今日、ヨンジョンドンへ戻られるんですか？」

「そのつもりだ。そして、たぶん少なくとも数日は、中国へくることができないだろう」

「もし私に連絡する必要が生じたら、電話で公然と話さなくてはならないかもしれませんね」

「そのときは予防措置を講じるさ」

「どんな予防措置ですか？」

「だれかの電話を盗む」

「私と話したあとは？」

「川に捨てる」

「充分です」カイはハンと握手をした。「くれぐれも用心してください、友よ。緊急事態を生き延び、無事に退役してここへ戻るんです」そして、真新しい現代的なキッチンを見回した。「あなたはここにいる当然の権利があるんですから」

「ありがとう」

カイは建築現場をあとにし、スーパーマーケットへと歩いた。途中で、タクシーを呼んだ。電話には延吉のすべてのタクシー会社が登録されていて、一度使った会社は二度と使わなかった。彼の行動パターンに気づく運転手がいないとも限らなかった。

国家安全部に電話して、ペン・ヤーウェンに頼んだ。「国家主席のオフィスに電話を頼む」

「承知しました」きびきびと返事が返ってきた。何事にも慌てることのない女性だった。たぶんカイの仕事でもこなせるのではないかと思われた。

「今日、私が主席と会って話をするのが決定的に重要だと伝えてもらいたい。電話では話せない、尋常でない情報を私が持っていると説明してくれ」

「尋常でない情報ですね、承知しました」

彼女の鉛筆がノートの上を淀みなく走っているところが目に浮かんだ。「それから、空軍基地に連絡して、私が大至急北京に帰らなくてはならなくなったから一機融通してもらいたいと要請してくれ。私のほうも三十分以内に空港に着けると思う」

「チャン局長、主席への面会は今日の午後か夕方でなくてはならないと、国家主席のオフィスに伝えたほうがいいのではないでしょうか。それ以前に局長がお戻りになるのは無理でしょうから」

「よく気がついてくれた」

「ありがとうございます」

「国家主席のオフィスから面会できる時間を知らせてきたら、すぐに外務省に連絡して、私がウー・ベイ大臣に同席してほしいと言っていると伝えてもらいたい」

「承知しました」

「状況は逐一報告してくれ」

「承知しました」

カイは電話を切った。一分後、ウマルト・スーパーマーケットに着いてみると、呼んでおいたタクシーが待っていた。運転手は電話で韓国のテレビ・ドラマを観ていた。カイは後部席に坐ると言った。「龍井《ロンジン》空軍基地まで頼む」

中国政府の本拠は中南海《ジョンナンハイ》と呼ばれる千五百エーカーの構内にあった。北京のかつての中心で、紫禁城に隣接し、かつては皇帝の公園だったところである。カイの運転手のヘーシャンが、新華門《シンファメン》と呼ばれる南の入口から入ってきた。門の入口からなかをうかがおうとしても、目隠しの壁にさえぎられていた。その壁には毛沢東《マオツォードン》の特徴的な筆跡で〝人民に奉仕〟と大書されたスローガンが掲げられていた。十億の人々が知っている、洒落《しゃれ》た草書体だった。

文化大革命が改革開放的な雰囲気を持っていた短いあいだは一般市民も中南海に入ることを許されたが、いまはことのほか厳しく警備されていた。新華門の火力は軍隊の侵攻にも耐え得るのではないかと思われるほどで、ヘルメットをかぶってライフルを持った部隊が威圧的に目を光らせ、警備員が鏡を使って車の下を検めていた。何度も国家主席に面会したことのあるカイでさえ、国家安全部の身分証を慎重かつ詳細に確認され、面会の約束があることも再確認された。身分に偽りがなく、面会の約束も本物であることがようやく確かなものと認められて初めて、タイヤ止めが外され、車が前に進むことができた。

中南海の半分以上を二つの大きな池が占めていた。水面は灰色の空を不愛想に映していた。それを見ただけで、カイは身震いした。冬の最中には凍るはずだった。カイの車は南端の池を時計回りに、大半が陸地の北西部分へと走った。建物は伝統的な中国の宮殿とパゴダ風の傾斜の急な屋根を持つ四阿《あずまや》で、いかにもかつては至極の愉楽を提供してくれる庭園だったことを想わせた。

構内には主席を含む政治局常任委員会のメンバーの公邸があったが、必ずしもそこに住む義務はなく、何人かは外の自宅で暮らしていた。大宴会場はいまは会議場として使われていた。

ヘーシャンは車を最初の池の奥、勤政殿《クインツエンディアン》の前で止めた。そこはかつて皇帝の宮殿だったところに新しく建てられたもので、国家主席のオフィスがここにあった。ヘルメット姿の歩兵はいなかったが、カイは何人かの屈強な若者の安物のスーツの脇がこれ見よがしに膨らんでいることに気がついた。そこに銃が隠されているのだった。

ロビーに入ると、机の前に立ち、いまここにある顔と記録されている顔を比較され、そのあと、武器を隠していないか透視されるために保安検査室へ行かされた。

そこへ入ろうとしたとき、国家主席護衛部長のワン・キンリと遭遇した。彼は出てくるところだった。ワン・キンリはカイの父親の友人で、父のパーティで出会ったのだった。キンリは保守的な守旧派の一人だったが、ほかの連中より頭がよく、それがしばしば主席と一緒にいる理由かもしれなかった。身だしなみがよく、髪はきちんと撫でつけて分けられ、濃紺のスーツはヨーロッパ風で仕立てもよかった。実際、護衛している人物とてもよく似ていた。彼は笑顔でカイに挨拶《あいさつ》をし、握手をして、階段を一緒に上がって案内をしてくれた。ティンのことを尋ね、妻は「宮廷の愛」を一話も見逃していないと言った。カイは百人もの男から同じことを聞かされていたが、気にならなかった。ティンがこんなに成功してくれているのが嬉しいだけだった。

この建物の調度はカイの好きなスタイルだった。伝統的な中国の戸棚や屏風《びょうぶ》と坐り心地のいい現代的な座席が、どちらも場違いに見えないよう注意深く組み合わされていた。対照的に、ほかの建物の多くはいまだに脚が逆朝顔形の調度にこだわり、古《いにしえ》の中国の人々が思った宇宙の絵が壁を占めていた。それらはかつては洒落ていたのだろうが、いまは不格好で見苦しくさえあった。

控室に入ると、すでにウー・ベイ外務大臣がいて、炭酸水の入ったグラスを手に寛《くつろ》いでいた。ヘリンボーンの黒のスーツ、真っ白なワイシャツ、かすかに赤いストライプの入ったダークグレイのネクタイという、非の打ちどころのない服装だった。「ありがたや、お出ましいただいたか」ウー・ベイが皮肉な口調で言った。「自分がここへきた理由を主席に説明できず、危うく恥をかくところだったぞ」

ウー・ベイは上司だったから、本来はカイが先にきていなくてはならなかったのだが、順番が逆になってしまっていた。「ついさっき延吉から戻ったばかりなんですが」カイは弁解した。「お待たせして申し訳ありません」

「主席と会って何をするつもりなのか、それを教えてくれ」

カイは腰を下ろして説明を始めた。それが終わるころにはウー・ベイの態度が変化していた。「すぐに対処しなくてはならないな」彼が言った。「ピョンヤンに電話して、最高指導者に主席から警告してもらう必要がある。もう手遅れになっているかもしれないがな」

補助員が現われ、二人を主席の執務室へ案内した。その途中で、ウーが言った。「この話し合いの口火は私が切るからな」それは正しい手続きだった。情報機関の長は政治家の下に位置していた。「クーデターの計画があることを私が伝えて、きみはわれわれが持っている限りの情報を細大漏らさず説明するんだ」

「承知しました、大臣」カイは答えた。年上の者には譲歩して従うことが大事だ。それ以外はすべて、ウーとチェンの機嫌を損ねることになる。

二人は国家主席執務室に入った。幅と奥行きがある広い部屋で、池を望む大きな窓が一つあった。チェン主席の実像は大半の官庁に掲げられている肖像画と少し違っていた。実際には背がかなり低く、写真に写ることはないが、少し腹が出ていた。しかし、表向きのイメージよりは友好的だった。「ウー大臣！」チェン主席が愛想よくウー・ベイを迎えた。「よくいらっしゃった。奥さまはお元気かな？　小さいとはいえ手術を受けられたそうだが？」

「手術は成功して、妻はすでに本復しました。お気遣いいただいてありがとうございます」

「チャン・カイ――子供のころしか知らないが、いまやきみを見るたびに、大きくなったなと言ってやりたいと思うよ」

カイは笑った。この前会ったときも同じ冗談を聞いていた。主席は人に好かれようと気を配っていた。みんなの友人たることが彼の方針だった。主席はマキャヴェリを読んでいるんだろうか、とカイは訝った。愛されるより恐れられるほうがいい、と彼は言っているんだが。「坐ってくれ。いま、レイがお茶を淹れてくれるから」カイは気づかなかったが、奥に中年女性が静かに控えていて、小さな湯呑《ゆのみ》にお茶を注《つ》いでいた。「では」チェンがつづけた。「本題に入ろうか」

同意したとおり、まずウー・ベイが概要を述べ、詳細を説明するようカイを促した。チェンは沈黙したまま耳を傾け、二度、金のトラヴァース社の万年筆でメモを取った。レイと呼ばれた女性がそれぞれの前に、香りのいいジャスミン茶の入った精妙な磁器の湯呑を置いた。カイが説明を終えると、チェンが言った。「これはきみが信頼している筋からの情報なんだな」

「朝鮮人民軍の将軍で、長年、信頼できる情報を提供してくれています」

チェンがうなずいた。「元来、こういう計画は秘密裏に行なわれるものだから、裏付けを取るのは難しいだろう。しかし、これは事実かもしれないから、そう見なして対応を考えることにする。きみの情報源は、ヨンジョンドン基地以外の反乱分子の規模を知らないんだな」

「はい、知りません。強力な支持があると少なくとも首謀者たちは信じていると、われわれはそう仮定すべきかもしれません。そうでなければ、動かないはずですから」

「そうだな」チェンが束の間考えた。「私の記憶が正しければ、北朝鮮には十八の軍基地があるはずだが、それで間違いないか？」

カイはちらりとウー・ベイを見たが、大臣は答えを持ち合わせていないようだったから代役を務めた。「はい、主席、十八です」

「そのうちの十二箇所はミサイル基地で、さらにそのうちの二箇所には核兵器があるんだったな」

「はい」

「重要なのはミサイル基地で、そのなかでも重要なのが核を持っている基地だ」

主席はあっという間に事の本質を把握したようだ、とカイは思った。

チェンがウー・ベイを見、ウー・ベイは同意を示してうなずいた。

チェンが言った。「どう対応すべきか、きみの考えを聞かせてくれ」

ウーが言った。「万難を排しても、北朝鮮の不安定化を阻止すべきだと考えます。クーデター計画があることを、大至急ピョンヤンに教えてやるべきでしょう。いまなら、ことが実行に移される前に叩き潰すことができます」

チェンがうなずいた。「カン最高指導者を厄介払いしたいのはやまやまだが、混乱よりは彼のほうがまだましだ。悪くなった林檎《りんご》を二つ差し出されたら、悪くなりかたが少ないほうを取れ、という格言があるだろう。そして、それがカンだ」

「私も同じことを考えていました」ウーが言った。

チェンが受話器を上げて言った。「ピョンヤンとつないでくれ。今日じゅうにカンと話す必要がある。大至急の用件だと伝えろ」そして、受話器を戻して立ち上がった。

「感謝する、同志。いい仕事をしてくれた」

カイとウーは主席と握手をして執務室を出た。

「よくやった」ウーが階段を下りながら言った。

「間に合うことを祈りましょう」カイは応えた。

翌朝、カイが髭を剃《そ》っているときに電話が鳴った。発信者のアドレスはハングルだった。カイは朝鮮の言葉を話せなかったし、ハングルも読めなかったが、発信者の見当はついた。とたんに全身に緊張が走り、思わず呟いた。「間に合わなかったのか？」そして、電話を手に取った。

「始まってしまった」ハン将軍のものとわかる声が言った。

「状況を教えてください」カイは電気剃刀《かみそり》を置いて鉛筆を取った。

ハンは声を潜めていて、だれかに聞かれるのを心配しているのが明らかだった。

「夜明け直前、特殊作戦部隊がヨンジョンドン基地を急襲した」

朝鮮人民軍の精鋭師団のことだった。

ハンがつづけた。「北京から情報を得た最高指導者が先手を打ったのではないかと、私はそう考えている」

「よかった」カンが迅速《じんそく》に対応したというわけだ。「それで……？」

「基地を制圧して上級将校を逮捕しようとした」

カイはその言い方が気に入らなかった。「〝しようとした〟と言いましたか？」

「銃撃戦になった」ハンの報告は簡潔で、冷静だった。訓練の賜物《たまもの》と言えた。「反乱グループはそこがホームグラウンドだから、基地のすべての資産に簡単に接近できた。攻撃側は無防備なヘリコプターに乗っていて、その領域に不案内だった。それに、反乱軍の数の多さと強さに驚いたのではないかな。いずれにせよ、特殊作戦部隊は撃退され、反乱軍はいま、基地を完全に制圧している」

「くそ」カイはだれにともなく吐き捨てた。「間に合わなかったか」

ハンがつづけた。「攻撃側は大半が死ぬか拘束されているかだ。脱出に成功した者はほとんどいない。この電話は死者のものを使ってかけている。反乱グループを支持していなかった将校も拘束されている」

「これは悪い知らせです。次は何です?」

「ここの最寄りのミサイル基地二つにも、反乱分子のグループがいる。彼らに対しても同時蹶起が要請され、その要請が確実に実行されるよう、応援部隊が送られた。国全体を見ると、さらに反乱グループがいても不思議はないかもしれない。もっとも、そういう話はまだ聞いていないが。反乱軍のリーダーたちはサンナム・ニのもう一つの核ミサイル施設に最大の関心を持っているが、そこがどうなっているかはわからない」

「さらに何かわかったら、すぐに連絡をください」

「別の死体の電話を使ってな」

カイは電話を切ると窓の外を見た。楽観できたのはわずか一時間かそこらで、いまはもう、状況は悪化の一途《いっと》をたどりつつあった。長い一日になるのは必定《ひつじょう》だった。

現状報告とさらなる情報を約束するだけの短いメッセージをチェン主席とウー・ベイ大臣に残したあと、自分のオフィスに電話をした。

カイは電話に出た夜間担当のファン・イムに言った。「北朝鮮でクーデターが企てられている。成否はまだわからない。できるだけ早くチームを編成してくれ。私は一時間以内にそっちへ行く」今日は日曜だったが、彼のスタッフは洗車とか洗濯とか、それぞれの計画を取りやめなくてはならなかった。

カイは急いで髭を剃り終えた。

ティンが裸で、欠伸《あくび》をしながらバスルームに入ってきた。いまの会話を半分聞いていたらしく、英語でこう言った。「問題が起こったのね《ウイ・ゴット・ア・シチユエーション》」

カイは微笑した。映画か何かで聞いた台詞《せりふ》に違いない。「朝食は省略だな」彼は北京語で言った。

ティンがまた英語で応じた。「頑張ってね《ノック・ユアセルフ・アウト》」

カイは笑った。彼女はこういうことに理解がある。「危機の真っただ中にあっても、きみはぼくを笑わせることができるんだ」カイは言った。

「もちろんよ《ユー・ベット・ユア・アス》」ティンはカイに向かって腰をくねらせてからシャワーに入った。

カイは手早く仕事用のスーツに着替えた。支度ができたとき、ティンは髪を乾かしているところだった。彼は〝行ってきます〟のキスをした。

「愛してるわ」今度は北京語だった。「あとで電話してね」

カイは外に出た。通りの空気は質が悪かった。まだ朝早い時間だというのに車が多く、口のなかで排気ガスの味がした。

車中、これからの一日のことを考えた。対外情報局長になって以来、最も重大な危機だった。全政府機関が北朝鮮で起こっていることの情報を求めておれを見るはずだ。

三十分考えたあと、まだ渋滞を抜け出せないまま、もう一度オフィスに電話をかけた。この時間にはもうペン・ヤーウェンが出勤していた。「やってもらうことは三つだ」カイは言った。「一つ目、ピョンヤンからの信号情報をだれかにチェックさせること」国家安全部はとうの昔に、自前の機器を使って、北朝鮮の秘密通信システムへの侵入に成功していた。もちろん、すべてに侵入できるわけではないが、何であれ使えるものは使うということだった。「二つ目、だれかに南朝鮮のラジオ・ニュースを聴かせること。北で何が起こっているかを、彼らが最初に突き止めることが往々にしてあるからな」

「ジン・チンファがすでにやっています」

「よし。三つ目、われわれの計画立案会議にピョンヤンのわが大使館の人間をリモートで参加させられるかどうか、やってみること」

「承知しました」

カイはようやく安全部構内にたどり着き、コートを脱ぐと、上りのエレベーターに乗った。

カイのアウター・オフィスで、ジン・チンファが待っていた。彼は朝鮮系中国人で、若くてやる気があり、もっと大事なことに、朝鮮語が流暢《りゅうちょう》だった。今日は週末に仕事をするときに許されているカジュアルな服装で、黒のジーンズを穿き、ロック・バンドの〈アイアン・メイデン〉のロゴが入ったフーディを着ていた。片方の耳にイヤフォンを挿した彼が言った。「KBS1を聴いているところです」

「よし」カイはそれが南朝鮮のソウルに本拠を置く、韓国放送公社の主要なニュース・チャンネルであることを知っていた。

ジンがつづけた。「北朝鮮の軍基地で〝事件〟があり、特殊作戦部隊の分遣隊が未明にそこを急襲して、反政府の陰謀を企んだグループを逮捕したとの噂があると、未確認だと断わりを入れて放送しています」

カイは言った。「会議室で北朝鮮のテレビ・ニュースを見ることはできるか？」

「北朝鮮のテレビが放送を開始するのは午後からです」

「くそ、それを忘れていた」

「ですが、私はピョンヤンFM――ラジオですが――も聴いています。KBS1と交互にですが」

「よし。三十分後に会議室に集まるんだ、みんなにも伝えてくれ」

「承知しました」

カイは机に着くと、これまでに入ってきた情報を検討した。ソーシャル・メディアには何もなかった。北朝鮮では、一般市民はインターネットに接続することを禁じられていた。信号情報は、すでにわかっていることども、まだ疑いの段階にあることどもを、改めて確認させてくれた。ピョンヤン駐在大使館は何も言ってきていなかった。ティンが電話をかけてきた。「わたし、間違ったことをしたんじゃないかしら」

「間違ったこと、どんな？」

「あなた、ワン・ウェイってお友だちがいる？」

ワン・ウェイという名前の男は中国に山ほどいるが、その名前の友人はたまたまカイにはいなかった。「いや、いないけど、なぜ？」

「わたし、それが心配だったのよ。長い台詞を覚えているとき、電話がかかってきたの。あなたがいるかと訊いてきたから、もう仕事に出たと答えたの。台詞のことで気が散っていたから、そのときはちゃんと考えなかったのよ。電話を切ったあとで、何も話すべきじゃなかったと気がついたというわけ。本当にごめんなさい」

「いまのところ、何も悪いことは起こっていない」カイは言った。「これから気をつけてくれればいいよ。でも、心配しなくて大丈夫だから」

「よかった。てっきり叱られると思っていたの」

「それ以外は何事もないか？」

「ないわ。これからマーケットへ行くの。今夜のディナーはわたしの手作りよ」

「素晴らしい。それじゃ、あとで」

その電話はおそらく、アメリカかヨーロッパのスパイがかけてきたものだろうと思われた。カイの自宅の電話番号は秘密になっていたが、スパイは秘密を突き止めるものだし、それが仕事だった。そして、かけてきた男はいまや何かを、つまり、カイが日曜の午前中に仕事をしていることを知った。それは彼に、何らかの危機が出来したに違いないと教えたも同然だった。

カイは会議室へ行った。五人の対外情報局上級局員と、ジン・チンファを含む四人の北朝鮮の専門家、そして、ピョンヤン大使館の国家安全部支部がリモートで参加していた。カイはこの二十四時間に起こったことを彼らに説明し、出席者が一人一人、この一時間のあいだに収集し得た情報を報告した。

そのあと、カイは言った。「今日を含めて数日のあいだ、われわれは北朝鮮で起こっていることを何としてもリアルタイムで知りつづける必要がある。チェン主席をはじめとする外交政策立案担当上層部全員が、時間軸に沿って逐一状況を追いながら中国が介入すべきかどうかを考え、もし介入するとなれば、どういう形をとるかを決定しなくてはならない――われわれが提供する信頼できるデータに基づいて、だ。

「あらゆる情報源から、すべての情報を搾《しぼ》り取らなくてはならない。偵察衛星は軍基地に焦点を合わせる。信号情報は傍受できる北朝鮮の通信を一つ残らず監視する。何であれ電話やメールのやりとりがいきなり増えたら、それは反乱グループが攻撃を開始したことを示す可能性がある。

「ピョンヤン大使館の国家安全部支部は、一日の休みもなく二十四時間体制で活動することになる。清津《チヨンジン》の領事館もだ。彼らはそれなりの情報を提供できるはずだ。それから、国外移住者のことも忘れるな。北朝鮮には数千人の中国人が住んでいる。大半はビジネスマンだが、学生も多少いるし、朝鮮人と結婚した人々もいる。彼ら全員の電話番号を知る必要がある。これは彼らが自分の母国愛を証明するときだ。彼ら全員から情報を取りたい」

ジンがさえぎった。「ピョンヤンが発表を行なっています──われわれは今朝、アメリカに操られた破壊工作者と裏切り者を軍基地において逮捕した……基地の名前は言っていません……逮捕者の数にも言及していません……暴力や銃撃についても同様です……以上です。発表は終わりました」

「意外だな」カイは言った。「彼らの場合、こういうことに対応するには数時間、あるいは数日かかることもあるのが普通なんだが」

ジンが言った。「ピョンヤン政府が動揺していることの印でしょう」

「動揺している?」カイは言った。「動揺どころか、怯えているのではないかな。だが、だれが本当のところがわかる？　私にはわからないな」

防衛準備態勢《デフコン》4

通常防衛準備態勢の上のレヴェル。
情報監視と保安手段の強化。

20

ポーリーンは寒さが大嫌いだった。シカゴ育ちなのだから慣れてもいいはずなのに、そうはならなかった。少女時代、学校は大好きだったが、冬の通学だけはたまらなく辛かった。いつの日か、と彼女は誓った。マイアミに住む。浜で寝ても大丈夫だと聞いたところに。

だが、マイアミには住まなかった。

日曜の午前七時、彼女は大きく膨れたダウン・コートを着て、レジデンスからウェスト・ウィングへ出発した。コロネードを歩きながら、セックスのことを考えた。昨夜、ジェリーは誘われたと感じたに違いない。わたしはセックスは好きだけど、なくてはならないわけではない。二十代の初期からそうだった。ジェリーも同じで、わたしたちのセックス・ライフは、わたしたちの関係のほかの部分もそうだけど、楽しいけれども劇的ではなかった。

でも、もうそれすらなくなってしまった、とポーリーンは悲しかった。

彼女のなかでジェリーへの気持ちがどこかおかしくなっていて、その理由もわかっているつもりだった。これまでは、ジェリーが後ろにいてくれるという安心感が常にあった。ときどき意見の不一致はあったものの、お互いを深いところで疑ったり傷つけたりはしなかった。議論をしても感情的なものにはならなかったから、いつまでも根に持ちつづけることもなかった。

でも、いまはもうそうではないかもしれない。

その原因はピッパだった。わたしたちの可愛らしい小さな赤ん坊は反抗的で生意気な娘になり、それにどう向かい合うべきか、母親と父親の意見が食い違っている。わたしが読まない女性雑誌にはたぶん載っている、ほとんどどこにでもある話なのだろう。子育てについて両親の意見が食い違うのは一番よくないと言われている、と聞いたことがある。

ジェリーはわたしの考えに同意していないだけでなく、ピッパが問題を起こすのはわたしのせいだと責めて、「ピッパはもっと母親と会う必要がある」と、無理な相談だと完璧にわかっているくせに言いつづけている。わたしはそれが不本意なのだ。自分に対しても、ジェリーに対しても。

いままでは二人一緒に問題と向き合い、二人で責任を引き受けてきた。わたしはジェリーと同じ側にいたし、ジェリーもわたしと同じ側にいた。いま、彼は反対側にいるようだ。昨夜、わたしはそれを考えていた。かつてイギリス女王のエリザベス二世が使ったクィーンズ・ベッドルームの四柱式ベッドで、ジェリーがわたしの上に乗っているときに。特に身体を合わせたいとも思わず、情愛も感じず、興奮もしなかった。ジェリーは普段より時間がかかった。それはたぶん、わたしとのあいだが昔と同じではないと彼も感じていることを意味しているのではないだろうか。

ピッパはいずれこの段階をくぐり抜けていくだろうが、わたしたち夫婦は無事でいられるだろうか。そう自問したとき、返ってきたのは絶望感だった。

震えながらオーヴァル・オフィスへ着いてみると、首席補佐官のジャクリーン・ブロディが待っていた。何時間も前から起きていたようだった。「国家安全保障問題担当顧問、国務長官、国家情報長官《DNI》が、至急、あなたと話したがっているわ」ジャクリーンが言った。「CIAの分析担当副部長も一緒よ」

「ガスにチェス、DNIにCIAの分析おたく？　日曜のまだ暗いうちに？　きっと何かあったのね」ポーリーンはコートを脱ぎながら言った。「すぐに通してちょうだい」そして、執務机に着いた。

ガスは黒のブレザー、チェスはツイードのジャケットという、日曜の服装だった。国家情報長官のソフィア・マリアーニは裾《すそ》の短いジャケットに黒のパンツと、もう少し形式ばっていた。CIAの分析担当副部長はジョギング・パンツに履き込んだランニング・シューズ、その上にピー・コートと、まるで街を歩いている市民のようだった。マイケル・ヘアだとソフィアに紹介されて、ポーリーンは彼のことなら聞いたことがあるのを思い出した。ロシア語と中国語の両方を話し、ニックネームは〝二つ脳《ミッキー・ツー》のミッキー《フレンズ》〟だった。ポーリーンは彼と握手をして言った。「わざわざ足を運んでくれてありがとう」

「おはよう」マイケル・ヘアは眠たそうな声でぶっきらぼうに応えた。

持ってる脳は一つ以下の印象だけど、とポーリーンは思った。

彼女の冷ややかな反応に気づいて、ソフィアが弁明した。「マイケルは昨夜から一睡もしていないんです」

ポーリーンはそれについては何も言わなかった。「みんな、坐ってちょうだい。それで、何事なの？」

ソフィアが答えた。「マイケルから説明するのが一番いいかもしれません」

「私の北京のカウンターパートはチャン・カイという男で」ヘアが説明を始めた。「彼は中国の秘密情報部、国家安全部のナンバー・ツーであり、対外情報局長でもある」

「前置きはいいから、本題に入ってちょうだい、ミスター・ヘア」ポーリーンは言った。

「これが本題だ」ヘアが苛立った口調で応えた。

そういう応対は大統領に対して無礼寸前で、控えめに言っても不愛想だった。情報の世界には、政治家はみな馬鹿で、自分たちと較べるととりわけそうだと考える者がいたが、ヘアもその一人のようだった。

ガスが飛び切り融和的な声でポーリーンをなだめた。「大統領、よろしいかな、これから聞く話は有益なものだと私は考えているのだがね」

ガスがそう言うのなら、そうなのだろう。「いいでしょう、つづけてちょうだい。ミスター・ヘア」

ヘアは邪魔が入ったことにもほとんど気づいていないかのようだった。「昨日、チャン・カイは延吉に飛んでいる。延吉というのは北朝鮮国境に近い町だ。CIA北京支局が空港のコンピューター・システムに侵入して、このことがわかった」

ポーリーンは訝った。「彼は本名を使っていたの？」

「行きの便についてはそうだ。しかし、帰りは偽名を使ったか、不定期便に乗ったかのどちらかだ。どちらにしても、彼が北京へ戻る便に乗ったという記録は、空港のコンピューター・システムには存在していない」

「戻っていない可能性があるんじゃないの？」

「いや、戻っている。北京時間で今日の午前八時三十分、北京にいるわれわれの工作員の一人が彼の自宅に友人を装って電話をしてみたところ、カイの妻が出て、仕事に行っていると答えた」

ポーリーンはヘアのことは気に入らなかったが、話には興味を持った。「では」彼女は考えながら言った。「彼は昨日、最初は何の変哲もないように見えたけれども、実は緊急性あるいは隠密性を帯びている可能性のある旅をして、日曜の早朝なのに仕事をしていたのね。それはなぜかしら？　ほかに何かわかっているの？」

「それをこれから話そうとしていたところだ」ふたたび苛立った返事が返ってきた。学生の馬鹿な質問で講義をさえぎられることの嫌いな大学教授のようだった。ソフィアの顔に当惑が浮かんだが、彼女は何も言わなかった。ヘアがつづけた。「今日、早い時間に、韓国のラジオが次のように報じている――〝北朝鮮の精鋭特殊部隊が反政府グループを制圧する目的で軍基地を急襲した、基地の名前はわかっていない〟。そのあと、ピョンヤンが以下の発表をしている――〝アメリカに操られている多数の裏切り者を軍基地で逮捕した〟。やはり基地名はわかっていない」

「その原因の一端はわたしたちね」ポーリーンは言った。

チェスが初めて口を開いた。「国連決議動議を中国に撤回させられたあと、われわれが北朝鮮への制裁を強化した結果だな」

「それによって北朝鮮経済がひどく傷んだわけね」

「それが制裁の目的だからな」チェスが弁解するように言った。北朝鮮への制裁強化は彼のアイディアだった。

「そして、それがわれわれの予想以上に効いているわけね」ポーリーンは言った。

「そもそも北朝鮮の経済は弱体だった。われわれはそれにとどめを刺したのよ」

「これを望まなかったら、最初から行動に移すべきではなかったんだ」

ポーリーンはチェスを責めるつもりはなかったし、彼にそう取ってもらいたくなかった。「決めたのはわたしよ、チェス。それに、間違った行動だったと言うつもりもないわ。だけど、だれかがピョンヤン政府に反旗を翻《ひるがえ》す引鉄《ひきがね》になるとは、あのとき、だれも思いつきもしなかった……もし本当にそうであるなら、だけどね」そして、CIAの分析官を見た。「つづけてちょうだい。ミスター・ヘア。あなた、実際に逮捕者がいるかどうかについては、報告によって食い違いがあると言おうとしていたでしょう」

「その食い違いは二時間前に解消された――朝鮮時間の午後遅く、こっちでは未明のことだ。韓国最大のニュース・チャンネルであるKBS1が、いわゆる裏切り者たちとの接触に成功した。ちなみに、その裏切り者たちはアメリカに操られてはいない」

「それはますます残念だ」ガスが口を挟んだ。

「KBS1がインターネットで画像付きのインタヴューを放送した。反乱グループの一人だと主張する北朝鮮軍将校だ。名前は名乗らなかったが、インターネットの画像から、パク・ジェジン大将と特定することができた。彼が言うには、逮捕者など一人もいないし、特殊作戦部隊は撃退され、基地は反乱グループが完全に制圧しているとのことだ」

「その放送では、どの基地かは言っていなかった？」

「言っていない。今朝のその衝突の衛星写真もない。冬で、あの地域全体が雲に覆われていたんだ。だが、彼の画像は戸外で撮影されたもので、背後に建物が写っていた。われわれはそれを北朝鮮軍基地の既存の写真と情報に基づいて比較していき、サンナム・ニという基地だと特定することができた」

その名前を聴いて、ポーリーンはぴんときた。「それは核ミサイル基地じゃない？」そして、閃《ひらめ》いた。「何てこと、反乱軍は核兵器を手にしているんじゃないの」

「それがわれわれがここに集まっている理由だ」ガスが言った。

ポーリーンはしばらく沈黙し、この情報が整理されるのを待って、ふたたび口を開いた。「これは非常に深刻な事態よ。どうするか？　まずは中国のチェン国家主席と話すべきだと考えるけど、どう？」

全員がうなずいて同意を示した。

ポーリーンは時計を見た。「北京はまだ八時になっていないから、彼も起きているでしょう。ジャクリーン、彼への電話を手配して」首席補佐官が手筈《てはず》を整えるために隣室へ消えた。

チェスが言った。「チェンにどう話すつもりなんだ？」

「それが次の大きな問題なのよ。何か考えはない？」

「まずはこの危険に関する彼の評価を聞くことだ。彼ならそれができるだろう」

「それは絶対に訊くわ。わたしたちより多くの情報を持っているはずだし、この十二時間のあいだに、少なくとも一回はカン最高指導者と話しているに違いないもの」

ヘアが冷笑的に言った。「彼はカンからそう多くのことは引き出せていないだろうな。お互いを嫌っているんだ。だが、チェンの情報機関はわれわれが昨夜から今朝まで勤勉に仕事をしたのと同じぐらい、朝から夜まで勤勉に仕事をしたはずだから、彼の部下のチャン・カイから何がしかのことは教えられているかもしれない。それをわが大統領に分かち与えてくれるかどうかはもう一つの問題だが」

だれもそれに対する返事を求めなかったから、ポーリーンはヘアを無視して国務長官に言った。「ほかには、チェス？」

「この件についてどうするつもりかを訊くことだ」

「彼にはどんな選択肢があるの？」

「彼は中国と北朝鮮が合同でサンナム‐ニを電撃的に急襲し、北朝鮮政府側がそこを取り返すことを提案できる」

ヘアが頼まれもしないのにまた口を挟み、投げ捨てるように言った。「カンはその提案に乗らないだろうな」

残念ながらヘアの言うとおりだと認めて、ポーリーンは言った。「いいでしょう、ミスター・ヘア。では、あなたの考えを教えてちょうだい、中国の国家主席にできることは何?」

「できることはない」

「そう考える根拠は?」

「考えるんじゃない、わかるんだ。中国が何をしようと、それは事態をエスカレートさせるだけだ」

「そうだとしても、わたしは訊くつもりよ、あなたの手助けをするためにアメリカ合衆国や国際社会にできることはあるかとね」

ヘアが言った。「それなら、まず口開けにこう言うべきだ――〝他国の内政問題に干渉するのは不本意だけれども、しかし……〟とね。中国は内政干渉について非常に敏感だから」

ポーリーンにしてみれば。ヘアから外交のいろはを教えてもらう必要はなかった。

「ミスター・ヘア、もうあなたを解放しても大丈夫だと思います。少し寝たほうがいいでしょうしね」

「おっしゃるとおりだ」ヘアが立ち上がり、のろのろと退出した。

ソフィアが謝った。「すみません、いつもああいう態度でみんなに嫌われているんですけど、仕事が出来すぎるぐらいできるので辞めさせられないんです」

ポーリーンはヘアの品評には興味がなかった。「アメリカ軍の警戒態勢を引き上げるかどうかを決める必要があるわね」

ガスが答えた。「そうだな、いまはすべてがデフコン5、つまり、通常防衛準備態勢だ」

「それをデフコン4に引き上げるべきだね」

「情報監視と保安手段の強化だな」

「メディアが過剰反応するだろうからやりたくはないけど、この場合はやむを得ないでしょうね」

「そういうことだ。それから、韓国の防衛準備態勢をデフコン3に引き上げる必要がある。ちなみに、この前アメリカがデフコン4になったのは9／11のときだ」

「念のためにもう一度聞いておきたいんだけど、4と3はどう違うの？」

「決定的に違うのは、デフコン3では、アメリカ空軍は十五分以内に動けるよう態勢を整えておかなくてはならないというところだ」

ジャクリーンが戻ってきた。「通訳官の準備ができたわ。チェン主席ともオン - ラインですでにつながっている」

ポーリーンはコンピューターの画面を見た。「早いわね」

「あなたから電話があることを予想していたんじゃないかしら」

ポーリーンはメモを走り書きした――サンナム - ニ、核、特殊作戦部隊、逮捕者なし、地域的安定、世界的安定。そのときチャイムが鳴り、チェン国家主席が現われた。彼は執務室で大きな机に着いていて、肩の後ろに五紅星旗、背後に万里の長城の絵が控えていた。

ポーリーンが先に口を開いた。「こんにちは、国家主席、電話会談を受諾してくださって感謝します」

通訳官を介してチェンが応えた。「お話しできる機会を持てて喜んでいます」

非公式な場なら、チェンはまったく愛想よく英語でお喋りをしただろうが、このような会話の場合、誤解は絶対に避けなくてはならなかった。

ポーリーンは言った。「サンナム - ニの状況はどうなっているのでしょう?」

「アメリカの制裁に起因する経済危機が起こっていると、残念ながら私はそう考えています」

あれはアメリカではなくて国連の制裁だし、経済危機の原因は共産主義経済システムがお粗末だからよ、とポーリーンは思ったが、もちろん、口には出さなかった。

チェンがつづけた。「その経済危機に対応すべく、われわれは北朝鮮に対して、米、豚肉、ガソリンという形での緊急経済支援を行なうつもりです」

なるほど、わたしたちは悪人で、あなたたちは善人というわけね、とポーリーンは思った。なるほど、なるほど。でも、とりあえずは本題に戻ろう。「特殊作戦部隊は撃退され、逮捕者もいないと、わたしたちはそう理解しています。それはつまり、反乱軍が核兵器を手中に収めているということではありませんか？」

「それは確認できていません」

この場合の〝確認できていない〟は〝イエス〟と同義だ、とポーリーンはがっかりした。否定できるのであれば、はっきり否定したはずだもの。「それが事実であれば、主席、どうなさるつもりですか？」

「われわれは他国内で起こっていることに干渉しません」チェンが重々しく答えた。

「これが中国の外交方針の基本原則です」

基本原則じゃなくて基本戯言《たわごと》でしょうと思いながらも、ポーリーンはもっと実質的な問題に移った。「もし反乱グループが核兵器を手にしているとすれば、それは間違いなく地域の安定の脅威になるでしょうし、あなたもそれを懸念していらっしゃるに違いないと思いますが」

「現時点で、地域の安定への脅威は存在していません」

これ以上押しても無駄なようだった。

ポーリーンは即興の質問をした。「反乱グループが北朝鮮のほかの軍基地にも存在していたらどうなんでしょう？　核施設のある軍基地はサンナム - ニだけではないはずですが」

チェンがしばらくためらったあとで言った。「そういう事態にならないよう、カン最高指導者はしっかりと対応しています」

お決まりの木で鼻をくくったような返事だったが、実は隠れた事実を明らかにしていた。ポーリーンは興奮を抑えながらも、そろそろ会議を終わらせることにした。チェンは終始言葉を選んで多くを口にしなかったが、ポーリーンが知らなくてはならないことは用心しながらも教えてくれていて、それは間々あることでもあった。彼女は言った。「力を貸していただいてありがとうございました、国家主席。いつもながら、あなたとお話しするのは喜ばしい務めです。緊密に連絡を取り合いましょう」

「ありがとうございます、大統領」

画面が暗くなり、ポーリーンはガスとチェスを見た。二人とも生気を取り戻していた。彼らもすでに結論を引き出しているのだった。

ポーリーンは言った。「もし反乱グループが一箇所に限られているのなら、彼はそう言ったはずよね」

「そのとおりだ」ガスが応えた。「だが、カンがしっかりと対応しているというのは、対応しなくてはならなかったということであり、それは反乱グループがほかにも存在しているからだ」

チェスも同じ考えだった。「カンはヨンジョンドンの基地へ部隊を派遣したに違いない。あそこには核弾頭が貯蔵されている。そして、反乱グループがその部隊に反撃したに違いない。チェンは政府軍が勝ったとは言わなかった、カンが措置を講じたと言っただけだ。それが示唆するのは、ことはまだ終わっていないということだ」

ガスが言った。「カンは最重要基地に焦点を合わせているんだろうが、そういうところは反乱グループも標的にしているはずだ」

そろそろ次へ進むときだ、とポーリーンは判断した。「もっと情報が欲しいわね。ソフィア、われわれの信号情報チームに、北朝鮮から拾うことのできるすべてを、絶対に漏れのないようにして読ませてちょうだい。ガス、北朝鮮の核に関する最新情報を確認して。チェス、韓国の外務大臣と話してちょうだい。彼女に洞察力があれば、わたしたちが見落としている何かを知っているかもしれないから。わたしはこの件について何らかの発表をする必要があるでしょうね。ジャクリーン、サンディップをここへ呼んでちょうだい」

全員が退出した。この状況をアメリカ国民にどう説明するのが一番いいかをポーリーンは考えた。何を言おうと、ジェイムズ・ムーアと彼の応援団のメディアに歪曲《わいきょく》され、事実でないことを伝えられるはずだから、そういう細工が不可能なほどに明々白々なものでなくてはならなかった。

二分後、サンナム・サンディップがスニーカーをぱたぱた言わせながらやってきた。ポーリーンはサンナム - ニのことを説明した。

「秘密にしつづけておくのは無理ですね」彼は言った。「韓国のメディアは優秀過ぎるほど優秀です。すべてが表に出ることになるでしょう」

「わたしもあなたと同じ考えよ。だから、わたしとしてはアメリカ政府が状況を完全に把握していることを国民に知らしめる必要があるの」

「核戦争の準備はできていると言いますか?」

「それはないわ。到底真に受けてもらえないでしょうからね」

「ジェイムズ・ムーアはそこを突いてきますよ」

「何事に対しても準備はできている、と言うことはできるわね」

「そのほうがはるかにいいですね。しかし、実際に何をしているのかを教えてください」

「たったいま、中国の国家主席と話したわ。彼も懸念しているけど、あの地域が不安定になる危険はないと言っていたわ」

「チェン主席は実際にどういう対応をしているんですか?」

「北朝鮮へ援助物資を送ったみたいね。食料と燃料をね。なぜなら、真の問題は経済危機だと彼が考えているからよ」

「なるほど、劇的ではないけれども、実際的ではありますね」

「少なくとも害になることはないわね」

「あなたがほかにしていることは何です、大統領?」

「この一件がすぐにアメリカに跳ね返ってくるとは考えていないけど、予防措置として、防衛準備態勢をデフコン4に引き上げるわ」

「すべてが地味ですね」

「わたしはそれを望んでいるの」

「いつメディアに発表するつもりですか?」

ポーリーンは時計を見た。「十時では早すぎるかしら? この件に関しては後れを取りたくないのよ」

「では、十時にしましょう」

「ありがとう」

「どういたしまして、大統領」

　ポーリーンは記者会見を愉しんだ。ホワイトハウスを担当する記者は概《おおむ》ね聡明な男女で、政治はほとんどの場合一筋縄でいかないことを理解していた。彼らは挑戦的な質問をし、ポーリーンは誠実に答えた。その丁々発止《ちょうちょうはっし》のやりとりは、それが純粋に問題に向かい合っているときは面白かったし、そういう振りをしているだけのときは面白くなかった。

　ポーリーンは大昔の記者会見の写真を見たことがあったが、そこに写っている記者は全員が男性で、例外なくスーツに白いワイシャツ、ネクタイという服装だった。いまは女性もいるし、服装規定も緩やかで、テレビ・クルーなどはスウェットシャツにスニーカーという砕けようだった。

　二十年前、生まれて初めての記者会見では、緊張と不安に苛まれた。シカゴ市会議員の時代である。シカゴは民主党の町で、共和党市会議員はほとんど知られていなかった。だから、無所属で立候補した。体操競技のチャンピオンという経歴ゆえに運動施設の改善を訴えることになり、最初の記者会見がその問題についてだった。緊張と不安は長くつづかなかった。記者との質疑応答に入るや、緊張はほどけ、それから間もなく、彼らを笑わせるまでになった。それからは、不安も緊張も感じることはなかった。

今日の記者会見は予定通りに進んだ。娘に関する質問には答えない、もしそういうことがあった場合には記者会見は即刻打ち切られる、とサンディップがあらかじめ記者に通告していた。そうはいっても、だれかその通告を無視する者がいるのではないかとポーリーンは半ば覚悟していたが、結局一人も現われなかった。

中国の国家主席との会談について話し、デフコン4に関する報告をして、彼らに自宅へ持って帰って家族にも聞かせてほしい言葉で締めくくった。「アメリカ政府は何事に対しても準備ができています」

古参記者たちの質問に答え、残り時間がわずか二分かそこらになったとき、敵対的な〈ニューヨーク・メイル〉のリカルド・アルバレスが手を挙げた。

彼は言った。「今日、早い時間に、ジェイムズ・ムーアが北朝鮮危機について訊いてきて、こういう情況を考慮すると、アメリカは男に導かれる必要があると言いました。それに対して、あなたはどうおっしゃいますか、大統領？」

会見場にいくつか小さな笑いが起こったが、ポーリーンは女性たちは笑っていないことに気がついた。

この質問に特に驚くことはなかった。ムーアの女を嫌う発言についてはサンディップが教えてくれていた。そのとき、それは多くの女性票がムーアから離れていくだけの大失態だとポーリーンは言い、それに対してサンディップがこう応えたのだった。

「私の母は、ムーアは正しいと考えていますよ」女性が一人残らずフェミニストというわけではないのだ。

いずれにせよ、女性が戦争指導者になり得るかどうかを、いまここで大勢の記者と議論したくなかった。それはムーアの思うつぼであり、議論するとしても自分が主導権を取り戻す必要があった。

ポーリーンはしばらく考えた。あるアイディアが浮かんだ。少し突飛《とっぴ》なような気がしたが、やってみることにした。彼女は前に身を乗り出し、より砕けた口調で話しかけた。「みなさんはお気づきかしら？　ジェイムズ・ムーアにこういうことはできないんじゃないかしらね？」そして、大きく弧を描くように手を動かし、会見場を埋めているメディアを示した。「わたしはここに、ネットワーク局、ケーブル・チャンネル、高級紙、大衆紙、リベラルなメディア、保守的なメディアを分け隔てなく呼んでいるけど？」

ポーリーンはそこで間を置き、リカルド・アルバレスを指さした。「これから、リッキーの質問に答えます。彼の新聞はわたしをよく言ってくれたことが一度もありません。ミスター・ムーアについてはいいことしか言わないのに！　彼が最後に詳細インタヴューを受けたのがいつか、みなさんは憶えていらっしゃるかしら？　答えは、〝一度もない〟が正解です。わたしが知る限り、〈ウォールストリート・ジャーナル〉

や〈ニューヨーク・タイムズ〉といった主要な新聞に登場して、読者に自分を知ってもらおうとしたことも、一度もありません。受け付けるのは、自分の味方や支持者からの質問だけです。どうしてそうなのか、リッキー、あなたも考えてみてください」

ポーリーンはふたたび間を置いた。締めくくりの一撃はすでに考えてあった。一気に攻勢に出るべきかしら？　もちろんよ。そして、だれにも邪魔をする隙《すき》を与えることなく再開した。「わたしなりの答えをここで教えましょう。ジェイムズ・ムーアは怯えているのです。真面目に質問してくる相手に対しては、自分の方針を護り得ないのではないかと恐れているのです。では、ここであなたの質問に戻りましょう、リッキー」さあ、ここでとどめの一撃を放つのよ。「いざというとき、あなたは〃小心《ティ》で臆病《ミッド》なジム〃に国を導いてほしいかしら？」

彼女は三度《みたび》、今度は短い間を置いてから言った。「ご清聴を感謝します」そして、会見場をあとにした。

その日曜の夕方、ポーリーンはワシントンの街灯の明かりを見ながら、ジェリーとピッパと一緒にレジデンスで夕食をとった。北京とピョンヤンは冬の月曜の朝で、暗いうちから起き出そうとしていた。

レジデンスの料理人はビーフカレーを作ってくれた。ピッパの新しい好物だった。

ポーリーンはライスとサラダを食べた。料理の味はしなかったし、アルコールも気乗りがしなかった。自分の前に何が置かれても、料理も酒も少ししか喉《のど》を通らなかった。

「このところ、ミズ・ジャッドとはどうなの？」ポーリーンはピッパに訊いた。

「ありがたいことに、あの老いぼれ口やかまし婆《オールド・ジャダーズ》、わたしに干渉しないでくれているわ」

もはや注意して見ている必要を校長が認めていないのなら、たぶんピッパの行ないがよくなったということなのだろう。それは家でも同じだった。もう口論もなくなっていた。自宅学習の脅しが効いたのかもしれない、とポーリーンは思った。どれほど反抗しようと、学校はピッパの社会生活の中心なのだ。家庭教師を雇うと言ったことが、ピッパが現実を見る役に立ったのだ。

ジェリーがたしなめた。「アメリア・ジャッドは老いぼれ婆でもないし、口やかましくもない。彼女は四十歳で、とても優秀で有能な女性だ」

ポーリーンはジェリーを見た。多少の驚きを禁じえなかった。彼がピッパを叱ることは滅多にないし、いまのピッパの言葉だって叱るほどのことでもない。もしかして、とある疑いがポーリーンの頭をよぎった。この人、〝アメリア〟にちょっと気を惹《ひ》かれているんじゃないかしら。まあ、意外なことでもないのかもしれない。あの校長は人を統率する役割を担った信頼できる女性だ。わたしも同じだが、彼女のほうが十歳若い。同じ本の新しい版ということね、とポーリーンは皮肉な思いに捕らわれた。ピッパが父親に言った。「いちいちああしろこうしろってうるさくつきまとわれたら、お父さんだってジャダーズをあんまり好きになれないと思うけど？」

ドアが低くノックされ、サンディップが現われた。家族と食事中の大統領をスタッフがレジデンスまで訪ねるのは異例で、実際、緊急時以外は禁じられていた。ポーリーンは訊いた。「どうしたの？」

「お邪魔をして本当に申し訳ないんですが、大統領、この数分のあいだに二つのことが起こりました。CBSが七時三十分にジェイムズ・ムーアのロング・インタヴューをすると言っています」

ポーリーンは時計を見た。七時を何分か過ぎていた。

サンディップが言った。「ネットワーク局のインタヴューを受けたことは一度もなかったんですが」

「今朝、わたしが指摘したからよ」ポーリーンは言った。

「スクープですからね、だから、CBSは急いでいるんでしょう」

「わたしに〝小心で臆病なジム〟呼ばわりされて頭にきたのかしら」

「それは間違いないでしょうね。今朝の記者会見の報道では、大半の放送局があの言葉をそのまま使っていますからね。でも、あなたからすればしてやったりですよ。ジエイムズ・ムーアはあなたが間違っていることを嫌でも証明しなくてはならなくなり、それによって自ら危険に身をさらす羽目になったんですから」

「よかった」

「たぶん物笑いの種になるのが落ちで、CBSは頭のいいインタヴュアーを起用するだけでいいんです」

そこまでの確信はポーリーンにはなかった。「わたしたちを驚かすかもしれないわよ。狡猾でつかみどころがない男だもの。あいつの正体を暴くのは、活きている魚を片手で捕まえようとするのと同じなんだから」

サンディップが同意を示してうなずいた。「政治で確かなのは、確かなものは何もないということだけですからね」

それを訊いて、ピッパが笑った。

「ここでインタヴューを見て、それからウェスト・ウィングへ行くわ」ポーリーンはサンディップに言った。「二つ目は何？」

「東アジアのメディアが目を覚ましていて、韓国のテレビが、北朝鮮の反乱グループはいまや核ミサイル基地と通常ミサイル基地の両方、さらに、数はわからないけれども通常の軍基地も制圧したと報道しています」

ポーリーンは動揺した。「これはもう単なる小事件ではなくなったわね」彼女は言った。「本物の反乱よ」

「この件についても、何か発表しますか？」

ポーリーンは考えた。「いえ、やめておきましょう」彼女は言った。「防衛準備態勢レヴェルを引き上げたし、何事に対してもできていると国民にも告げた。いまのところ、そのメッセージに付け加える理由が見当たらないもの」

「私もそう考えます。ですが、ムーアのインタヴューが終わった時点でもう一度話し合うべきかもしれません」

「もちろんよ」

「お邪魔しました、大統領」

サンディップは帰っていった。ピッパもジェリーも思案顔だった。二人とも政治的に熱い知らせを耳にすることは珍しくなかったが、これは普段のそれより劇的だった。

三人は沈黙したまま食事を終えた。

七時三十分になる直前、ポーリーンは旧ビューティ・サロンへ行ってテレビをつけた。ピッパはついてきたが、ジェリーはこう言って姿を消した。「たとえ三十分でも、ムーアのような愚物に付き合うのは耐えられない」

ポーリーンとピッパはカウチに坐った。インタヴューが始まる前、ポーリーンはピッパに訊いた。「ミズ・ジャッドってどんな容姿なの？」

「小柄で金髪で、胸が大きい」

それでおしまい？　ポーリーンは呆れた。そんな説明じゃ、本人が男と思ってるか女と思ってるかすらわからないじゃないの。

インタヴューが行なわれるスタジオは、どこかのラウンジ風に作られていて、ランプとサイドテーブルが置かれ、花が活けられていた。ムーアは緊張しているようだった。

彼を紹介したのは経験豊かなテレビ・ジャーナリスト、アマンダ・ゴスリングだった。完璧な身だしなみで、ブロンドの髪は注意深く整えられ、ブルーグレイのドレスは彼女の完璧な曲線を完璧になぞっていたが、本人は頭がよく、したたかでもあった。彼女なら、ムーアを簡単には逃がさないはずだった。

ムーアの服装は普段の派手さと較べればまずまず控えめで、西部劇風の縫い取りはいまも入っていたが、その下は白のドレスシャツで、ネクタイも普通だった。

ゴスリングが好意的な口調でインタヴューを開始し、まずは彼のキャリアについて訊いた。スター・メジャーリーガー、次いでコメンテーター、そして、ラジオ司会者。

ピッパが焦《じ》れて言った。「そんなどうでもいいこと、だれが知りたいと思ってるの？」

「ムーアの警戒を緩めようとしているのよ」ポーリーンは言った。「まあ、待ってなさい」

間もなく、ゴスリングは人工妊娠中絶に話題を振った。「あなたの人工妊娠中絶に関する考えに対して、望まない赤ん坊を無理やり生ませることを意味するという批判的な意見がありますが、あなたは人工妊娠中絶は公正だと考えておられますか？」

「女性は無理やり妊娠させられるわけではないでしょう」ムーアが答えた。

ピッパが食いついた。「何？　何ですって？」

ムーアの答えは明らかに事実に反していたが、ゴスリングはそれを指摘しなかった。「わたしたちはあなたの見解を、はっきりとわかる形で、視聴者に確実に届けたいのです」角のない穏やかな口調だった。

ピッパが言った。「いい考えだわ――そうすれば、みんなにあの糞野郎の本性がわかるもの」

ゴスリングはつづけた。「では、夫が妻に対して肉体的親密さを求めたとき、妻にはそれを断わる権利があるでしょうか？　あなたの見解を聞かせてもらえますか？」

「男には色々と必要なことがある」ムーアが答えた。深甚な知恵なのだと言わんばかりだった。「結婚はそういう必要なことを満足させるために、神が与えられた方策なのです」

ゴスリングの顔にさすがに軽蔑《けいべつ》が表われた。「では、妻が妊娠したら、それは神のせいでしょうか、それとも、夫のせいなんでしょうか？」

「それは間違いなく神のご意志ですよ、マム、あなたはそう思わないんですか？」

ゴスリングは神の意志に関する議論を回避した。「いずれにせよ、この件については女性に発言権はないと、あなたはそう考えておられるようですね」

「そういうことについては夫と妻が愛情と思いやりを持って話し合うべきだと、私はそう信じています」

ゴスリングはこのテーマを簡単に終わりにするつもりはないようだった。「ですが、結局のところ、男性が主人だと、あなたはそうおっしゃっていますね」

「いや、聖書にそう書いてあると思いますがね。あなたは聖書を読んだことがありますか？　私はもちろん読んでいますが」

ピッパが嘲《あざけ》った。「あいつ、いったい何世紀から出てきたの？」

ポーリーンは言った。「彼の言ってることは、多くのアメリカ人が信じていることなのよ。そうでなかったら、彼はテレビに出ないでしょう」

ゴスリングは移民からゲイの結婚まで、視聴者の強い関心を引き起こすテーマをいくつも取り上げていった。どの場合も、ムーアに敵対していないように見せながら印象的なコメントを掘り下げ、彼をその気にさせて、極端な考えを言葉にさせていった。何百万の視聴者が当惑と軽蔑にカウチで身をよじり、しかし残念なことに、さらなる何百万は歓声と声援を送っていた。

ゴスリングは最後に外交政策をテーマにした。「最近、南シナ海の中国船を沈めることに異議はないと言われましたね。それに対して中国政府がどういう反応をすると思われますか？　どんな報復手段に出てくるでしょう？」

「あいつらは何もしませんよ」ムーアが断言した。「中国が何よりも避けたいのはアメリカとの戦争なんだから」

「ですが、自分の国の船を意図的に沈められて、それを看過することはあり得ないのではありませんか？」

「看過する以外に何ができるんです？　もし攻撃してきたら、中国は何時間もしないうちに核の荒れ地になってしまうんですよ？」

「その数時間のあいだに、われわれはどんな被害を被るんでしょう？」

「被害など出ませんよ。だって、そんなことは起こらないんだから。私が大統領のあいだは、中国はアメリカを攻撃しません。なぜなら、私に叩き潰されることをよくよくわかっているからです」

「それはあなたの判断ですよね？」

「絶対に間違いのない判断です」

「自分の判断に数百万のアメリカ国民の命を懸けるのを、あなたは厭わないわけですね？」

「それが大統領の仕事です」

その言葉を聞いてポーリーンはほとんど信じられなかったが、それも前の大統領の発言を思い出すまでのことだった――〝核兵器があるのなら、使えない理由がどこにある？〟。

ゴスリングが言った。「最後の質問です。今日、どうするつもりだったのかを教えてください。核兵器を持っている北朝鮮の反政府グループの反乱に対してですが」

「中国が北朝鮮に米と豚肉を送ったそうで、グリーン大統領はそれで問題は解決すると考えているようです。私はそうはならないだろうと考えていますがね」

「グリーン大統領は今日、防衛準備態勢のレヴェルを上げていますね」

「5から4へでしょう。それでは不充分です」

「では、あなたならどうされますか？」

「簡単かつ決定的な措置を講じます。一発の核爆弾が、北朝鮮の軍事基地と、そこにある兵器をすべて破壊するでしょう。そして、世界は脅威を取り除いたアメリカに大喝采を送ってくれるのです」

「それで、北朝鮮政府はどういう反応をするとお考えですか？」

「私に感謝しますよ」

「その爆撃を自国領土への攻撃と見なしたと仮定して答えてもらえますか？」

「彼らに何ができるんです？　核兵器はもうないんですよ？」

「わたしたちの知らないどこかの地下に、核兵器発射施設を持っているかもしれないでしょう」

「もしアメリカに向かってそれを発射したら、自分たちの国が数百年にわたって放射能砂漠になってしまうことぐらい、彼らだってわかっていますよ」

「それは絶対の確信を持っての発言ですね」

「もちろんです」

「では、あなたの外交方針を要約すると、アメリカは核戦争を脅しに使うことで、常にしたい放題ができるということになりますが、それでよろしいですか？」

「核兵器はそのためにあるんじゃないですか？」

「ジェイムズ・ムーア、予備選挙と来年の大統領選挙の有望な共和党候補、今夜は出演いただいてありがとうございました」

ポーリーンはテレビを消した。ムーアは彼女の予想以上にうまくやっていた。言っていることは究極の戯言だったが、弱くも不確かにも見せていなかった。

「わたし、宿題があるから」ピッパが出ていった。

ポーリーンはウェスト・ウィングへ戻った。「サンディップをここへ呼んでちょうだい」彼女は言った。「わたしはスタディにいるから」

「承知しました、マム」

ＣＮＮをつけると、ムーアのインタヴューの出来についての検討が行なわれていた。軽蔑と嘲りの嵐で、それはまったく理に適《かな》っていたが、ムーアの強さにもっと目を向けるべきだというのがポーリーンの感想だった。

音を消したところへ、サンディップが現われた。「どう思った?」ポーリーンは訊いた。

「あの男は頭がどうかしています」サンディップが答えた。「それがわかった有権者は多いと思いますが、わからない有権者も多いでしょう」

「わたしもそう思うわ」

「では、われわれのほうからはさらなる対応はしないということでいいでしょうか」

「今夜のところはね」ポーリーンは言った。「あなたもうちへ帰って、ゆっくり休んでちょうだい」

「ありがとうございます、大統領」

そのあとはいつもどおり、静かな数時間を使って、少なくとも何分かはさえぎられることなく集中する必要のある要約された報告書に目を通した。午後十一時を過ぎてすぐ、ガスがポーリーンの好きなブルーのカシミアのセーターを着てやってきた。

「日本がサンナム‐ニのことで腹を立てているぞ」

「驚くには当たらないわね」ポーリーンは応えた。「近い隣人だもの」

「福岡から釜山《プサン》までフェリーで三時間だ。北朝鮮まではもう少し時間がかかるが、それでも、爆撃射程としては極めて近距離と言えるからな」

ポーリーンは席を離れ、二人はアームチェアに坐り直した。狭い部屋で、膝が触れ合いそうだった。ポーリーンは言った。「日本と朝鮮のあいだには悪い歴史があるわね」

「日本には朝鮮を嫌っている者が多い。ソーシャル・メディアは人種差別攻撃で溢れている」

「それなら、アメリカとよく似ているわね」

「肌の色のことを言わないだけで、中身は同じだ」ガスが言った。

ポーリーンは自分がリラックスしはじめていることに気がついた。ときどき夜遅い時間にガスとお喋りすることがあり、それが気に入っていた。話題は脈絡なく移っていき、朝までどうにもしようのないことが多かったから、それについて対処しなくてはならないというプレッシャーもなかった。「飲むのなら自分で勝手にやってちょうだい」彼女は言った。「お酒の隠し場所は知ってるでしょ」

「ありがとう」ガスが戸棚へ行き、ボトルとグラスを出した。「これは最高中の最高のバーボンなんだ」

「そうなの？　だれが選んだのかも知らないわ」

「私だよ」ガスが一瞬、普段の彼らしくない悪戯《いたずら》な小学生のような笑みを見せ、戻ってきて坐り直すとグラスに一インチ、酒を注いだ。

ポーリーンは言った。「日本政府はどうしようとしているの？」

「首相が国家安全保障会議を招集した。何らかの警戒態勢を取るよう、彼らの言うところの自衛隊に命令するのは間違いないと思う。今度の件に関して、日本と中国がどういう形で衝突するかを想像するのは難しくない。日本の専門家は早くも戦争の可能性を懸念している」

「軍事的には、中国のほうがはるかに強力でしょう」

「きみが考えているほどではないよ。日本は世界第五位の防衛予算を計上しているんだ」

「でも、核兵器を持っていないわ」

「だが、われわれが持っている。われわれは日本と軍事条約を結んでいて、彼らが攻撃されたら馳《は》せ参じる義務がある。その約束を裏付けるために、五万の兵士を日本に駐留させ、加えて、第七艦隊、海兵隊第三派遣軍、百三十機のアメリカ空軍戦闘機を配備している」

「そして、ここアメリカ本土には、約四千発の核弾頭があるわ」

「その半分は発射体制を整えていて、半分は保管されている」

「そして、われわれは日本防衛を約束している」

「そういうことだ」

ポーリーンにとってその事実は目新しいものではなかったが、その含意をこれほどはっきり目《ま》の当たりにするのは初めてだった。「ガス」彼女は言った。「抜き差しならない関係とはまさにこのことね」

「まったくだ。それにしても、私には思いつかない、言い得て妙の表現だな。それから、もう一つ、北朝鮮が五十五番住居と呼んでいるもののことを聞いたことがあるか？」

「あるわよ。ピョンヤン郊外の最高指導者の公邸でしょ」

「実際には五マイル四方の広さがあって、最高の娯楽施設が揃っている。ウォータースライダー付きのプール、スパ、射撃場、競馬場まであるんだ」

「ああいう共産主義者は、自分だけは質素倹約を旨《むね》としないのよね。わたしに競馬場がないのはなぜなんでしょうね？」

「アメリカ大統領に娯楽施設は無駄だよ、だって、娯楽に使う時間がないんだから」

「わたし、独裁者になるべきだったわ」

「それについては論評を差し控えさせてもらおう」

ポーリーンは小さく笑った。もう充分に独裁しているじゃないかと、ガスは冗談めかしてほのめかしたのだった。

ガスが言った。「韓国の情報機関が言っているんだが、ピョンヤン政府は五十五番住居への攻撃を撃退したとのことだ。あそこは地下に核シェルターを備えた要塞《ようさい》で、おそらく北朝鮮一防御が厳重なところだ。反乱グループがそこを奪取しようとしたのが事実なら、彼らはいままでわれわれが想像していたより、はるかに強力だということになる」

「彼らが勝つ可能性は？」

「あるように見えるな」

「軍事クーデターが成功するってことじゃないの！」

「そのとおりだ」

「彼らについて、もっと知っておいたほうがいいわね。どういう連中で、何を欲しているのかをね。数日後には、われわれは政府として彼らに対応しなくてはならなくなるかもしれないんだから」

「それらのことについては、すでにＣＩＡに問い合わせてある。徹夜で報告書を作成するそうだから、明日の朝にはきみのところに届くはずだ」

「ありがとう。あなた、わたしより早く、わたしに何が必要かがわかるのね」

ガスが視線を落とした。いまのわたしの言葉を媚《こ》びと受け取ったのかもしれないと、ポーリーンは恥ずかしくなった。

ガスがグラスに口をつけた。

ポーリーンは言った。「わたしたちが対応を間違ったらどうなるかしら？」

「核戦争だな」ガスが答えた。

「お願い、どうすればいいか、是非教えて」彼女は懇願した。

「双方ともサイバー攻撃とミサイル迎撃ミサイルで自分たちを護るだろうが、そういう手段はせいぜいのところ部分的にしか成功しないことを、すべての科学的証拠が示唆している。そうだとすれば、複数の核爆弾が当事国双方の目標に到達することになる」

「目標とは？」

「双方とも、敵のミサイル発射施設を破壊しようとし、同時に主要都市も狙うはずだ。中国は最低でも、ニューヨーク、シカゴ、ヒューストン、ロサンジェルス、サンフランシスコ、そして、いまわれわれが坐っている町、ワシントンDCをも爆撃するだろう」

ポーリーンはガスが列挙する都市の一つ一つを頭に思い浮かべた。サンフランシスコのゴールデン・ブリッジ、ヒューストン・アストロドーム、マンハッタンの五番街、ロサンジェルスのロデオ・ドライヴ、両親のいるシカゴ、窓の外のワシントン記念塔。

「十から二十の主要都市を狙う可能性が高い」ガスがつづけた。

「爆発するとどうなるの？」

「最初の百万分の一秒のうちに、直径二百ヤードの火の玉が形成され、その内側にいる者は全員即死する」

「もしかしたら、彼らは運がいいほうかもしれないわね」

「爆風で一マイル四方の建物が崩壊し、その範囲の内側にいる者も、ほぼ全員が爆風の衝撃や、降り注ぐ建物の破片で死ぬことになる。その熱で半径二マイルから五マイルのなかにある可燃性のものすべて——人間も含まれる——が燃え出す。車が衝突し、列車が脱線する。爆風と熱は上へも向かうから、航空機も墜落する」

「死傷者はどのぐらいになるのかしら？」

「ニューヨークでは約二十五万人が多かれ少なかれ即死し、五十万人が負傷する。それから数時間、あるいは数日のうちに、もっと多くが放射線を浴びて病気になり、命を落とす」

「何てこと」

「だが、それは核爆弾が一発の場合だ。やつらは不発弾だった場合を考慮して、それぞれの都市にもっと多くのミサイルを発射するはずだ。それに、中国はいま、多弾頭核ミサイルを持っている。だから、一発のミサイルで五発の、それぞれが異なる標的を狙うことのできる爆弾を運ぶことができる。十発、二十発、五十発の核爆弾が一つの都市で爆発したらどんなことになるかはだれにもわからない。なぜなら、起こったことがないからだ」

「想像もできないわ」

「しかも、これは短期的なことに過ぎない。アメリカと中国のすべての主要都市が燃えれば、どれだけの煤煙《ばいえん》が大気中に放たれると思う？　陽光をさえぎり、地上の温度を下げ、ひいては農産物の収穫が減って食料不足が起こり、多くの国に飢餓をもたらすと、そう考えている科学者もいる。〝核の冬〟と呼ばれている事態だ」

ポーリーンは冷たくて重たい何かを飲み込んだような気がした。

「ひどく厳しいことを言って申し訳ない」

「わたしが頼んだのよ」

ポーリーンは身を乗り出して両手を差し出した。ガスがその手を取り、自分の両手で包んだ。

しばらくして、ポーリーンはようやく言った。「そんなこと、絶対に起こすわけにはいかないわ」

ガスが彼女の手を優しく握り締めた。「何としても、だ」

「そして、その責任がだれにあるかをあなたは知っているわよね、あなたとわたしだということを」

「もちろん、知っている」ガスが答えた。「特にきみにあることをな」

21

自分たちはアブドゥルを失ったのではないか、とタマラは悲観しそうになった。バスが国境を越えてリビアへ入ろうとしている、と電話で報告してきてから、八日が過ぎていた。リビア側に逮捕されたのかもしれないが、世界のあの部分が無法地帯だということを考えると、それはありそうにないように思われた。いかなる政府とも無関係の部族に、拉致されるか殺されるかした可能性が高いのではないか。もしかして、もうすぐ身代金の要求が届くかもしれない。

そのときには、アブドゥルはすでに消えてしまっていて、二度と姿を見ることはないのかもしれない。

どうすべきかを協議するために、タブが会議を招集した。そういう会議はアメリカとフランスが交互に主催することになっていて、今回はフランスの番だった。フランス大使館で開かれるその会議はフランス語で行なわれるので、デクスターは出席しなかった。議長はタブの上司、マルセル・ラヴェヌーが務めた。肩の上に、教会の丸屋根のような禿頭が載っている大男だった。「昨夜、中国大使に会ったんだが」参加者が席に着くや、彼は砕けた調子で口を開いた。「北朝鮮で反乱が起こったことに激怒していたよ。だが、北アフリカでの武装蜂起《ほうき》には無頓着《むとんじゃく》だ。もしサンナム‐ニの核基地を乗っ取ったのがバグルズを持った男たちだったら、大使はどういう反応をしただろうな」

バグルズ？　タマラが内心で訝っていると、タブが説明してくれた。「バグルズというのは、フランスの〈ファマス〉という会社が製造しているブルパップ・ライフルのニックネームだ」

タブは大きな地図を会議テーブルの上に広げていた。彼は白いシャツの袖をまくっていて、褐色の肌をうっすらと毛が覆っていた。鉛筆を手に前髪を目の上に垂らして地図の上に乗り出している姿は抵抗できないぐらい魅力的で、タマラはいますぐ彼をベッドへ拉致したかった。

タブ本人は自分がそういうふうに見られることに気づいていなかった。一度、女性の心臓の鼓動を速くさせるためにわざとそういう服の着方をしているのではないかと冗談めかして咎《とが》めたことがあったが、何を言われているかよくわからないことを示す、曖昧《あいまい》な笑みが返ってきただけだった。それが、彼をさらに蠱惑《こわく》的にしていた。

「これがファヤです」タブが説明を開始し、地図上の一点を鉛筆で指した。「ここから陸路で千キロです。アブドゥルは八日前、ここから電話をかけてきました。それ以降は、電話の通じる範囲の外にいるものと思われます」

ムッシュ・ラヴェヌーはやや尊大の気味はあったが、頭はよかった。「貨物に仕込んである無線信号はどうなんだ？ 拾えていないのか？」彼が言った。

「ここからでは無理です」タブが答えた。「受信できる範囲は百五十キロほどに過ぎません」

「わかった。つづけてくれ」

「軍はアブドゥルが特定したテロリストに対して、まだいかなる動きも見せていません。ほかのテロリストに気づかれるのを恐れてのことかもしれませんが、たぶん、距離が遠すぎるのがより大きな理由かもしれません。ですが、われわれとしては遠くなりすぎる前に捕まえるつもりです」

ラヴェヌーがふたたび口を開いた。「八日前のムッシュ・アブドゥルの士気はどうだったんだ？」

「彼はわれわれのアメリカの同僚と話しています」タブがタマラを指し示した。

ラヴェヌーが期待のまなざしでタマラを見た。

「彼は元気でした」タマラは言った。「故障と遅れには憤懣やるかたない様子でしたが、それは当然のことで、それよりもＩＳＧＳについて多くのことがわかったので、意気軒高《いきけんこう》としていました。自分が非常に危険なところに居ることは自覚していますし、勇敢でしたたかです」

「勇敢であることに疑いの余地はないな」

タブが説明を再開した。「バスはファヤからゾウアルケを目指して北西へ向かい、そこから右にティベスティ高原、左にニジェール国境を見ながら、真北へ上がっていったと考えられます。舗装された道路はありません。バスはウォウルの北のどこかで国境を越えているはずです。アブドゥルはいま、たぶんリビアにいると思われますが、確認する術がありません」

ラヴェヌーが言った。「これでは満足には程遠いぞ。もちろん、潜入工作員を見失った可能性は受け容れなくてはならないが、彼を見つけるために出来ることはすべてやったのか？」

タブが丁寧な口調で答えた。「ほかにできることというと、何があるでしょう？」

「バスが通る可能性が最も高いルートにヘリコプターを飛ばしたらどうだ。たぶん、空からなら貨物の無線信号を拾えるんじゃないか？」

「可能性はあります」タブが言った。「範囲は恐ろしく広くなりますが、やってみる価値はあるでしょう。バスは最短ルートをとって、舗装されたハイウェイへ向かうだろうとわれわれは考えています。それは多かれ少なかれ真北を意味します。問題はヘリコプターはバスから見えるし、音も聞かれるので、自分たちが監視されていることに密輸犯が気づき、何らかの回避行動を取るだろうと考えられることです」

「ドローンはどうだ？」

タブがうなずいた。「ドローンならヘリコプターより音はずっと小さいし、もっと高いところを飛べます。秘密裏の捜索にははるかに適しています」

「では、フランス空軍に要請してドローンを一機使わせてもらい、積荷からの無線信号を拾えるかどうかやってみよう」

「凄い！」タマラは思わず声を上げた。アブドゥルの乗っているバスを視認できたら心底安堵《あんど》できるだろう。

会議はそれから間もなく終わり、タマラはタブと二人で車へ向かった。フランス大使館は低くて細長い現代的な建物で、強い陽射しに白く輝いていた。タブが言った。

「憶えてるかな、今日、父がやってくるんだ」微笑していたが神経質になっているようで、いつもの彼らしくなかった。

「もちろんよ」タマラは答えた。「お目にかかるのが待ち切れないわ」

「計画にちょっと変更があった」

神経質になっているのはそのせいなのね、とタマラは察知した。

タブが言った。「母が一緒なんだ」

「大変、それはわたしを値踏みしにいらっしゃるってことよね？」

「まさか、それはないよ」しかし、疑わしげなタマラの顔を見て言い直した。「いや、実はそうなんだ」

「わたし、お見通しなんですからね」

「そんなにまずいかな？　きみのことを両親に話したら、当然のごとく母が興味を持ったというわけなんだけど」

「お母さまはここへ見えたことがあるの？」

「いや、ない」

きたこともないチャドへわざわざ足を運ぶ気にさせるとは、タブは一体どんな話をしたんだろう？　わたしがこれから長く彼の人生――そして、両親の人生――の一部になる可能性があることを明らかにしたに違いない。だとすれば、わたしは不安がるのではなく、喜ぶべきだ。

タブが言った。「きみは面白いな、この無法の国で毎日危険にさらされていながら怯《ひる》む素振りも見せないのに、ぼくの母親を怖がるんだから」

「ほんとにね」タマラは自分を笑ったが、それでも不安は消えなかった。タブのアパートにあった写真を頭に浮かべてみた。髪はブロンド、高級な服、思い出せるのはそれだけだった。タマラは言った。「まだご両親の名前を教えてもらっていないんだけど。お父《パパ》さま、お母《ママ》さまと呼ぶわけにもいかないでしょう」

「そうだな、いずれにしても、それはまだ早いか。父はマリク、母はマリー・アナトールだけど、いつもアンと呼ばれてる。そのほうが、どこの言葉でも使い勝手がいいんだそうだ」

タマラは〝まだ〟という言葉が引っかかったが、それについては何も言わずにこう訊いた。「到着はいつ？」

「正午ごろの到着便だから、今夜のディナーは一緒に食べられるよ」

タマラは頭《かぶり》を振った。飛行機に乗ったあとは気持ちが安定しない人は多い。一晩休んでもらってから会うほうがいい。「最初の夜なんだから、親子水入らずで過ごすべきよ」そして、二人の機嫌がよくないかもしれないから回避しようとしていることを悟られたくなかったので付け加えた。「ご家族の状況を新規に知る必要があるんじゃないの？」

「そうかもな……」

「わたしがご両親に会うのは、明日のお昼のときがいいんじゃない？」

「そうだな、そのほうがいいかな。だけど、だれがいるかわからない公共の場所で、ぼくたち四人が一緒のところを見られたくないだろ？　ヤンキーのスパイと恋をしているという情報を握った上司と対決する準備が、ぼくはまだできていないんだ」

「その危険は頭になかったわ。といって、わたしのワンルームのアパートに招待する

わけにもいかないし。どうしようか?」

「ラミーの専用ダイニングルームを一部屋取るしかないかな。あるいは、両親のスイ

ートを使うか。父は一人のときはいつもシングルルームに泊まるんだけど、母がプレ

ジデンシャル・スイートを予約しているはずなんだ」

だったら問題は解決ねと思いながらも、タマラはちょっと戸惑っていた。タブの家

族のお金持ちぶりに、いまだに慣れることができないでいた。

タブが言った。「最初のデートのとき、きみは濃紺と白のストライプの服を着て、

そこに少し青めのジャケットを合わせ、青の革の靴を履いていたよな」

「凄い、ほんとによく見ていたのね」

「素敵だったからさ」

「そうやって自分のことを控えめな女に見せたつもりだったんだけど、あなた、変装

を見抜くのが結構早かったわ」

「火曜日の服装も、それがいいんじゃないかな」

タマラは仰天した。彼から服装の指図を受けたことはこれまでになかった。人に自分

の言うことを聞かせようとするのは彼らしくなかった。心配しているだけだろうとタ

マラは推測したが、それでも、自分の相手が母親にどういう印象を与えるかを気にし

ているのだと思うと面白くなかった。「信じてほしいんだけど、タブダル」タブをフルネームで呼ぶのは、彼をからかうときだけだった。「たぶんわたし、あなたに恥をかかせることはしないんじゃないかしら。最近は酔っぱらってウェイターの尻《しり》をつかんだりすることも滅多にないから」

「申し訳ない」タブが笑いながら謝った。「父はおおらかでこだわらないんだけど、母は欠点探しをすることがあるんでね」

「同情するわ。まあ、わたしの母に会ってごらんなさい。何せ教師ですからね、機嫌を損ねたら部屋の隅に立たせられるわよ」

「わかってくれて感謝するよ」

タマラは彼の頰に軽くキスをし、待っている車に乗り込んだ。

タブの〝まだ〟のことを考えた。それは彼女が自分の両親をお父さま、お母さまと呼ぶときがくると考えているということであり、いずれは結婚することを意味している。わたし自身は一生彼と一緒にいるともう決めているが、結婚はやらなくてはならないことの優先順位としては高くない。わたしはすでに二度結婚し、二度とも不満足な結果に終わっている。三度目を急ぐことはない。

五分後には緑の豊かなアメリカ大使館構内へ戻り、自分の席で今日の会議のデクスター用の報告書を書いた。そのあと、大食堂へ行き、コブ・サラダとダイエット・ソーダの昼食をとった。

　そこへスーザン・マーカス大佐が合流して盆をテーブルに置くと、制帽を脱いで左右に首を振り、短髪を自然のふくらみに戻した。そして腰を下ろしたが、ステーキに手をつける前に言った。「アブドゥルの情報はかけがえがないわ。真面目な話、勲章ものよ」

「勲章をもらったとしても、わたしたちにはわからないかもしれませんね。CIAの場合、そういうことは秘密にされるのが普通なんです。男性用サポーター勲章《ジョックストラップ》と呼ばれているんですよ」

　スーザンがにやりと笑って言った。「外から見えないし、女性には必要ない」

「当たりです」

　スーザンが真顔に戻った。「ところで、あなたに訊きたいことがあるの」

　タマラは口のなかにあるものを飲み込んでフォークを置いた。「どうぞ」

「ここでのわたしたちの大きな任務の一つに、チャド国軍の訓練があることは知っているわよね」

「もちろんです」

「でも、彼らのなかの最優秀者にドローンの使い方を教えていたことは、たぶん知らないんじゃないかしら」

「初耳です」

「もちろん、厳しい管理下で行なわれているし、アメリカ軍兵士の立会いなしで現地軍兵士がドローンを操作することは認められていないわ」

「よかった」

「でも、訓練で壊れてしまうことがときとしてある。目標に体当たりして弾頭が爆発する場合がその一つだけど、それは意図してそうしているわけだから想定内。もう一つは墜落ね。これもそのための射撃訓練の一環だから想定内。もちろん、わたしたちが保有している機数は、日々几帳面《きちょうめん》に更新されているわ」

「当然でしょうね」

「でも、一機、行方不明になっているの」

タマラは驚いた。「どうしてそんなことがあり得るんですか？」

「ドローンはまだ新しい技術でしょう、だから、そういうこともあって結構墜落するの。そういうときに表向きの原因は〝誘導システムの不具合〟ね」

「それで、その行方不明になったドローンは見つけられないんですか？　大きさはどのぐらいなんです？」

「武器を長距離輸送するドローンは小さくないわ。行方不明になったのは翼幅がビジネスジェットほどで、離陸するには滑走路が必要なの。でも、ここには広大な砂漠があるでしょう」

「盗まれた可能性があると?」

「ドローンは通常、三人一組で飛ばすの。操縦員《パイロット》、感知装置操作員《センサー・オペレーター》、任務情報《ミッション・インテリジェンス・》調整員《コーディネーター》ね。でも、いざとなったら一人でもできる。ただし、管制基地《コントロール・ステーション》がないと何もできないんだけどね」

「それはどのぐらいの大きさなんですか?」

「ヴァン一台よ。後部にドローンからの景色、地図、飛行情報を映し出すスクリーン付きの疑似コックピットがあって、ドローン・パイロットがそこに坐るの。通常のスロットルと操縦桿《かん》があって、屋根に取り付けられた皿型衛星アンテナでドローンと通信するの」

「では、ヴァンも一緒に盗まないと駄目ですね」

「ブラック・マーケットで売られているかもしれない」

「わたしに探りを入れてみてほしいと、そういうことですか?」

「そのとおりよ、是非お願いしたいの」

「そのドローンは売りに出されている可能性がありますね。あるいは、将軍がどこか辺鄙な飛行場に隠している可能性も否定できないと思います。コントロール・ステーションをブラック・マーケットで買おうとしている者がいるかもしれません。とにかく、何が突き止められるかやってみます」

「ありがとう」

「もうサラダを食べていいですか?」

「残しちゃ駄目よ」

木曜の午前中、タマラはカリムと会ってコーヒーを飲んだ。服装には気を遣った。タブの両親との昼食に直行しなくてはならなかった。タブに勧められた服は着なかった。それでは彼の操り人形のようで嫌だった。しかし、頑なにダメージ・ジーンズにこだわるつもりもなかった。フランス人が好むシンプルでシックなところがある、と彼に言われたことを思い出した。実はそれが自分でも好きなスタイルだったこともあって、そう言われたときと同じ、ミッドグレイのシフト・ドレスに赤のベルトという装いを選んだ。

装飾品を選ぶのには時間がかかった。マリー・アナトール・サドウルは〈トラヴァース〉を所有し、経営していて、とりわけ高級な装飾品を世に出している。何であれタブの母親が身に着けているものに劣らず高価なものなど、タマラの宝石箱にはなかった。最終的に、その逆を行くことにした。自分で造ったものを身に着けることにし、昔のトゥアレグ族の鏃《やじり》のペンダントを取り出した。サハラにはそういう遺物が散らばっているところが何箇所もあった。貴重とは言えないけれども、興味をそそったし、同じものはなく、石を鋸歯状《きよし》の尖《とが》ったもので削り、慎重に形を整えてあった。タマラはその広いほうの底辺にただ穴をあけ、紐《ひも》状の牛の生革をその穴に通して、首に掛けられるようにしたのだった。石はダークグレイで、今日の服装とよく調和していた。

カリムは今日のタマラがいかに格好いいかを見抜き、とたんに目を丸くしたが、感想は口にしなかった。タマラは明らかに経営者専用と思われるテーブルに着いている彼の向かいに腰を下ろし、苦いコーヒーを受け取った。話題は十一日前の難民キャンプでの戦闘だった。「チャド国軍が領内に不法に侵入してきたなどというスーダンの嘘をグリーン大統領が信じなかったことを、われわれは喜んでいるよ」

「グリーン大統領は目撃証人が書いた報告書を読んだんです」

カリムが眉を上げた。「それはきみのことか?」

「大統領本人から電話で感謝されました」

「よくやった！　会ったことはあるのか?」

「ずいぶん昔ですけど、市会議員選挙で彼女の運動員をしたことがあります」

「そりゃ凄い」彼の祝福には何かそれだけではない色合いがあり、タマラは用心する必要があることに気がついた。カリムが大物なのは将軍と知り合いだからであり、アメリカ大統領と知り合いであることでタマラのほうが大物かもしれないとは、彼は思いたくないはずだった。だから、大したことではないと思わせることにした。「彼女はしじゅうそういうことをするんですよ」タマラは言った。「普通の人たち、運転手とか警察官、地方紙の記者に電話をして、いい仕事をしてくれたと感謝するんです」

「いい宣伝になるわけだ！」

「そのとおりです」等身大のわたしに戻すことに成功したようだと感じて、次の難しい質問の準備をした。「ところで、われわれのドローンが一機、行方不明になっているんです。ご存じでしたか？」

カリムは知らないと認めるのが嫌いで、何であれ常に知っている振りをした。知らないと言うのは、実は知っている事実を隠したいときに限られていた。だとすると、「ああ、それは聞いている」という答えが返ってきたらたぶん何も知らないということであり、「いや、知らなかったな」と言う答えが返ってきたら、すべてを知っていることを意味するはずだった。

カリムがほんの一瞬の、しかし、意味ありげなためらいのあとで言った。「本当か？　ドローンが行方不明？　知らなかったな」

それは後者ってことよね、タマラは納得した。なるほど、なるほど。そして、確認のためにもう一押しした。「もしかしたら将軍が持っていらっしゃるかもしれないと、わたしたちは思ったんですけど」

「そんなことはあるはずがない」カリムが憤慨を装おうとした。「なぜ、どうしてわれわれがそんなことをするんだ？」

「わかりません。ああいうものを一機ぐらい持つのもいいのではないかと考えられたかもしれません、たとえば……」タマラはカリムの左手首にある、大きくて複雑なダイヴィング・ウォッチを指さした。「あなたのその時計みたいに」もしカリムが嘘をついていないのなら、笑ってこう言うはずだ。「そうだな、もちろんドローンを自分のものにできれば嬉しいだろうな、たとえ使うことはないにしても」

だが、そうはならず、カリムは重々しくこう言った。「将軍はわが友好国アメリカの許可なくして、そういう強力な兵器を持とうとは考えておられない」

いかにももっともらしい戯言が、タマラの勘が正しかったことを証明していた。必要な情報は手に入ったから、話題を変えた。「軍はスーダン国境沿いの非武装地帯の監視をしているんですか？」

「ああ、いまのところはな」

スーダンについてお喋りしながら、タマラはカリムが言い返してきたときの言葉を考えた。将軍はアメリカ軍のドローンで何をするのか？　単に贅沢な玩具として持っていたいだけで、使うつもりなどないのかもしれない。チャドのような海のない内陸の国に住むカリムが、まったく必要のない、水深百メートルまで水圧に耐えられる時計を持っているのと同じように。だが、待ち伏せ作戦ですでに証明されているとおり、将軍は狡猾な策士だから、もっと陰険な目的があるのかもしれない。

今日、手に入れられればいいと思っていた情報はすべて手に入ったので、タマラはカリムと別れて車に戻った。カリムとの会話の報告書を書くのはとりあえず後回しにして、タブの両親に値踏みされるのを優先しなくてはならなかった。過敏になり過ぎないことよ、と改めて自分に言い聞かせた。これは試験ではない、社交的な昼食会なのだから、と。それでも、不安は完全には消えてくれなかった。

ラミーに着くと、まず洗面所に入って身繕《みづくろ》いを検め、もう一度髪を梳《と》かして化粧を直した。鏃のペンダントは、鏡に写っている限りで映えていた。

何号室かはメールで送ってもらって電話に保存してあった。エレベーターに乗ると、すぐ後ろからタブが現われた。タマラは彼の両頰にキスをし、口紅の痕《あと》を拭き取ってやった。彼はスーツに小さな水玉模様のネクタイという形式ばった服装で、胸のポケットからは白いハンカチまで覗いていた。「当てて見せましょうか」彼女はフランス語で言った。「お母さまは自分の男どもが着飾るのが好きなのね」

タブが微笑した。「男だってそれは同じだよ。今日のきみは完璧だ」

部屋の前まで行くと、ドアが開いていたからそのままなかに入った。

タマラはプレジデンシャル・スイートなるものに足を踏み入れたことがなかった。

二人は小さなロビーを通り抜けて、広々とした居間に入っていった。一方のドアの向こうにちらりとダイニングルームが見え、ウェイターが一人、テーブルにナプキンを置いていた。反対側のドアは両開きになっていて、おそらく寝室へつづいているのだろうと思われた。

タブの両親はゆったりとしたピンクのカウチに坐っていた。父親は立ち上がったが、母親は腰を下ろしたままだった。二人とも、タマラが見た写真にはなかった眼鏡をかけていた。マリクは色が黒く、顔こそいかつかったが、濃紺のコットンのブレザーに白のズボン、ストライプのネクタイといういでたちは、イギリス風でありながらもさらにセンスが良く、いかにもフランス人という見事な身だしなみだった。アンは色白でほっそりとしていて、立襟で袖が膨らんだクリーム色のリネンのドレスを着た美しい熟女だった。実際そのとおりなのだが、趣味のいい裕福なカップルに見えた。

タブが三人をフランス語で引き合わせた。タマラは用意していた言葉をやはりフランス語で披露《ひろう》した。「この素晴らしい男性のご両親にお目にかかれて本当に光栄です」アンは笑みこそ浮かべたが、温かいものではなかった。息子のことをこんなふうに言われたらどんな母親でも喜ぶはずなのに、彼女にそんな様子はなかった。

全員が腰を下ろした。コーヒーテーブルにシャンパンの入ったアイスバケットとグラスが四つ、置かれていた。ウェイターがやってきてグラスにシャンパンを注いだ。

そのシャンパンがヴィンテージの〈トラヴァース〉だということに気づいて、タマラはアンに訊いた。「いつもご自身のところで造ったシャンパンをお飲みになっているんですか？」

「そうね、よく飲むわね。熟成の具合を確かめるためにね」アンが答えた。「普段は地下のワイン・セラーで味を見るの。それは買い付け人《バイヤー》やワイン批評家も同じよ。リームにあるわが社のワイナリーに、世界じゅうからやってくるの。だけど、実際に買ってくださるお客さまはそうはいかないわね。お客さまの口に入る前に何千マイルも旅をするかもしれないし、そのあとだって何年も不適切な環境で保管されつづけるかもしれないものね」

タブが割って入った。「カリフォルニアで大学に通っていたとき、あるレストランでアルバイトをしたんだけど、そこなんてオーヴンの隣りの戸棚にシャンパンが置いてあったからね。注文を受けると、十五分は冷凍庫で冷やさなくちゃならなかったよ」そして、笑った。

母親のほうはにこりともしなかった。「いいこと、シャンパンにはワイン・セラーの味見ではわからない、必要とされる一つの性質があるの。逆境に耐える力よ。わたしたちはどんなにぞんざいに扱われても生き延び、環境が理想的でなくても味が落ちることのないワインを造らなくてはならないわ」

タマラはここで講義を受けるとは予想していなかったが、一方では興味をそそられた。それに、タブの母親が無慈悲なほどに真面目だということもわかった。

アンがシャンパンの味を見て言った。「そう悪くないわね」

わたしにはおいしいとしか感じられなかったけど、とタマラは思った。

お喋りをしながら、アンの装飾品を検めた。袖の膨らんだドレスの左の手首にはトラヴァースのかわいらしい時計が、右の手首には三連の金の腕輪《バングル》があった。タマラは装身具を話題にするつもりはなかったが、彼女がつけているペンダントを見てアンが言った。「それ、珍しいわね。わたし、見たことがないわ」

「手作りなんです」タマラは答えた。

「なんて独創的なんでしょう」アンが言った。

本当は「なんてひどいんでしょう」と言いたいときに「なんて独創的なんでしょう」と言い換える既婚夫人に、タマラはアメリカで何人も出会っていた。

タブがこの旅の仕事の部分について父親に訊いた。「ここでは重要な会議は例外なく首都で持たれるんだ」マリクが言った。「この国を経営している全員がここにいるからだ——まあ、そんなことは、おまえは先刻承知だろうがな。だが、ドバへ飛んで、油井《ゆせい》を見なくちゃならん」そして、妻を見て説明した。「油田は全部、この国の南西の端に集中しているんだ」

タブが言った。「でも、実際にはドバとンジャメナで何をするの？」

「アフリカのビジネスでは個人と個人の関係がとても大事で」マリクが言った。「個人的に仲良くなることが、気前のいい契約を提示するより重要な場合があり得る。だから、私としてはここで最も効率のいいことをする――その人物が不満に思っているかどうかを見極め、もしそうであれば、われわれの側にいつづけてもらうために必要な手段を講じる――というわけだ」

昼食会の終わりには、タマラはこのカップルの実像をはっきりと把握していた。二人とも抜け目のない実業家で、見識があり、決断力がある。マリクは人当たりがよく鷹揚《おうよう》で、一方、アンは魅力的でありながら冷たい。まるで彼女のワインのように。タブは遺伝という賽子《さいころ》の目がいいほうへ出て、父親のゆったりとした性格と母親の美貌《びぼう》を引き継いでいる。

昼食会がお開きになると、タマラはタブと一緒に部屋を出て、ロビーに下りたところで言った。「凄いカップルね」

「結構緊張したし、ぎこちなかったな」

タブは間違っていなかったが、タマラは彼に気を遣って声に出して同意することはせず、代替策を提案した。「明日の夜、お二人を〈アル・クドゥス〉に招待しましょうよ」タマラとタブのお気に入りの静かなアラブ・レストランで、ヨーロッパ人がくることはなかった。「わたしたち、あそこのほうが緊張しないでしょ」

「名案だ」と言った直後、タブが眉をひそめた。「でも、あそこにはワインがないぞ」

「気になさるかしら？」

「母は大丈夫だが、父は飲みたがるかもしれないな。まずぼくのアパートでシャンパンを飲んでからレストランへ行くという手もあるか」

「本当にカジュアルな服装できてくださいって言っておいてね」

「やってみよう！」

「ところで」タマラは悪戯っぽい笑みを浮かべて言った。「あなた、ほんとにカリフォルニアのレストランの厨房《ちゆうぼう》で仕事をしたの？」

「本当だとも」

「ご両親からたっぷり仕送りがあったんじゃないの？」

「そうなんだけど、若くて馬鹿だったから一年留年してしまったんだ。さすがにもう一年仕送りをしてくれとは恥ずかしくて頼めなくてさ、それで仕事をすることにした。全然苦にはならなかったな、それまで仕事ってものをしたことがなかったから、新しい経験だったしね」

若かったのは確かだけど、そう馬鹿ではなかったんじゃないの、とタマラは思った。パパとママのところへ駆け戻って助けを求めるんじゃなくて、自力で問題を解決する根性があったんだから。わたし、そういうの、好きよ。「じゃあね」タマラは言った。「握手にしましょう。そのほうが、だれかに見られても、恋人じゃなくて仕事仲間だと思ってもらえるでしょ」

タブと別れて車の後部席に戻ると、タマラは本来の自分に帰った。昼食会は成功とはとても言えない。全員が居心地の悪さを感じていた。マリクは例外で、たぶんわたしをからかったり、喜ばせたりして面白がっていたかもしれない。でも、アンは全員を行儀よくさせずにはおかない、礼儀作法の先生のようだった。

わたしとタブの関係は彼の母親が賛成してくれるかどうかに懸かっているわけではないし、それについては自信がある。アンは強い女性だが、徹頭徹尾強いだけではない。でも、もしわたしのことを気に入らなかったとすれば、わたしの気の強さが関係しているのかもしれない。それが原因で長年一緒にいるカップルに不和が生じることが、ときとしてある。そうなることだけは、わたしは絶対に阻止しよう。

それに、アンのなかに本当の女性もいるに違いない。社交界の輪の外に出てアラブ人商店主の息子と結婚した貴族だ。彼女をそこまでさせたのは、頭ではなく心に違いない。マリクに首ったけになっている少女だったアンを、タマラはなぜか連想した。

アメリカ大使館に戻ると、デクスターを探した。彼は額に大きな痣を作り、片腕を吊っているものの、すでに仕事に復帰していた。難民キャンプから救い出してやったのに、一言の礼もないままだった。「行方不明のドローンのことでカリムと話しました」彼女は言った。

「行方不明のドローン?」デクスターが腹立たし気に訊いた。「それをだれから聞いた?」

タマラは仰天した。「わたしは知ってはいけないことになっていたんですか?」

「だれから聞いた?」デクスターが繰り返した。

タマラはためらった。だが、デクスターが何を知ろうと、どう考えようと、スーザンは気にしないだろうと思われた。「マーカス大佐です」

「女同士の情報網か」デクスターが馬鹿にしたように言った。

「男だろうと女だろうと、わたしたちは全員が同じ側にいるんですよね?」タマラは不快を隠さなかった。ドローンのことは極秘でも何でもない。デクスターが情報の流れを自分で管理したがっているからにすぎない。出ていく情報も、入ってくる情報も、すべて彼を通さなくてはならない。うんざりだ。「カリムがどんな話をしたか、聞きたくないのなら……」

「わかった。わかったから、話してみろ」

「将軍はあのドローンを持っていないと言いましたが、嘘だと考えます」

「そう考える根拠は何だ?」

「勘です」

「女の勘か」

「そう思われるのなら、それで結構です」

「きみは軍隊にいたことがないよな？」

「ありません」

デクスターは海軍にいたことがあった。「だから、理解できないんだ」

タマラは黙っていた。

「兵器を含めて軍需品というのはしじゅう行方不明になるし」デクスターはつづけた。「それを追跡しつづけることはできない。あまりに多くの軍需品が、あまりに多くの場所へ、あまりに頻繁に移動しているんだからな」

だったら、大手航空会社が自分たちの航空機をきちんと管理できているのはどうしてなのかと訊きたかったが、タマラは今度も何も言わなかった。

「行方不明は行方不明でいい」デクスターが言った。「陰謀説は必要ない」

「あなたがそう言われるのなら」

「現にそう言っているだろう」デクスターが話を打ち切った。

次の日の夕刻、マリクとアンはタブのアパートの狭いキッチンのストゥールに腰かけていた。タブはホムスというクリームソースを胡瓜《きゅうり》のスライスに塗っていた。タマラはトウモロコシの粉だけで作った平たいトルティーヤの上にローズマリーの葉を散らし、オリーヴ・オイルと塩を振って巻いてラップ・サンドウィッチにすると、オーヴンでかりかりに仕上げた。そのあと、いつものように身体が頻繁に触れ合うほど狭い居間に移動した。四人でお喋りをしたが、タマラは自分が見られている――特にアンに――ことを意識せざるを得なかった。それでも、アンと目が合ったとき、そこに楽しそうな色があるような気がした。そして、アンがついに言った。「あなたたち、二人でいると幸せそうね」

彼女が自分の息子とタマラの関係について何かを口にしたのは、これが初めてだった。しかもそれは肯定的なもので、タマラは嬉しくなった。そのうえ、熱々のトルティーヤを全部食べてくれた。

いつか、彼女と友だちにもなれるかもしれない、とタマラは思った。

アンと〈アル・クドゥス〉まで歩くうちに緊張が頭をもたげた。タマラ自身は髪が黒く、目は褐色だから解放されたアラブ人の娘で通用するかもしれないが、アンは長身のブロンドだった。だが、彼女は決して鈍感ではなく、今夜は髪をスカーフで包み、ゆったりしたリネンのズボンを穿いていたから、さほど怪しまれずにすむかもしれなかった。

タブとタマラを知っている店主は心から歓迎してくれて、タブが両親だと紹介し、パリからきているのだと説明したときも喜んでいるようだった。〈アル・クドゥス〉にパリからの客は多くなかった。

料理が運ばれると、あらかじめ準備していたスピーチをタブが始めた。「ぼくとタマラの関係は、双方の上司にとっては問題なんだ」彼は言った。「彼らは他国の情報機関員同士が近い関係になり過ぎるのを好まない。いまのところ、ぼくたちのことはばれていないけど、いつまでもそうでありつづけるのは無理だ」

アンが焦れて口を開いた。「何か策はあるの？」

タブは頭のなかにある原稿を放棄した。「一緒に住みたいんだ」

「ひと月しか経ってないのに？」

「五週間だよ」

マリクが笑ってアンに言った。「われわれはどうだったか、きみは忘れたのか？　金曜の夜に初めて一緒にベッドに入って月曜の朝まで服を着なかったときから一緒に住むまで、わずか一週間だったじゃないか」

アンが真っ赤になった。「マリクったら！　やめて！」

マリクはやめなかった。「この二人も同じだ、わかるだろ？　本当の愛とはこういうものだよ」

本当の愛とは何たるかを議論する気は、アンにはなさそうだった。「子供は？　欲しいの？」

その話をタブとしたことはなかったが、アンの考えはわかっていたから、こう答えた。「はい」

タブも同じ答えだった。「うん」

タマラは言った。「子供も欲しいし、仕事もしたいんです。それに関しては、素晴らしいお手本があります、しかも二人も。それはわたしの母と、アン、あなたです」

「それで、あなたはどうするの？」アンが息子に訊いた。

タブは答えた。「もし受け容れてもらえるのであれば、DGSEを辞めて、お母さんの世界であなたと仕事がしたいんだ」

「是非ともそうなさい」アンが即答した。「でも、タマラ、あなたはどう折り合いをつけるの？」

「できればCIAにとどまりたいんです。ですから、パリ支局への異動を申請するつもりです。それがうまくいかなかったら、そのときにまた考えるしかありません。でも、何があろうと、これだけは絶対に変わりません。タブと別れるぐらいなら、CIAと別れます」

一瞬の沈黙があった。やがて、アンがこれまでタマラが見たことのない、最高に温かい笑みを浮かべ、テーブルの向こうから伸ばした手をタマラの手に置いて静かに言った。「あなた、本当にタブを愛してくれているのね？」

「はい、本当に愛しています」

翌日、タブが電話で、フランスのドローンが積荷の無線信号の受信に失敗したこと、ルート沿いのどこにもバスの姿がなかったことを知らせてきた。アブドゥルは消えたままだった。

22

メルセデスのバスはリビアの名もない村に五日も足止めされ、トリポリからやってくるはずの新しい燃料ポンプを待っていた。村の住民が話すのはトゥアレグの言葉で、バスに乗っている者の誰一人として理解できなかったが、キアとエスマは身振りと笑顔で女性たちとやりとりをして意思を疎通させ、そんなに不自由はしていないようだった。食料は近隣の村から調達しなくてはならず、一つの集落単独では、どんなに金を積まれても、余分に増えた三十九の口を養うのは無理だった。

ハキムはこの事態を想定して予算を組んでいなかったという理由で、さらなる追加料金を要求した。アブドゥルはもう金は底をついていると腹を立てて拒否し、ほかの乗客もそれに倣《なら》った。アブドゥルはそういう振りをしているだけだ、とキアは確信していた。本当はたくさん持っていて、どこかに隠しているんだ。

いまや、全員がハキムと二人の護衛に慣れてしまい、追加料金について議論したり交渉したりするのを恐れなくなっていた。グループは度重なる停滞を生き延びていた。

キアはもう大丈夫だという気がしはじめていて、その結果、いまやこの旅の最も怖い部分になった、地中海を渡るときのことを考える余裕さえ生まれていた。

奇妙なことに、キアは不幸せだと感じなくなっていた。日々の欠乏と危険がほとんど普通に思われた。エスマとたくさんお喋りをした。二人はほぼ同い年だった。だが、大半の時間はアブドゥルと過ごしていた。彼はナジを可愛がってくれるようになっていて、二歳児の内面の発達に目を奪われているようだった。この子が何を理解でき、何を理解できないか、毎日どれだけ多くを学んでいるか。いつか自分の息子を持つつもりがあるかどうか、キアは彼に訊いた。「それはもう長いこと考えていないな」というのが答えだった。どういう意味だろうか、とキアは訝った。しかし、彼が自分の過去に関する質問には答えないことを、何週間も前に気づいていた。

ある日、起きてみると周囲は濃い霧に覆われていて、すべてが冷たい水滴の薄い膜に包まれていた。稀《まれ》にではあるが砂漠で起こる現象で、隣りの家も見えず、だれかが立てる音もくぐもって、足音や話し声の断片は壁を隔てて聞こえているかのようだった。

キアはナジを帯で自分につないだ。万一離れてしまったら二度と見つからないのではないかと怖かった。一日じゅう、アブドゥルと三人で一緒にいた。そのあいだ、ほとんどずっと、だれの姿も見えなかった。フランスへ着いたら何をして生きていくつもりなのかと、キアはアブドゥルに訊いた。「ヨーロッパには、身体を鍛え、強くなる手助けをする男に金を払う者がいる。そういう手助けをする男はパーソナル・トレイナーと呼ばれて、一時間に百ドルの料金を取ることだってできる。アスリートのような引き締まった身体を保っていなくてはならないが、それ以外は、どんな運動をすればいいかを客に教えるだけでいいんだ」キアはそれを聞いて当惑した。人がそんなどうでもいいことに大金を払うなど理解できなかった。ヨーロッパ人について知らなくてはならないことが、まだ山ほどあるということだった。

「あんたはどうなんだ？」アブドゥルが訊いた。「どうするつもりなんだ？」

「向こうへ着くことができたら、どんな仕事だって喜んでするわ」

「だけど、やりたい仕事はあるだろう？」

キアは微笑した。「小さな魚屋をやりたいわ。魚のことなら知ってるしね。フランスの魚は種類が違うでしょうけど、それを覚えるのだって、そんなに時間はかからないはずよ。毎日新鮮な魚を仕入れて、売り切れたら店を閉めるの。ナジが大きくなったら店を手伝わせ、仕事を覚えさせて、わたしが年を取って働けなくなったら跡を継いでもらうの」

翌日、燃料ポンプがようやくやってきた。駱駝に乗った男がハキムを手伝ってポンプを設置し、きちんと作動するようにした。

翌朝、バスはふたたび西を目指して出発した。キアはこの前アブドゥルが方向についてハキムを問い質《ただ》したことを思い出したが、それに関しては、アブドゥルは何も言わなくなっていた。それでも、地中海はその方向ではないと考えているのは、乗客のなかで彼一人ではなかった。次の休憩で停まったとき、そういう乗客が二人、ハキムを問い詰めて、なぜ目的地から離れていくのか理由を説明しろと要求した。

ハキムは何と答えるんだろう、とキアは耳を澄ました。

「これが進むべき方向なんだ！」ハキムが腹立たし気に言った。「道は一本しかない」それでも執拗《しつよう》に食い下がる相手に、ハキムは言った。「まずは西へ進み、それから北へ進む。それしかないんだ。まあ、駱駝を使うんなら別だがな」そして、皮肉を込めて吐き捨てた。「さあ、とっとと駱駝を捕まえに行ったらどうだ。どっちが先にトリポリに着くか、やってみればわかるだろうからな」

キアはそっとアブドゥルに訊いた。「あなた、ハキムを信じる？」

アブドゥルが肩をすくめた。「あの男は嘘つきで、人を騙《だま》す。何であれあいつの言うことは信じない。だが、これはあいつのバスだし、護衛は銃を持っている。だから、任せるしかないだろう」

その日、バスは順調に進みつづけた。午後が終わりに近づくころ、窓ガラスのない窓の向こうを見ていたキアは、人間が住んでいるらしい、乱雑な印に気がついた。へこんだドラム缶、段ボール箱、詰め物が裂け目から飛び出している車の座席、などなど。前方へ目をやると、遠くにトゥアレグの村とは似ていない集落が見えていた。

近づくにつれて、細かいところがわかってきた。セメントブロック造りの建物がいくつかと、渇いた木の枝やカンヴァスや敷物の名残りで建てられた、間に合わせの小屋や住まい。しかし、トラックをはじめとする自動車もあり、何箇所かは金網フェンスで封鎖されていた。

キアはアブドゥルに訊いた。「ここはどういうところ？」

「鉱山労働者の宿営地みたいだな」

「金鉱？」ほかのみんなもそうだが、キアもまた例外に漏れず、中央サハラのゴールド・ラッシュのことは聞いていた。だが、鉱山を見たことはなかった。

「たぶん、そうだと思う」アブドゥルが答えた。

バスはゆっくりと小屋のあいだを通り抜けていき、キアは思った――汚ないところね。住まいと住まいのあいだの地面には、飲み物の空き缶、食べかけの食料、煙草の空き箱が散らかっていた。「どこの金鉱も必ずこんなに汚ないの？」彼女はアブドゥルに訊いた。

「いくつかはリビア政府によって正式に操業が認められていて、労働法に従っているはずだ。だが、それ以外は公式な許可もなく、規則もないまま、勝手に掘削《くっさく》をしている。取り締まろうにもサハラは広すぎるんだ。ここもそういう非公式な鉱山の一つだろう」

襤褸を着た男たちが関心もなさそうにバスを見ていた。そのなかに何人か、警備の仕事をしているのだろう、ライフルを持った鬚面《ひげづら》の若者がいた。金鉱なら武装警備員も必要なんでしょうね、とキアは推測した。給水車が一台いて、ホースを持った一人の男が、甕《かめ》や瓶を持った人々に水を配っていた。砂漠ではオアシスの周りに集落ができるのが普通だが、鉱山は金があるところに違いないから、そこの人々が生きるためには水を運んでこなくてはならないのだ、とキアは論理的に考えた。

ハキムがバスを停め、立ち上がって言った。「今夜はここに泊まる。食べ物と寝場所は提供される」

こういうところで準備された食べ物を口に入れるのは、キアはあまり気が進まなかった。

ハキムがつづけた。「ここは金鉱だから、警備が厳重だ。警備員とは関わりあいになるな。何をしようと、フェンスを越えて立入り禁止区域に入ったりしないように。射殺される恐れがあるからな」

ここまできて殺されるのは願い下げだ、とキアは思った。

ハキムがバスのドアを開け、まずハムザとタレクが銃を持って降車した。ハキムが言った。「ここはもうリビアだ。最初に合意したとおり、降りる前に残りの料金を払ってもらう。一人当たり千アメリカ・ドルだ」

だれもが荷物を引っ掻き回し、服の下をまさぐって現金を探した。

キアも渋々金を手放した。そうするしかなかった。

ハキムがゆっくりと金を数えた。

全員がバスを降りると、一人の警備員が近づいてきた。三十代のどこかだろうが、ほかの警備員より何歳か年上に見え、ライフルではなく、ホルスターに拳銃が収まっていた。バスの乗客を見る目には軽蔑が宿っていた。わたしたちがあなたに何をしたというの、とキアは言ってやりたかった。

ハキムが言った。「モハンマドだ。われわれの寝場所に案内してくれる」

ハムザとタレクはバスに戻り、ハキムはバスを駐車場へ走らせた。あの二人の護衛はたびたびバスで夜を明かしていた。バスが盗まれるのを恐れているのかもしれなかった。

モハンマドが言った。「ついてこい」

案内されたのは壁が三方にしかない、トタン板葺きの小屋だった。なかへ入ったキアが見ると、砂漠にすむ鼠《ねずみ》がパン屑をくわえて壁の隙間《すきま》へ潜り込もうとしていた。ぴくぴく動く尻尾《しっぽ》が、呑気《のんき》な別れの挨拶のようだった。

照明はなく、電気が通っていないように見えた。

「食い物は彼らがここへ持ってくる」そう言って、モハンマドは戻っていった。〝彼ら〟ってだれだろう、とキアは訝った。

キアは自分の居場所を作った。段ボールの切れ端で作った間に合わせの箒《ほうき》で周囲の地面を掃くと、ここは自分たちの空間だと主張するために、自分とナジの毛布を出して荷物の隣りに畳んで置いた。

アブドゥルが言った。「あたりの様子を見てくる」

「わたしも行く」キアはナジを抱き上げた。「身体を洗えるところがあるかもしれないから」

夕方の遅い時間だったが、まだ明かりはあった。宿営地を貫く多かれ少なかれまっすぐな道を見つけて、それをたどっていった。キアはナジを抱いてアブドゥルの隣りを歩くのが好きだった。家族になったような気がした。

一人の女がきつい目でキアを見、男が睨みつけた。それに気づいて、アブドゥルが言った。「その十字架を服の下に入れるんだ。ここには過激な原理主義者がいるらしい」

十字架を象《かたど》った小さな銀のネックレスが外に出ていることに、キアは気づいていなかった。チャドと違ってリビアは圧倒的にスンニー派イスラム教徒が多く、キリスト教徒はごくごく少数であることを思い出し、急いでネックレスを服の下に押し込んだ。

セメントブロック造りの大きな建物が一軒あり、その周囲にいい加減に建てられた住居が散らばっていた。その大きな建物の前で、目だけを除いて全身を黒のヒジャブで覆った恰幅《かっぷく》のいい女性が、焚火《たきび》の上に大きな鍋をいくつか載せて掻き混ぜていた。アフリカ料理に共通のスパイシーな芳香ではなかったから、雑穀の粥を作っているのだろうとキアは推測した。食料はその建物に貯蔵されているに違いなく、その後ろには野菜屑と空き缶が積み上げられて悪臭を放っていた。

しかし、バスの乗客が今夜泊まることになっているこのあたりは、この施設の一部に過ぎなかった。ここ以外に、金網フェンスで仕切られた広い敷地が三箇所あって、そこは掃除が行き届き、きちんと整頓されていた。

その敷地の一つは駐車場で、十数台の車がすでにそこにあった。キアが内訳を数えてみると、たぶん金《きん》を運び出して物資を持って戻ってくるピックアップ・トラックが四台、さっき見かけたのと同じ大きな給水車が二台、重要人物か鉱山の経営者専用かもしれない、黒の汚れ一つないSUVが二台だった。大型の給油トレーラー・トラックも一台あって、胴体が黄色と白で塗装され、脚が六本ある龍と、〈エニ〉というイタリアの大手石油会社名が描かれていた。ほかの車に給油するためにいるのだろう、とキアは想像した。さらに、タイヤに空気を入れる圧搾ポンプのホースも見えた。

幅の広い車の出入り口はチェーンが掛けられ、南京錠《ナンキンじょう》で施錠されていて、フェンスの向こうに小さな警備小屋があった。ライフルを持った男が一人、出入り口の脇に立ち、手持無沙汰《てもちぶさた》な様子で煙草を喫っていた。暗くなったら小屋のなかへ退散するんだろう、とキアは推測した。砂漠の夜は冷えるから。

「北朝鮮だな」アブドゥルがほとんど独り言のように言った。

「彼が？」キアは警備員を見て言った。「違うでしょう」

「彼じゃない。彼の持っているライフルだ」

「そうなの」銃はアブドゥルが知っているたくさんのことのなかの一つだった。

「ここは無認可鉱山かもしれないが、機器や設備は驚くほど充実している」彼は言った。「きっと大金を産んでいるんだろう」

「そんなの当たり前じゃない」キアは笑った。「だって、金《きん》だもの」

アブドゥルが微笑した。「確かにそうだ。だけど、ここで金を掘っている労働者がその分け前に充分与《あずか》っているようには見えないな」

「労働者が充分な分け前に与るなんて、ここじゃなくても、どこでだって絶対にあり得ないわよ」人生についての初歩中の初歩をアブドゥルが知らない可能性があることがわかって、キアは意外だった。

「それなら、彼らはどうしてここにきているんだ？」アブドゥルが訊いた。

いい質問だった。キアが聞いたところでは、認可されないまま金鉱を砂漠で開くのはそれぞれが勝手にやることでだれも頼ることができず、それぞれが手に入れられるものでやりくりし、食料や水も独自に管理しなくてはならなかった。厳しいけれども、大きな報酬を得られる可能性がある人生というわけだった。ただし、労働者にとっては、その報酬は小さいように思われた。

二人は歩きつづけた。攻撃的で耳障りな削岩機の音が聞こえてきた。キアが見ると、二つ目の敷地は二エーカーか三エーカーの囲い地で、そのなかで百人ほどが働いていた。キアとアブドゥルは金網フェンス越しにそれを見て、どういう作業をしているのか観察した。浅く掘られた露天の採鉱場《ピット》で、一人の男が削岩機で床岩《しょうがん》を割っていた。彼が手を止めると、バックホーが割れた岩の塊《かたまり》を掬《すく》いあげ、それを広いコンクリートのエプロンへ移した。労働者の大半が作業しているのがそのエプロンで、彼らは大きなハンマーで岩の塊を砕いていた。容赦なく照りつける砂漠の陽射しの下では、それは過酷な重労働にしか見えなかった。

「金はどこにあるの？」キアは訊いた。

「岩のなかだ。ときどき、男の親指の大きさぐらいの塊《ナゲット》で見つかることもある。それは、砕いた岩のかけらから手で取り出すことができる。普通は薄片の状態で、取り出すにはより複雑な処理をしなくちゃならない。それは砂金と呼ばれている」

背後で声がした。「おまえたち、何をしてる?」

振り向くと、モハンマドだった。キアはこの男が嫌いだった。どこか卑しさを感じさせた。

アブドゥルが答えた。「このへんを見て回っているんです。禁止されているんですか、兄弟?」

「歩け、立ち止まるな」モハンマドは前歯がないことにキアは気がついた。

アブドゥルが答えた。「わかりました」

二人は左手に金網フェンスを見ながら歩きつづけた。しばらくしてキアが振り返ると、モハンマドはいなくなっていた。

三つ目の敷地も、それまでの二つとは違っていた。金網フェンスに囲われたなかに平屋根のセメントブロック造りの建物がいくつか、整然と並んでいた。警備員の宿舎だろうと思われた。奥に、砂漠用にカモフラージュをされた物体が四つあった。それぞれが、トレーラー・トラックぐらいの大きさだった。非番なのだろう、数人の男が輪になって坐り、コーヒーを飲んだり賽子で遊んだりしていた。キアが驚いたことに、メルセデスのバスが敷地のなかにあった。

もう一つ、不可解なことがあった。ある建物は窓がなく、唯一の出入り口は外から閂《かんぬき》が掛かっていた。監獄か何かのようにおぞましく見えた。熱を反射するために淡いブルーに塗られていて、その建物のなかに一日じゅういるのであれば、そういう処置は必要なはずだった。

二人は小屋に戻った。全員がキアと同じように自分の居場所を確保し、きれいにしていた。エスマと彼女の義母は水を張った盥《たらい》を手に入れ、外で洗濯をしていた。ほかの者はいつものようにとりとめのないお喋りをしていた。

三人の女性が料理の入った大きな深皿と、積み上げたプラスティックの皿を運んできた。夕食はさっき調理されているところをキアが見た雑穀の粥で、塩漬けの魚と玉ねぎが混ぜてあった。

食べているあいだに陽が落ち、食べ終えたのは星明かりの下だった。キアは自分とナジを毛布で覆うと、地面に横になって手足を伸ばし、眠りが訪れるのを待った。

アブドゥルが近くで横になった。

アブドゥルは興味をそそられた。ハキムが進路変更したのには明らかに目的がある。しかし、その目的とは何か？　ＩＳＧＳがいてくれることはハキムにとって好都合で、一泊する場所としてここを選んでも、元々ルートとして予定されていたのであれば何の不思議もない。しかし、実際にはそうではない。

ほかの乗客と違って、おれはトリポリへの到着を急いでいるわけではない。おれの任務は情報収集で、いまはこの宿営地に深い関心を持っている。特に関心があるのは、警備員の宿舎がある敷地内の、トラックほどの大きさの物体だ。おれがこの前突き止めたISGSの隠れ家、アル・ブスタンでは、最終的に中国製の榴弾砲《りゅうだんほう》三基が発見された。ここにあるあの物体はもっと大きい。

眠りへ誘われながらも、頭のなかでは〝採鉱場《ピット》〟という単語が繰り返されていた。金を含んだ岩は〝ピット〟から取り出される。その意味するところは何だ？

はっとして目が覚めた。夜明けだった。頭にはいまも〝ピット〟があった。アラビア語で〝ピット〟に相当するのは〝フフラ〟で、大抵は〝穴《ホール》〟と翻訳される。〝穴《ホール》〟の意味するところは何か？

その答えがわかったとき、アブドゥルは驚きのあまり思わず起き上がって虚空《こくう》を見つめた。アル・ファラビ、〝ジ・アフガン〟、ISGSが概ねリーダーと認めている男の隠れ家は〝フフラ〟と呼ばれていた。フフラは穴であり、ピットであり、採鉱場でもある。

これだ。

探していたものを見つけた。できるだけ早くタマラとCIAに報告しなくてはならない。だが、腹立たしいことに、ここからでは電話の電波が届かない。

文明のあるところへ到達するのにどのぐらいかかるのか？

広大な砂漠の真ん中、地下に金が埋まっていて掘り出されるのを待っているところを隠れ家にするとは、ＩＳＧＳは実によく考えていると言わざるを得なかった。アル・ファラビが本営にするのも不思議はなかった。これは対テロ部隊にとってとてつもなく重要な発見であり、報告さえできれば、すぐにそうなるはずだった。

アル・ファラビがいまここにいる可能性はあるだろうか？

乗客たちは身じろぎし、目を覚まして起き上がると、毛布を畳んだ。ナジがレーベンをせがんだが、乳を含ませることで我慢させた。昨夜粥を運んできた女たちが、朝食を持ってやってきた。平たいパンとホワイト・チーズだった。そのあと、乗客はそこここに坐って、ハキムがバスと一緒に戻ってくるのを待った。

彼はこなかった。

アブドゥルはひどく嫌な予感がしはじめた。

一時間後、乗客はハキムを探しにいくことにして、いくつかのグループに分かれた。アブドゥルは一番奥の区画を調べると宣言した。そこは警備員がいる敷地で、キアもナジを連れて同行することになった。陽が昇りはじめていて、労働者の大半はすでにピットで仕事を開始していたから、宿営地には数人の女性と子供しかいなかった。ハキムがいればすぐにわかるはずだし、ハムザとタレクはもっと目立つはずだった。だが、それらしい姿は見えなかった。

アブドゥルとキアは警備員の宿舎がある敷地に着き、金網フェンス越しになかをうかがった。「昨夜はちょうどあそこに駐まっていたが」アブドゥルは指をさした。いま、バスはそこになかった。数人の男が見えたが、ハキムもタレクもハムザもいなかった。

アブドゥルは背が高く、白いものが増えて灰色に見える髪と黒い鬚と、鋭い目つきの、権威を感じさせる男を探した。アル‐ファラビがいるかもしれないと期待したのだが、そういう人相風体《ふうてい》の男はいなかった。

声がした。「またおまえたちか」

振り返ると、モハンマドが立っていた。

「ここに近づくなと教えたはずだ」モハンマドが言った。前歯が欠けているせいで、いささか聞き取りにくかった。

何であれ教えてもらった憶えはなかったが、アブドゥルはそれを無視して訊いた。「昨夜、あそこに駐《と》めてあったメルセデスのバスはどこにある？」

こんな激越な詰問口調で何かを言われたことがないのだろう、モハンマドの顔に驚きが現われた。おそらく恐怖と敬意をもって応対されるのに慣れているのだ。そのモハンマドがすぐさま気を取り直して言った。「知らないし、知ろうとも思わない。フェンスから離れろ」

アブドゥルは言った。「ハキム、タレク、ハムザという三人だ。彼らは昨夜、この敷地内で泊まっている。あんたも見ているに違いない」

モハンマドが腰の拳銃に手を伸ばした。「おれに質問するな」

「彼らは何時ごろ出ていった？　どこへ行った？」

モハンマドが銃――セミオートマティック九ミリ拳銃だった――を抜き、銃口をアブドゥルの腹に押しつけた。アブドゥルは俯《うつむ》いてその拳銃を確かめた。手の甲が上に向くように握られている銃のグリップに、輪のなかに入っている五芒星《ごぼうせい》が刻印されているのが見えた。パキスタンで製造された、チェコのCZ‐75の北朝鮮モデルのコピーだった。

モハンマドが言った。「黙れ」

キアが懇願した。「アブドゥル、行きましょう、お願いよ」

モハンマドから拳銃を取り上げることなど、やろうと思えば瞬《また》く間にできたが、この警備員全員を相手に勝ち目があるはずはないし、いずれにせよ、これ以上情報を得られるわけでもなさそうだった。アブドゥルはキアの腕を取って歩き出した。

二人はぐるっと一回りしながら、それでもハキムを探しつづけた。キアが言った。

「バスはどこへ行ったんだと思う？」

「わからないな」

「戻ってくるかしら?」

「それが大きな疑問なんだ」

ブーツの底に隠してある追跡装置を見るチャンスさえあれば、答えはすぐに出るはずだ。小屋にいるほかの乗客たちのところに戻ったら、すぐにやってみよう。用を足す振りをして砂漠へ行き、こっそり追跡装置を確認すればいい。

しかし、そうはならなかった。小屋へ戻ってみると、モハンマドがそこにいて、木箱を逆さにして腰を下ろしていた。そして、アブドゥルを指さし、そこに坐れと地面を指した。アブドゥルは議論はしないことにした。バスがどうなったのか、もうすぐわかるかもしれない。

ハキム捜索隊の最後のグループが戻ってきて地面に坐ると、モハンマドが人数を数えてから——ナジを除いて三十六人だった——口を開いた。

「おまえたちの運転手は行ってしまった」

乗客の最年長者、ワヘドが自動的にスポークスマンになった。「どこへ行ったんですか?」

「おれが知るわけがないだろう」

「しかし、彼はわれわれの金を持っているんですよ! ヨーロッパまでの料金を」

「そんなことをどうしておれに言うんだ?」モハンマドが苛立った。「おれが払ってもらったわけでもないのに？」

　アブドゥルは興味をそそられた。この話はどこへ行き着くんだろう？

　ワヘドが言った。「われわれはどうすればいいんですか？」

　モハンマドがにやりと笑い、前歯が欠けているのが露わになった。「出発すればいいだろう」

「しかし、移動手段がありません」

「ここから北へ八十マイルのところにオアシスがある。何日か歩けばたどり着けるはずだ。まあ、見つけられればだけどな」

　それは不可能だった。道路はなく、消えたり現われたりする道とも言えないような道が砂丘のあいだを縫っているに過ぎなかった。砂漠に暮らすトゥアレグなら大丈夫だろうが、ここにいる乗客たちにはチャンスはない。砂のなかをさまよいつづけた挙句、渇死するのが落ちだった。

　最悪の窮地に陥っていた。アブドゥルはどうやってタマラと連絡を取って報告をするかを考えた。

　ワヘドが言った。「オアシスまで連れて行ってもらえませんか？」

「駄目だ。われわれはここで金を掘っているのであって、人間を運んでいるわけじゃない」モハンマドは愉しんでいるようだった。

アブドゥルは一条の光明を見出《みいだ》したような気がしてモハンマドに訊いた。「こういうことは前にもあったんじゃないのか？」

「一体何の話だ、さっぱりわからんな」

「いや、わかっているはずだ。ハキムが逃げてしまったのに、あんたは困ってもいなければ、驚いてすらいない。いまの演説だって準備されたものだろう。これまでも同じことを何度も繰り返し話してきて、飽き飽きしている様子じゃないか」

「黙れ」

アブドゥルにはわかっていた――ハキムは詐欺を働こうとしている。ヨーロッパへ行きたい者を集めてここへ連れてきて、最後の最後まで金を搾り取り、そして見捨てる。だが、残された者はどうなるか？　家族に連絡して旅をつづける手助けをしてほしければもっと金を出せとモハンマドが要求するのかもしれない。

ワヘドが言った。「それなら、連れ出してくれるだれかが現われるまで、われわれはここにとどまるしかありません」

それはもっとまずい、とアブドゥルは思った。

モハンマドが言った。「おまえたちの運転手が置いていった宿泊料は一晩分だ。だから、今日の朝食が最後の無料の食事だ。これからは金を払わない限り、食い物は一切渡さない」

「われわれに飢え死にしろと言うんですか！」

「食いたければ、働くんだな」

つまり、そういうことだった。

ワヘドが言った。「働く？　どうやって働くんですか？」

「男たちはピットで働けばいいし、女たちはラヒマを手伝えばいい。厨房を仕切っている黒いヒジャブの女だ。ここは女が不足していて、きれいに掃除しようにも手が足りないんだ」

「それでいくらもらえるんですか？」

「だれが金の話をした？　働けば食う、働かなかったら食わない」モハンマドがまたにやりと笑った。「どっちを選ぶかは、おまえたちの自由だ。金はなしだ」

ワヘドが激怒した。「それでは奴隷労働じゃないか！」

「ここに奴隷はいない。よく見てみろ、壁もなければ、錠前もない。いつでも自由にここから出ていけるんだ」

それでも奴隷労働だ、とアブドゥルは思った。砂漠は壁どころではなく効果的な障害物だ。

そして、それがパズルの最後のピースだった。何が人々をここへ引き寄せるのか？　その答えがいまわかった。引き寄せられるのではない、捉《とら》われるのだ。

ハキムはいくらもらったんだろう、とアブドゥルは考えた。奴隷一人につき二百ドルぐらいか？ そうだとしたら、七千二百ドル持って逃げたことになる。コカインから上がる儲けとは比較にならないが、その儲けのほとんどはジハーディのものになって、ハキムの懐に入るのは運転手としての報酬だけなのではないか。それなら、途中、たびたび追加料金を要求したことの説明もつく。

モハンマドが言った。「規則がある。なかでもご法度《はっと》なのは、酒、博打《ばくち》、薄汚ない同性愛行為だ」

その規則を破ったらどんな罰が待っているのかとアブドゥルは訊きたかったが、何とか我慢した。これ以上、目を引きたくなかった。ただでさえ、すでに目をつけられているのだ。

「今夜の晩飯を食いたければ、いますぐ仕事を始めるんだ」モハンマドがつづけた。「女は厨房へ行ってラヒマから話を聞け。男はおれについてこい」そして、腰を上げて出ていった。

アブドゥルはついていくことにし、全員が彼に倣った。

細い道をのろのろと歩いていくと、削岩機の音が徐々に大きく聞こえるようになった。バスの乗客の大半は二十代かその周辺の年頃で、苦労しながらでもたぶん仕事はできると思われたが、ワヘドは明らかに例外だった。

武装警備員がピットを囲っている金網フェンスの入口のチェーンをほどき、モハンマドが連れてきた一行をなかに入れた。

そこで仕事をしている男たちは、希望も絶望も過去のものになったことを示す、死んだ目をしていた。話をするでもなく、活気もなく、ただひたすらハンマーを振るって岩を砕き、それが終わると次の岩へ移るという作業を繰り返していた。全員が伝統的なロープとヘッドドレスを身に着けていたが、みなぼろぼろになっていて、鬚は埃にびっしりまみれていた。ときどき手を休めることがあったが、それは水の入ったドラム缶へ行って口をゆすぐためだった。

全員が痩せていながら筋肉質であることにアブドゥルは驚いたが、考えてみれば、そうでない者はたぶんもう死んでしまっているのだった。

現場監督は労働者よりましな服装をしていたから、簡単に見分けがついた。彼らは岩を割る作業をじっと見つめていた。

モハンマドが新入りの一人一人にハンマーを渡した。どれも柄《え》が長くて、頑丈な鉄の頭がついていた。アブドゥルは自分のハンマーを持ち上げてみた。よくできていて、状態も問題ないように思われた。ジハーディは実利的だった――出来のよくない道具だと、金の取り出し作業が遅くなる。

ワヘドだけはハンマーが渡されなかった。アブドゥルはほっとした。モハンマドは老人に軽い作業をさせるつもりなのだろう。だが、その楽観は間違っていた。モハンマドはワヘドをピットへ連れていくと、にやにや笑いながら、削岩機を使えと命じた。

全員がワヘドを見た。

地面のある部分が白く塗られていて、次に掘るところを示しているに違いなかった。だが、ワヘドは削岩機を持ち上げてそこまで運ぶことができなかった。倒さずに支えているのがやっとで、若い現場監督たちはそれを見て笑ったが、年上の監督の何人かが不満そうな顔をしていることにアブドゥルは気がついた。

ワヘドは削岩機を垂直に立て、その上に覆いかぶさるようにして、何とか倒れるのを阻止しようと苦闘していた。アブドゥルは削岩機を使ったことはなかったが、使い手は機械に覆いかぶさるのではなく、後ろに立って自分のほうへ少し傾けておかなくてはならないことはわかった。そうしないと、先端が滑ったときにどっちへ逸れるか予想がつかない。いまのままでそういうことが起こると、ワヘドは間違いなく自分を傷つけることになる。

ワヘド自身もそれに気づいたらしく、削岩機を起動するのをためらっていた。

モハンマドがレヴァーを指さし、それを握って引き絞れと身振りで示して、削岩機を起動させるよう要求した。

介入すれば面倒なことになるのはわかっていたが、それでもそうするしかないとアブドゥルは判断した。

ピットへ近づいていくと、モハンマドが腹立たし気に手を振って追い払おうとした。しかし、アブドゥルはそれを無視して削岩機のハンドルをつかんだ。重さは三十キロか四十キロというところか。ワヘドが有難く後ろへ下がった。

モハンマドが言った。「おまえ、自分が何をしてると思ってるんだ？　おまえにやれとだれが頼んだ？」

アブドゥルはそれも無視した。削岩機の操作に訓練が必要なことはわかっていたが、即興でやるしかなかった。時間をかけて床岩の小さな尾根のように見えるところに鑿《のみ》を移動させ、刃《ブレード》をそこに差し込んだ。そして少し後退し、ドリルが斜めになるようにした。左右のハンドルをしっかり握って下に押しながら、レヴァーを一瞬強く握り、すぐに力を緩めた。ブレードがわずかに岩に食い込み、小さく埃が舞った。今度はもう少し自信を持ってレヴァーを握り締め、ブレードがしっかり岩に食い込んだのを見て満足した。

モハンマドの顔に激しい怒りが浮かんだ。

初めて見る顔が現われ、アブドゥルは興味をそそられた。

東アジア人で、おそらく朝鮮人だろうと思われた。

分厚いモールスキンのズボンに安全靴、サングラスに黄色のプラスティックのヘルメットという格好だった。手にはニュージャージーの落書き画家が使うタイプのスプレー缶があり、次の掘削地点に印をつけているのは彼だろうと思われた。地質学者に間違いなかった。

彼がモハンマドに流暢なアラビア語で叫んだ。「ほかの男たちに仕事をさせろ。下らんことで時間を無駄にするな」そして、禿げ頭に野球帽をかぶった、がっちりした体格の労働者を手招きしながらふたたび叫んだ。「アキーム!」アキームと呼ばれた男がやってきて、アブドゥルから削岩機を取った。地質学者がアブドゥルに言った。

「アキームを見て、覚えるんだ」

新入りたちが仕事にかかり、金鉱にいつもの日常が戻った。

だれかが叫んだ。「ナゲットだ!」ハンマーを持った男の一人が手を挙げた。地質学者がその岩の破片を検め、満足そうに鼻を鳴らすと、埃にまみれた黄色い石のように見えるものを手に取った。金だな、とアブドゥルは推測した。こういうことは滅多にないんだろう。砂金の大半は取り出すのがそう簡単ではなかった。コンクリートのエプロンの上の岩の破片は定期的に回収され、大きなタンクに入れられた。おそらくそのタンクにはシアン化塩を溶かした水が入っていて、そこで岩のかけらから金の薄片を抽出《ちゆうしゆつ》するのだった。

仕事が再開された。アブドゥルはアキームの掘削テクニックを観察した。新しい掘削地点へ移るときは、削岩機を片方の腿《もも》で支えて腰への負担を軽くする。そして、すぐには岩に深く打ち込もうとせず、まずは一列になるように浅い穴を何箇所かあける。アブドゥルはそれを見て、こうすればブレードが岩に刺さったままにっちもさっちもいかなくならないよう、岩を弱体化できるのだろうと推測した。

削岩機の発する音はひどくやかましく、アブドゥルはビジネス・クラスの客室乗務員が配ってくれるフォームラバーの耳栓が欲しかったが、そういうものがあるのは別の世界のことだった。白ワインを一杯持ってきてくれ。それに、塩豆も欲しい。ディナーはステーキだ。だけど、おまえ、飛行機の旅を苦行だとしか思ったことがないんじゃなかったか？

しかし、夢想から現実に戻ったとき、アキームの耳に何かがあることに気がついた。しばらく考えて、ガラビアの縁を細くちぎったものを二本作り、それを丸めて耳に押し込んだのだろうと見当をつけた。あまり効果的とは思えないが、何もないよりはましだ。

三十分後、アキームが削岩機をアブドゥルに返した。

アブドゥルは慎重に、急ぐことなく削岩機を扱いながら、アキームのテクニックを真似していった。ドリルを操るこつはすぐにものにできたと感じたが、アキームのように簡単に岩を割ることはできないこともわかった。しかし、筋肉がこんなにすぐに弱りはじめるとは想定していなかった。一つ自信があるとすれば、それは体力だったが、もはや両手はハンドルを握りたがらず、肩は震え、腿はいまにも崩れ落ちるのではないかと怖くなるほど力が入らなかった。このままつづければ、ろくでもないこの機械を持っていられなくなるかもしれない。アキームはそれを見抜いたらしく、削岩機を引き取って言った。「いずれもっと強くなる」アブドゥルは屈辱を感じた。この前〝いずれもっと強くなる〟と慰め顔で言われたのは十一のときで、そのときでさえ、そう言われたことが嫌でたまらなかった。

それでも体力は回復し、アキームが疲れるころには、もう一度ぐらいは作業できる準備ができていた。今度も思ったほどには長続きしなかったが、それでも一回目よりはましになっていた。

アブドゥルは思った。おれはなぜこの人殺しの狂信者どものためにいい仕事をしようなどと考えているんだ？　言うまでもない、その理由はプライドだ。まったく、われわれ人間はどこまで馬鹿なんだ。

正午までもうしばらくというとき、陽射しが耐えられなくなりつつあるころ、ホイッスルが鳴り、全員が仕事の手を止めた。囲い地を出ることは許されていなかったから、大きな日除《ひよ》けの下の避難場所で休憩を取った。

六人の女性が食事を運んできた。昨日、バスの乗客たちに提供されたものよりはましだった。肉の塊——たぶん、リビアで人気のある駱駝の肉だった——の入った脂っぽいシチューに大盛りの米。奴隷はきちんと食べさせればもっと金を掘ると、だれかが気がついたのだ。アブドゥルは自分が恐ろしく空腹であることに気づき、貪るように食事を平らげた。

食べ終わると、日除けが作る陰の下で横になった。アブドゥルは痛む身体を休められるのが嬉しく、仕事に戻らなくてはならないときが怖かった。なかには寝てしまう者もいたが、アブドゥルは眠らなかったし、アキームも眠らなかった。もっと多くのことを知るチャンスだ、とアブドゥルは判断した。警備員の目を引きたくなかったから、小声で会話を開始した。「削岩機の扱いはどこで覚えたんだ？」

「ここだ」アキームが答えた。

素《そ》っ気《け》ない答え方だったが、敵意は感じられなかった。アブドゥルはつづけた。

「おれは触るのも今日が初めてだ」

「わかるよ。おれもここへきたときはそうだった」

「それはいつだ？」

「一年以上前だ。もしかすると二年かもしれん。永遠のように感じられるし、たぶんこれからもそうだろう」

「ここで死ぬってことか？」

「おれと一緒にここへきたやつは、もう大半が死んでしまった。出ていこうにも、その術がない」

「だれも脱出を試みなかったのか？」

「おれの知る限りでは、何人かが出ていった。徒歩でだ。そして、半死半生で戻ってきた者もいる。なかにはオアシスにたどり着いた者もいるかもしれんが、どうだかな」

「車の出入りはないのか？」

「連れていってくれと運転手に頼むことはできる。その返事は、そんな危ない橋を渡る度胸はない、だ。やったら撃ち殺されると考えているんだな。たぶん本当だろう」

そういうことではないかとアブドゥルも予想はしていたが、それでも落胆せずにいられなかった。

アキームが抜け目のない顔でアブドゥルを見た。「おまえ、脱走を計画してるんだろう、わかってるぞ」

アブドゥルはそれには答えず、こう訊いた。「どうして捕まることになったんだ？」

「おれは住民の大半がバハイ教徒の大きな村の出身なんだ」

アブドゥルはバハイ教のことは聞いて知っていた。中東と北アフリカの多くの部分に存在する小さな宗教である。レバノンにもバハイ教徒の共同体があった。「寛容と忍耐が信条だと聞いたことがある」

「おれたちは宗教はどれもみな善なるものだと信じている。なぜなら、神の名前が違うだけで、崇拝しているのは同じ一つの神だからだ」

「それをジハーディがよしとしなかったとか、そういうことか？」

「あいつら、長いことわれわれには手出しをしなかった。そういう時期に、われわれは学校を開いた。バハイ教徒は女性も読み書きができるべきだと信じている。だから、学校は男女共学だった。それがイスラム原理主義者を怒らせたらしい」

「何があったんだ？」

「やつらが銃と火炎放射器を持ってやってきた。年寄りと子供、赤ん坊まで含めての大量殺人だ。そして、家々に火を放った。おれの両親も殺された。結婚していなくてよかったと思ったよ。やつらは若い男女、特に学校へ通っている女子を拉致していった」

「そして、ここへ連れてこられた」

「そういうことだ」

「拉致された女の子たちはどうなったんだ？」

「警備員の宿舎がある敷地内の、薄青く塗った、窓のない建物に押し込められた。マクフルと呼ばれている」

「売春宿か」

「いいか、彼女たちは学校へ行っていた、だから、あいつらに言わせれば、真のイスラム教徒ではないんだ」

「それで、彼女たちはいまもあの建物にいるのか？」

「結構大勢死んでいるんじゃないかな。栄養失調、感染症の放置、極度の絶望などでな。心身ともに屈強な者が一人や二人はいまも生きているかもしれんがね」

「あの建物は監獄だと思ってたけどな」

「そうとも、異教徒の女たちの監獄だ。そういう女をレイプするのは罪じゃないと、おれたちを拉致したやつらはそう信じてる。あるいは、信じる振りをしている」

アブドゥルはキアのことを思った。彼女は銀の十字架をぶら下げている。

休憩時間はあっという間に過ぎて、またホイッスルが鳴った。アブドゥルは立ち上がるのに苦労しなくてはならなかった。身体のあちこちが痛かった。あとどのぐらいあの削岩機と格闘しなくてはならないのか？

アキームと一緒に現場へ行き、ピットに下りた。アキームが削岩機に手を掛けた。

「一回目はおれがやろう」

「ありがとう」この言葉をこれほど心を込めて言ったことは、これまでなかった。

嫌になるほどのろのろと空を横断していた太陽がようやく西へ傾きはじめ、暑さが和らぎ出したころ、アブドゥルの全身の痛みは拷問に変わった。地質学者がいなくなり、モハンマドが今日の仕事が終わったことを知らせるホイッスルを吹いた。アブドゥルは嬉しさのあまり涙が出そうだった。

アキームが言った。「明日、おまえさんは違う仕事をやらされる。あの北朝鮮人からの指示だ。それが体力のある男を生かしておく一番の方法だと考えているんだ。だが、明後日《あさって》はまた削岩機に戻ることになる」

このままだと、ここに慣れるしかなくなるぞ、とアブドゥルは気がついた。それが嫌なら、だれもできなかったこと――脱出――を何とかやり遂げるしかない。

作業現場を出ようと、チェーンが外してある出入り口のほうへのろのろと歩いていると、何か揉め事が起きていて、二人の警備員が労働者の一人、小柄な黒人の両腕をそれぞれに拘束し、モハンマドが彼に向かって大声で迫っていた。何かを吐き出せと言っているようだった。

ほかの警備員たちが一列に並んで待つよう労働者に命じ、だれかが介入しようとするのを阻止すべく、威嚇するように自分たちの銃を指さした。規則を破った罰を目撃することになるんじゃないか、とアブドゥルはひどく嫌な予感がした。

四人目の警備員が小柄な黒人労働者の後ろに立ち、ライフルの台尻で彼の後頭部を殴りつけた。黒人労働者の口から何かが飛び出し、地面に落ちた。警備員がそれを拾い上げた。

それはアメリカの二十五セント硬貨ほどの大きさの、汚ない黄色の金の塊だった。

男は小さなナゲットを盗もうとしていたのだ。しかし、それをどう使うつもりだったのか？ ここには買うべき商品がないのに。ここを出るための賄賂として使えることを期待したのか。

警備員が寄ってたかって男のくたびれ果てた衣服を破り、裸にして仰向《あおむ》けに地面に転がしたと思うと、全員がライフルをさかさまに持ち直して銃身を握った。モハンマドが男の顔をライフルの台尻で殴った。男は悲鳴を上げ、両腕で顔を覆った。モハンマドが台尻を股間《こかん》に叩きつけた。男が性器をかばうと、モハンマドはふたたび顔を殴りつけた。そのあと、警備員にうなずいた。一人一人がさらに衝撃を増すためにライフルを高く振りかざし、大きな弧を描いて的に振り降ろした。それがリズミカルに容赦なく繰り返された。これまでにやったことがあるとしか思えなかった。

男が絶叫し、口から血が飛び散った。警備員たちはなおも殴打《おうだ》をつづけた――頭、股間、手首、膝。骨が折れる音がし、血が溢れた。これだけやられたら回復は不可能だろうし、最初からそのつもりで殴打しているんだ、とアブドゥルは見て取った。殴打は胎児のように身体を丸め、絶叫は動物が哀れっぽく鳴く声のようになった。殴打は仮借なくつづいた。男が静かになり、動かなくなっても、暴行は終わらなかった。意識を失った相手を殴りつづけて、ついにはほとんど人間の身体に見えなくなってしまった。

ようやく警備員に疲れが見えた。犠牲者は息をしていないようだった。モハンマドが膝を突いて心臓に手を当て、次に脈を見た。

一分ほどして立ち上がると、見ている労働者に言った。「こいつを外へ運び出して埋めるんだ」

23

朝早く、タマラの電話にメッセージが届いた。

〝ジーンズの値段は十五アメリカ・ドルです〟

それは、今日の十五時、すなわち午後三時に、離反したジハーディのハロウンに会うことを意味していた。場所はこの前会ったときに決めてあった。国立博物館、有名な七百万年前の頭蓋骨《ずがいこつ》のところ。

タマラは緊張が募った。重要なことかもしれない。会ったのは一度だけだが、そのときも悪名高いアル・ファラビについての貴重な情報を提供してくれた。今日は何を教えてくれるのだろう？

アブドゥルについて何かを知っていることだってあるかもしれない。もしそうだとしたら、悪い知らせの可能性が高い。どういうわけか正体がばれてしまい、捕虜にされているか、もしかしたら殺されていることだってあり得なくはない。

今日はＣＩＡンジャメナ支局の研修の日だった。今日のテーマは〝ＩＴセキュリティの知識〟。しかし、情報源と会うためなら、こっそり抜け出してもいいはずだという確信がタマラにはあった。

自分のアパートでヨーグルトとメロンの朝食をとりながら、CNNをオン・ラインで観た。嬉しいことに、グリーン大統領は中国製の武器がテロリストの手に渡っていることを大きく取り上げ、問題にしてくれていた。ングエリ・ブリッジでノリンコ製の銃を持ったテロリストに狙われた身としては、たまたまそうなってしまったのだという中国の言い訳など、聞く気はなかった。そもそも、たまたまそうなってしまうようなことを中国がするはずがない。彼らは何であれ北朝鮮のための計画を持っていて、それはアメリカにとってよくないものに決まっていた。

今日のビッグ・ニュースは、日本の極右愛国主義者が航空自衛隊——三百機以上の戦闘用航空機を保有している——による北朝鮮の軍事基地への先制攻撃を要求したことだった。日本が中国と戦争になる危険を冒すとはタマラには思えなかったが、安定が阻害されてしまったいまとなっては、何だろうと起こる可能性はあった。

タブの両親はフランスへ帰り、タマラはひとまずほっとした。アンの殻を突き破ったものの、やはり彼女に対する緊張はつづいていたのだ。パリへ引っ越してタブと暮らすことになったら、彼の母親とうまくやるために頑張らなくてはならないだろうが、それはそうなったときに対処すればいい。

穏やかな朝の空気のなか、大使館構内を歩いていると、スーザン・マーカスと遭遇した。スーザンは普段オフィスで着ている制服ではなく、戦闘服に軍用ブーツといういでたちだった。理由があるのかもしれないし、単にそれが好きなのかもしれなかった。

タマラは言った。「行方不明のドローンは見つかりましたか？」

「いえ、まだ見つかっていないわ。あなたのほうで何か情報はない？　どんな小さなことでもいいんだけど？」

「わたし、将軍が持っているんじゃないかって言いましたよね。でも、まだ確認ができていないんです」

「わたしもよ」

タマラはため息をついた。「残念なことに、デクスターがこの問題をあまり深刻に受け止めていないんです。彼の言うところでは、軍では備品の行方不明はしじゅうあることなんだそうです」

「その言い分は全部が全部嘘じゃないけど、それでよしってことにはならないわよ」

「でも、わたしの上司ですし」

「ともかく、ありがとう」

二人は別々の方向へ歩き出した。

ＣＩＡは研修のための部屋を借りていた。ＣＩＡ職員は通常の大使館スタッフより現代的で洒落ていて、あるいはそう考えていて、若手のなかには、わざと砕けた服装をしている者がいた。暑い気候のところで一般的なチノ・パンツに半袖のドレス・シャツではなく、バンドのロゴ入りＴシャツにダメージ・ジーンズといった服装だった。ライラ・モーコスのＴシャツは、〝悪しからず、わたしはだれが見たってあばずれよ〟と挑みかかっていた。

タマラは廊下で、デクスターと、デクスターの上司のフィル・ドイルと出会った。ドイルの本拠地はカイロだが、北アフリカ全域の責任者でもあった。二人ともスーツ姿だった。ドイルがタマラに訊いた。「アブドゥルから連絡はあったかな？」

「ありません」タマラは答えた。「バスが故障して、オアシスかどこかで滞留しているのかもしれません。あるいは、いまごろはトリポリへ向かって周縁部を走っていて、電話がつながるかどうか試している可能性もあります」

「それを期待しよう」

「今日のこの研修を楽しみにしているんです」タマラは嘘をつき、デクスターを見て言った。「でも、早く抜けなくてはならないんです」

「いや、それは駄目だ」デクスターが拒否した。「これは義務だ」

「午後三時に情報源と会うことになっているんです」

「そっちを変更しろ」

タマラは欲求不満を抑え込み、苛立ちが声に出ないよう努力しながら言った。「重要な情報かもしれません」

「情報源とはだれだ？」

タマラは声を潜めた。「ハロウンです」

デクスターが笑ってドイルに言った。「あの情報源はわれわれの活動にさして重要ではないんです」そして、タマラに向き直った。「きみだって一度しか彼と会っていないじゃないか」

「その一回のとき、貴重な情報を提供してくれました」

「その情報は裏付けが取れなかっただろう」

「わたしの勘では、彼はかけがえがありません」

「またもや女の勘か。いや、失礼。しかし、それでは充分な理由にならない。延期するんだ」デクスターがドイルを促して会議室に入った。

タマラは電話を取り出し、ハロウンに一言で返信した。

〝明日〟

そして会議室に入り、会議テーブルに着席して研修が始まるのを待った。一分後、電話が振動してメッセージの着信を告げた。

〝あなたのジーンズは、いま、十一アメリカ・ドルです〟
明日の午前十一時ね、とタマラは思った。問題ない。

博物館は大使館から北へ三マイルのところだった。道がすいていたから、タマラは予定より早く着いた。新しい現代的な建物で、造園された公園のなかにあった。噴水池のなかにアフリカの母の像があったが、池は干上がっていた。

ハロウンが万一顔を覚えていない場合を考えて、タマラはオレンジ色の円をちりばめたブルーのスカーフを出し、頭を包んで顎《あご》の下で結んだ。普段も大抵スカーフで頭を包んでいたから、普段の服装をしてズボンを穿いていれば、この町にいる十万の女性とそんなに変わって見えることはなかった。

タマラは博物館に入った。

秘密の逢瀬《おうせ》の場所としてはいい選択ではなかったわね、と彼女はすぐに見て取った。人混みに紛れられるだろうと想像していたのだが、そもそも人混みがなく、博物館はほとんど空だった。それでも、数少ない訪問者は全員が純粋な観光客のようで、運がよければ、タマラもハロウンも気づかれずにすむだろうと思われた。

階段を上がって、トゥーマイ猿人の頭蓋骨のところへ行った。それは古木の塊のようで、ほとんど形を成しておらず、辛うじて頭とわかった。七百万年経っているのだとすれば、それも無理もないかもしれなかった。それにしても、七百万年もどうやって遺《のこ》りつづけることができたんだろうと訝っていると、ハロウンが現われた。今日の彼はカーキのズボンと真っ白なTシャツという、ヨーロッパ風の服装だった。タマラは自分を見る彼の黒い目に緊張があるような気がした。彼は今度も命の危険を引き受けてここへきている。することのすべてがぎりぎりなのだ。以前はジハーディだったのだから、ジハーディにしてみれば、いまの彼は裏切り者以外の何物でもないのだから。

「昨日、会うべきでした」ハロウンが言った。

「どうしても無理だったのよ。急がなくちゃならないことなの？」

「難民キャンプで待ち伏せされてからというもの、スーダン政府は復讐《ふくしゅう》に飢えているんです」

復讐って終わることがないのよね、とタマラは思った。報復行為の一つ一つに対して、例外なく復讐しなくてはならないのだ。「具体的にはどうしたいの？」

「スーダン政府はあの待ち伏せを将軍自らが考えたものだと確信していて、彼をジハーディに暗殺させたがっています」

それも驚くには当たらないわ、とタマラは思った。でも、簡単ではないはずだ。将軍の警備は厳重を極めている。だけど、そういうことに不可能はない。もしその企てが成功すれば、チャドは大混乱に陥る。これに関しては、わたしは絶対に警報を鳴らさなくてはならない。

「どうやってやるの？」タマラは訊いた。

「この前あなたと会ったとき、おれはジ・アフガンが自爆するための爆弾の作り方を教えにきたと言いましたよね」

何てこと、とタマラは内心で呻いた。

観光客が二人、展示室に入ってきた。白人の中年カップルで、フランス語でお喋りをしていた。タマラとハロウンはアラビア語で話していた。それだと観光客に話の内容を知られる恐れはまず間違いなかった。だが、いま現われた二人は展示されている頭蓋骨のほうへ、すなわち、そのそばにいるタマラとハロウンのほうへ、ゆっくりとやってこようとしていた。

タマラは二人に微笑し、会釈をして、小声でハロウンに言った。「移動しましょう」

隣りの展示室はだれもいなかった。タマラは言った。「話をつづけてちょうだい。どうやってやるの？」

「将軍がどんな車に乗っているかはわかっていますからね」

タマラはうなずいた。知らない者はいなかった。フランス大統領が使っているような、シトロエンのストレッチ・リムジンだった。チャドに一台しかなかったが、それでも足りないとでもいうように、青、黄、赤が縦に並んだ小さな三色旗、すなわちチャドの国旗が、フェンダーに取り付けられて翻っていた。

ハロウンがつづけた。「大統領宮殿の近くの通りで待っていて、将軍がその車で出かけたら、起爆装置を作動させた爆弾を抱いて飛び込み、楽園へ直行するんです。少なくとも、彼ら自身はそれを信じていますからね」

「まずいわね」成功の可能性はある、とタマラは思った。宮殿そのものは厳重に守られているけれども、将軍も外に出なくてはならないときがある。車は防弾処理がなされているかもしれないが、おそらく爆弾は防げないだろう。自爆用ヴェストに取り付けてある爆弾が強力なものなら尚更だ。

だけど、その企みをわたしが知ってしまったいまなら、CIAが宮殿の警備陣に通報し、さらなる予防措置を講じることができるはずだ。「決行はいつなの？」タマラは訊いた。

「今日です」ハロウンが答えた。

「何ですって？」

「だから、昨日会うべきだったんです」

タマラは電話を握ったが、一瞬、間を置いた。まだ聞いておかなくてはならないことがあった。「何人でやるの？」

「三人です」

「人相風体はわかる？」

ハロウンが首を振った。「ぼくでないということ以外、だれが選ばれたかは教えられませんでした」

「男性なの？」

「女性が一人いるかもしれません」

「彼らの服装は？」

「たぶん、伝統的なものだと思います。ローブなら自爆ヴェストを隠せますからね。でも、確かなことはわかりません」

「いずれにせよ、だれかほかの者が関わっていたりはしない？　それだと三人以上になるけど？」

「それはありません。人数が増えれば余計な危険を作るだけだから」

「宮殿近くの現場へ行くのはいつ？」

「もうそこにいるかもしれません」

タマラは大使館のＣＩＡ支局に電話をした。

電話は通じなかった。

ハロウンが言った。「ジ・アフガンは市内で一時的に電話を通じなくする技術も教えてくれたんです」

タマラはハロウンを見つめた。「ＩＳＧＳが電話を全面的に通じなくさせてしまっているってこと？」

「復旧させる方法が見つかるまではね」

「わたし、行かなくちゃ」タマラは急いで展示室を出た。

背後でハロウンの声がした。「幸運を祈ってます」

階段を駆け下り、駐車場へ向かった。ここまで乗ってきた車が待っていて、エンジンをかけた。タマラは後部席に飛び乗って言った。「大使館へ帰って。急いでちょうだい」

車が動き出すと、もう一度考えた。大使館へ戻ったら、その足でＣＩＡへ行ってもいいが、電話なしでＣＩＡに何ができるだろう？　大統領宮殿へ直行するほうがいいはずだ。でも、あそこではわたしは知られていないから確認に手間取るだろうし、一介の娘が将軍の命が危ないと訴えたところで、門の警備兵がすぐには信じてくれないのではないか？

そのとき、カリムが頭に浮かんだ。彼なら何の障害もなく宮殿に入れるし、将軍の警備隊長にすぐに警告を届けられる。しかし、いまどこいるのか？　まだ正午ではないから、カフェ・カイロにいるかもしれない。あそこなら博物館からすぐだ。まずそこへ行ってみて、いなかったら町の中心へ戻り、ラミー・ホテルを訪ねてみよう。

タマラは将軍がもうしばらく宮殿にとどまっていてくれることを祈った。

運転手に行先の変更を告げた二分後にカフェに着いた。急いで店に入ると、とても安堵したことに、カリムはまだそこにいた。ぎりぎりで間に合ったということらしく、カリムはジャケットを着ようとしていて、それは店を出る準備をしているということだった。少し肥ったんじゃないの、とタマラは場違いなことを思った。

「よかった、間に合ったんですね」彼女は言った。「ＩＳＧＳが電話を使えなくしてしまっているんです」

「本当か？」カリムが袖を通したジャケットを肩をすくめるようにして調整し、ポケットから電話を出して画面を見た。「確かにそうだな。やつらにこんなことができるとは知らなかった」

「たったいま、情報源と話をしたところです。彼らは将軍の暗殺を計画しています」

驚きのあまり、カリムの口があんぐりと開いた。「いまやろうとしているのか？」

「あなたに警報を鳴らしてもらうのが一番いいと思うんですが」

「もちろんだ。それで、その方法は？」

「爆弾を持った自爆テロリストが三人、将軍が車で出てくるのを宮殿の門の外で待ち構えています」

「敵ながらよく考えてあるな。外へ出るときは必ずそこを通るし、そのときは車がゆっくりと動かないといけないから――将軍が一番無防備になる瞬間だ」カリムがためらった。「どのぐらい信頼できる情報なんだ?」

「百パーセント信頼できる情報源なんていませんよ、カリム。彼らは実は例外なく嘘をつくんです。でも、この情報は本物ではないかと考えています。絶対に特別な予防措置を講じるべきです」

カリムがうなずいた。「きみの言うとおりだ。そういう警告は無視してはならない。すぐに宮殿へ急行しよう。車は裏にある」

「よかった」

カリムが出ていこうと踵を返したところで振り向いた。「感謝する」

「どういたしまして」

タマラは正面から店を出ると、車に戻った。

大使館へ行こうかとふたたび考え、そこでできることは何もないとふたたび判断した。作戦行動教本は複数犯による暗殺の企てや電話の遮断についての対応を教えてくれていなかった。スーザン・マーカス率いる小部隊に宮殿界隈に出動してもらい、爆弾犯の捜索に当たってもらおうかとちらりと考えた。われながら面白いと思ったが、アメリカ軍が現地軍や警察から独立して活動することは許されていなかった。指揮系統の混乱は最悪の結果を招く恐れがあった。だからといって、指揮系統をきちんとたどっていては手遅れになるはずだった。

というわけで、自分一人でそこへ行くことにした。少なくとも、通りを偵察して、ジハーディの特定を試みることはできる。

運転手に、高速道路を南下してシャルル・ド・ゴール通りへ向かうよう指示した。宮殿の前は車が停まれなかったから、門の入口から二百ヤードのところで車を降りて、待っているよう運転手に頼んだ。

もう一度、電話を確かめてみた。依然、使えないままだった。

広い大通りを透かし見た。宮殿の大きな鉄の門が右手にあり、緑と黒と黄褐色の砂漠用の迷彩服を着たチャド国軍兵士が、ライフルを抱いて警備に当たっていた。反対側は記念公園と大聖堂だった。ここは駐車禁止が厳しく取り締まられるから、ジハーディは徒歩で現われるはずだった。

黒のメルセデスが門の前で急停車し、すぐになかに入ることを許された。カリムであってくれることをタマラは祈った。

これが自分にとっていかに危険かということに、初めて考えが及んだ。もういますぐにでも、この通りのどこだろうと、爆弾が爆発しても不思議はない。近くにいれば、死ぬことになる。

死にたくなかった。ようやくタブという男性に出会ったのだ。

死は起こりうる最悪のことではない。身体がひどく傷つく、目が見えなくなる、自由に身体が動かせなくなる、そういう可能性だってある。

タマラはスカーフを顎の下でしっかりと結び直し、自分に呟いた。「あなた、いったい何をしているの?」そして、足早に宮殿のほうへ歩き出した。

通りの宮殿の側には、警備兵以外だれもいなかった。みんな、彼らのライフルを恐れて迂回しているのだった。タマラの側は記念公園に人がいて、観光客が堂々たる彫刻に見入り、地元の人々は広々とした空間を愉しんで、昼食を食べたり、ぶらぶらと歩いたりしていた。爆弾テロリストを特定しなくちゃ、とタマラは自分を急《せ》かした。時間がないんだから!

髭の巡査部長に率いられた武装警察の分遣隊が群衆を見張っていた。彼らの制服はチャド国軍の兵士とは少し迷彩模様が異なっていた。主な仕事が宮殿の撮影を禁止する規則を遵守《じゅんしゅ》させることなのをタマラは経験から知っていて、そういう彼らが遅滞なくテロリストを見抜けるだろうかと疑った。

自分を落ち着かせながら、公園にいる人々を慎重に見渡した。中年と老年の男女は無視した。ジハーディは例外なく若かった。シャツにジーンズといった、身体にぴったりした服装の者も、自爆用のヴェストを隠す余裕がないという理由で候補から外した。男なら伝統的なローブ、女ならヒジャブの、十代後半から二十代の若者に集中した。

可能性のある一人一人を記憶していった。白いローブに白い帽子《キャップ》の若者が、台座に腰かけて〈アル・ウィーダ〉という新聞を読んでいた。タマラは確信を持てなかった。年齢がよくわからない女性のヒジャブの下が膨らんでいた。だが、それは彼女の胸が豊かなせいかもしれなかった。オレンジ色のローブとターバンの十代の男の子が路肩にうずくまり、〈ヴェスパ〉のスクーターを直していた。前輪が外されて埃っぽい地面に置かれ、周囲にナットやボルトが散らばっていた。

タマラがふと気づくと、公園の一方の側の木陰に、鬚面の若い男が汗まみれで立っていた。服装は裾が地面に届くほど長い、スワブともガラビアともディシュダーシャとも呼ばれるタイプのローブだったが、その上から形の崩れた、サイズが大きすぎるコットンのジャケットを、首までボタンを留めて着ていた。彼がいるのは公園へつづく脇道に近いところで、ときどきその脇道のほうへ目を走らせていたが、そこに見るべきものはなかった。神経質に頻繁にふかしつづけているせいで、煙草がどんどん短くなっていった。

将軍の車は宮殿から出てくると、おそらく広いシャルル・ド・ゴール通りを右か左へ行くはずだが、直進して通りを突っ切って脇道を、川のほうへ下っていく可能性もある。だとすれば、自爆テロリストの一人目は入口のこっちの側に、二人目は反対側に、三人目は脇道にいるはずだ。

タマラは大聖堂のほうへ脇道を渡った。

通りの反対側から宮殿の門が正面に見えるところへ移動した。まっすぐな車道《ドライヴウェイ》が長く伸びて、宮殿というより現代的なオフィスに見える遠くの建物へと、堂々とつづいていた。そこでも、門の内側に六人の警備兵がいたが、彼らはただそこにいるだけで、お喋りをしたり煙草を喫ったりしていた。タマラはがっかりした。もしカリムが警報を鳴らしてくれたのなら、いまごろは間違いなく警備隊が編成され、この一帯を封鎖し、爆発した場合に市民を護ろうとしているはずなのに。でも、通りは相変わらず賑わい、車やオートバイが行き交っている。いま爆弾が爆発したら、たまたまここに居合わせた無辜《むこ》の市民が殺されるかもしれない。カリムの警報はあの宮殿のなかで無視されたのだろうか？　それとも、彼らが心配するのは将軍で、市民ではないのか？

聖母マリア大聖堂は壮観かつ現代的な教会だったが、フェンスで囲われ、門は閉ざされていた。構内では黒っぽいローブとヘッドドレスの庭師が一人、西側のフェンスの近くに小さな木を一本植えているだけだった。タマラとは数ヤードしか離れていなかった。彼のいるところからは宮殿の門と、長いドライヴウェイと、その先の宮殿が見えていて、その気になれば、すぐにフェンスを越えて脇道へ行くことができた。本当に庭師だろうか、とタマラは疑った。そう装っているだけで実はテロリストだったら、危険を冒していることになる。「そこに木を植えろとだれが言いましたか？」と聖職者に問い詰められる可能性がある。しかし、あたりに聖職者がいる気配はなかった。

タマラは記念公園へ戻った。

依然として可能性でしかなかったが、タマラの考えでは、三人の暗殺者はスクーターを直している少年、木の下で汗をかいている男、大聖堂の庭師だった。三人とも爆弾テロリストの条件を満たしていた――年格好もそうだし、それなりの大きさの爆弾を隠せるゆったりした服装だった。

彼らを逮捕することができるだろうか。自爆装置のなかにはデッドマンズ・イグニションを持っているものがある。自爆犯がコードを引けば爆弾が爆発するシステムが内蔵されていて、たとえ犯人が死んでも爆発は保証される。だが、わたしが疑っている三人は、全員両手が塞《ふさ》がっている。一人はスクーターを直し、一人は煙草に火をつけ、一人は木を植えている。それはつまり、三人がデッドマンズ・イグニションを持っていない可能性があるということだ。

それでも、あの三人のことは慎重に扱わなくてはならない。引鉄に手がかかる前に

――余裕は一秒か二秒しかない――取り押さえて動きを封じる必要がある。

タマラは電話を確かめた。まだ使えないままだった。

どうすべきだろう？　たぶん、何もすべきではない。カリムが確実に将軍に危険が及ばないようにするだろう。遅かれ早かれ警察が記念公園を閉鎖し、通りを封鎖する。暗殺者たちは群衆に紛れて脱出するはずだ。

だが、明日、もう一度試みる可能性はある。

タマラは自分に言い聞かせた――これはあなたの問題ではないでしょう。情報は提供した。それがあなたの仕事よ。どうするかの判断は現地警察と軍に任せればいいわ。

たぶん、ここを離れるべきだった。

通りの反対側へ目をやると、紛れもない特徴を持つ将軍のリムジンが、ドライヴウェイをゆっくり門へと下っているところだった。

手をつかねているわけにはいかなかった。

タマラはＣＩＡの身分証を取り出し、髭の巡査部長に近づいていった。「アメリカ軍の者です」彼女はアラビア語で言って身分証を提示し、木の下にいる男を指さした。「あの男はジャケットの下に不審物を隠していると思われます。職務質問をされたほうがいいのではないでしょうか。声をかける前に、相手の両手を捕まえておくほうがいいですよ、武器を持っているかもしれないから」

巡査部長が胡散臭《うさんくさ》そうにタマラを見た。たとえ本物らしい顔写真付きのプラスティックの身分証を持っているとしても、見も知らない女から命令されるつもりはないということのようだった。

タマラは募るパニックを抑え、冷静さを保とうとした。「何をするにせよ、早くしないと駄目ですよ。だって、そろそろ将軍がお出ましになるみたいだから」

巡査部長は通りのほうへ目をやり、リムジンが門へ向かってドライヴウェイを下ってくるのを見て腹を決めた。二人の部下に大声でついてこいと命令し、木の下で煙草を喫っている男のほうへ急いだ。

タマラは感謝の祈りを送った。

門の警備兵が通りへ出ていき、交通を遮断した。

スクーターを直していた少年が立ち上がった。

脇道の向こうでは、大聖堂の庭師がシャベルで地面を掘っていた。

宮殿の門が開いた。

タマラはスクーターの少年に近づいていった。彼のほうはほとんどそれに気づかず、リムジンに百パーセント集中していた。タマラは彼に微笑すると、両手をしっかりとその胸に当てた。オレンジ色のコットンのローブ越しに、ケーブルの付いた硬いものの感触があった。とたんに恐怖に捕らわれたが、それでも、もう少しのあいだ、何とか手を離さずにいた。そこに円筒形のものが三本あるのが手触りでわかった。それは紛れもなく小さな鋼鉄のボールベアリングを大量に埋め込んだC4プラスティック爆弾で、それぞれが互いにワイヤーでつながり、さらに小さな箱状の起爆装置へつながっているはずだった。

タマラはいま、一秒後に死んでもおかしくない状況にいた。

少年が見知らぬ女性が突然現われたことに驚き、狼狽えた。思わず彼女を押し戻そうとしたが無駄に終わり、一歩後ずさった。

そして、何が起ころうとしているかを瞬時に悟った。その瞬間、タマラは彼の足を払った。

少年が仰向けに倒れた。タマラはすかさず両膝を彼の腹に落とし、息を詰まらせて動きを封じておいてから、ロープを上から下へ引き裂いた。胸に結びつけてある、プラスティックと金属からなる装置が露わになった。起爆装置の箱から伸びているケーブルが、簡単な緑の発火スイッチにつながっていた。金物屋で四ドル九十九セントね、とタマラは馬鹿なことを考えた。

近くで、女性の悲鳴が聞こえた。

タマラは何とか彼の両手首をつかむと、全体重をかけて両腕を地面に押さえつけた。彼は激しくもがいてタマラの手を振りほどこうとした。近くに何人かいた警官は、シヨックのあまりその場に立ち尽くしているばかりだった。タマラは叫んだ。「早くこの男の両手と両足を拘束して。もたもたしてると、みんな吹き飛ばされるわよ！」

ようやくわれに返った警官が、即座に行動に移った。普段なら彼女の命令に従うことはないはずだが、いまはその装置を目の当たりにしていて、それが何であるかもわかっていた。四人の警官が少年の手足をしっかりと拘束した。

タマラは立ち上がった。

彼女の周囲では、野次馬が後ずさっていて、なかには逃げ出す者もいた。

公園の奥では、神経質に煙草を喫っていた男が手錠をかけられていた。

リムジンが宮殿の門を通過した。

大聖堂では、庭師がフェンスへと走っていた。

リムジンは通りを渡ると、速度を増しながら脇道へと下っていった。

庭師がフェンスを飛び越え、ガラビアの下に手を伸ばして、緑のプラスティックの起爆スイッチを取り出した。

タマラは役に立たない叫びを上げた。「駄目よ！」

庭師は道路へ出ると、リムジンに向かって身を投げた。運転手は彼に気づいて急ブレーキを踏んだ。間に合わなかった。庭師はフロントガラスに激突してバウンドしたようだった。直後、恐ろしい爆発音が轟き、閃光《せんこう》が上がった。リムジンは死体を通りの真ん中に置き去りにしたまま前進しつづけ、右に曲がったと思うと大聖堂を囲んでいるフェンスにぶつかった。フェンスは倒れたが、リムジンを停止させた。

だれも降りてこなかった。

タマラは公園を突っ切ってリムジンへと向かった。ほかの者たちも同じことを考えたと見えて、後ろにつづいた。タマラは後部席を開けてなかを覗いた。

後部席は空だった。

新しい血の臭いがした。乗っているのは運転席にいる男だけで、身じろぎもしないでぐったりしていた。顔は損傷がひどく、血まみれで、だれなのか判別できなかった。だが、小柄で痩せていて、白髪が多かったから、将軍ではなかった。将軍は禿げていて巨体だった。

将軍は車にいなかった。

タマラは一瞬困惑したが、運転手が給油のために宮殿を出てきただけだったのかもしれないと推論した。あるいは、もっと悪く考えるなら、運転手は脅威が本物かどうかを試す道具に使われた可能性があった。本物であれば彼は死ぬことになるわけで、嫌なことではあるが、可能性がなくはなかった。

車体に無数の穴があき、鋼鉄の球が床に散らばっていた。

もう充分に見た、とタマラは踵を返して記念公園へ引き返した。

わたしは将軍を救ったんだ、とタマラは考えた。もっと重要なのは、この地域の安定を救ったことだ。でも、危うく命を落とすところだった。その価値があっただろうか？　答えはだれにもわからない。

でも、これで終わりではない。この裏にはスーダン政府がいるとハロウンは言った。それが事実なら重要な情報だが、まずは裏を取りたい。

スクーターを直していた少年は警察の手で――タマラなら爆弾処理班を待っただろうが――自爆用のヴェストを脱がされ、手錠をかけられて、脚を拘束されているところだった。

タマラが近づいていくと、警官の一人が言った。「何をする気だ？」

「わたしが警報を鳴らしたの」タマラは言った。「あなたの命を救ったのよ」

もう一人の警官が言った。「本当だ、彼女の言うとおりだ」

一人目の警官が肩をすくめ、タマラはそれを許可が出たと解釈した。

タマラは爆弾犯にさらに近づいた。少年は明るい茶色の目をしていて、頰にはまだ産毛《うぶげ》が残っているのがわかった。ずいぶん若いということだった。タマラがやってきたことは、彼にとって相矛盾するメッセージだった。親密さと不気味さ。それが彼を困惑させた。

タマラは低い声で言った。「大聖堂にいたあなたのお友だちは死んだわよ」

爆弾犯はタマラを見たが、すぐに目を逸らした。「彼はもう楽園にいる」

「あなたたちは神の代わりにこれをやったのね」

「神は偉大だ」

「でも、あなたは助けられた」タマラは間を置くと、彼の目をじっと覗き込み、もう一度自分を見るように仕向けて、人間らしいつながりを構築しようとした。「あなたは爆弾の作り方を教えてもらったのよね」

彼がようやくタマラに目を戻した。「おまえなんか何も知らないくせに」

「あなたがジ・アフガンに教わったことは知っているわ」

彼の目に驚きが浮かぶのがわかった。

タマラは彼の驚きにつけこんでつづけた。「あなたが材料をスーダンのお友だちから手に入れたことも知っているわ」

タマラはそれを事実として知っているわけではなかったが、ほぼ確信に近いものがあった。彼の表情は変わらなかった。タマラが多くのことを知っていることに、いまも驚いているのだった。

タマラはさらにつづけた。「将軍を殺すようあなたに言ったのは、そのスーダンのお友だちね」

タマラは息を詰めた。それを確認しなくてはならなかった。

ようやく彼が口を開いた。驚きの口調は間違いなく本心からのものだった。「どうしてそれを知ってるんだ?」

充分だ、とタマラはその場を離れた。

タマラは大使館へ戻ると自分の部屋へ直行した。いきなりひどい疲れが押し寄せて、そのままベッドに倒れ込んだ。眠りに落ちて数分後、電話が鳴った。

通じるようになっていた。

応答すると、デクスターの声が返ってきた。「一体どこにいる?」

思わず電話を切ろうかと思ったが、少しのあいだ目を閉じて忍耐心を掻き集めた。

デクスターが言った。「聞いてるのか?」

「自分の部屋にいます」

「そこで何をしているんだ?」

試練から立ち直ろうとしていることを教えるつもりはなかった。男の同僚に弱みを見せるなという教訓を、とうの昔に学んでいた。弱みを見せたら、いつまでも、飽きることなく、それを思い出させられる。「シャワーを使って、着替えをしているところです」

「こっちへくるんだ、いますぐだぞ」

タマラは返事もしないで電話を切った。命を落とす寸前までいったのだ。いまさらデクスターに脅されたところでどうということはない。

大使館構内をゆっくり歩いてCIA支局へ向かった。

デクスターは自分の席にいて、フィル・ドイルもそこにいた。デクスターの耳にも色々入っているころだった。「女性CIAが容疑者を逮捕したという噂がある！」彼は言った。「あれはきみか？」

「そうです」

「市民を逮捕してどうするんだ？　一体どういうつもりでそんなことをしたんだ？」

タマラは勝手に着席した。「事情を聞きたいんですか、それとも、ひたすらわたしを怒鳴っているほうがいいですか？」

デクスターは腹を立てていたが、ためらった。怒鳴っていたことは否定できないし、上司が同席している。たとえCIAでも、弱い者いじめをするという批判を受けるのは危険だった。「いいだろう」デクスターが言った。「証拠を上げて、自分の主張の正しさを証明しろ」

「証拠を上げて、自分の主張の正しさを証明する？」タマラは頭《かぶり》を振った。「これは裁判ですか？　それなら、もう少し形式に則《のっと》ったほうがいいですね。わたしには法的代理人が必要です」

ドイルが穏やかな声で宥《なだ》めるように言った。「これは裁判ではない。何があったかを教えてくれるだけでいいんだ」

タマラは起こったことのすべてを話し、デクスターもドイルも口を挟むことなく耳を傾けた。

話し終えると、デクスターが言った。「カリムに会いに行った理由は何だ？　私に報告があってしかるべきだろう！」

彼は自分が蚊帳《かや》の外だったことに腹を立てているのだった。タマラは危険と隣り合わせの極度の緊張を経験して疲れ切っていたが、何とか頭を働かせ、これまでに考えてきたことを時系列順に整理した。「わたしの情報源が、暗殺がすぐそこに迫っていると教えてくれました。しかし、電話が使えなくなっていました。それで、将軍に警報を鳴らすにはどういうやり方が一番早いかを考えなくてはなりませんでした。わたし自身が宮殿に駆けつけたとしても、たぶんなかに入れてもらえなかったはずです。でも、カリムならそれが可能なんです」

「私が宮殿へ行って警告してもよかったんだ」

この男はどうしてこんなこともわからないんだろうと、タマラはうんざりしながら教えてやった。「たとえあなたでも、すぐには入れてもらえなかったはずです。必ず色々質問されて時間を取られ、遅くなったに違いありません。カリムなら即座に将軍に会えるんです。この大使館にいるだれより早く警報を鳴らすことができたんです。

実際、わたしが考えつくことのできるなかでは一番早かったんです」

「それはいいとしよう。だが、カリムと会ったあと、私に報告しなかった理由は何だ」

「時間がなかったんです。情報源から得た将軍暗殺計画にまつわる情報をあなたに報告していたらどうだったでしょうね。あなたはその信憑性《しんぴょうせい》を疑い、その結果、いまこうやっているのとまさに同じように、延々と議論しつづけることになった。あなたは最終的にわたしの報告を信じたけれども、チームを編成して状況を説明するのに時間がかかり、そのあとでようやく宮殿へ出発することになったでしょう。わたし自身が現場へ直行し、爆弾犯を見つけるほうがはるかに早いんです。そして、わたしはそれをやり、成功しました」

「私がチームを編成してやったほうが効率的だったはずだ」

「爆発してしまったあとで現場に着いたら、効率も何もありませんよ。事実、将軍暗殺の企ては、わたしが到着して何分もしないうちに実行に移されたんです。その何分かのうちに、わたしは三人の爆弾犯全員を特定しました。いま、二人は勾留《こうりゅう》されていて、一人は死にました」

デクスターが攻め口を変えた。「そして、それは将軍が車に乗っていなかったおかげで徒労に終わったわけだ」彼はタマラの成し遂げたことを貶めずにはおかないと決めているようだった。

タマラは肩をすくめた。デクスターが何を考えようとほとんど知ったことではなかった。この男の下ではもう長く働けないことに気づきはじめていた。「将軍が車に乗っていなかったのは、たぶんカリムが警告したからです」

「それが事実かどうか、われわれにはわからないだろう」

「そうですね」議論するには疲れすぎていた。

しかし、デクスターはまだ終わらなかった。「きみの情報源がもっと早く知らせてくれなかったのが残念だ」

「それはあなたのせいです」

デクスターが背筋を伸ばして坐り直した。「いったい何を言っているんだ?」

「彼は昨日のうちにわたしに会いたがっていたんです。研修を早退させてもらいたいと、わたしはあなたにお願いしました。あなたはそれを認めず、彼と会うのを延期しろと命令したじゃないですか」

デクスターはいままで、その二つを結びつけて考えていなかったのだ、とタマラは見て取った。いま、デクスターは心配になっているに違いなく、しばらく黙って思案したあとで言った。「いや、そうではない、あれはそうではなかった。相談した結果――」

「戯言よ」タマラは思わずさえぎった。普段なら使うはずのない言葉だった。「相談なんかではありませんでした。約束の時間に彼に会うなと、あなたはわたしに命令しました」

「それはきみの記憶が間違っている」

タマラは目に力を込めてドイルを見た。あのとき、彼はそこにいて、本当のことを知っている。落ち着かない様子だったが、タマラはそれを見て、デクスターの権威を傷つけないために嘘をつこうかという衝動に駆られているのだろうと推測した。もし嘘をつかれたら、とタマラは決めた。この場でCIAを辞めてやる。そして、何も言わずにドイルを見つめつづけて、彼が口を開くのをひたすら待った。

ようやく、ドイルが言った。「記憶が間違っているのはきみのほうだろう、デクスター。私の記憶でも、あの会話は短いものでしかなく、きみは彼女に命令していた」

デクスターはいまにも爆発するのではないかと思われた。顔が朱に染まり、呼吸が浅くなりながらも、怒りを抑えようと苦労しながら言った。「われわれは互いの意見が食い違っていることを認め合わねばならないと思うんですが、フィル――」

「何を言っているんだ」ドイルがきっぱり拒絶した。「私はそんなものを認めるつもりはない」いま、彼は規律を守らせる立場にあり、問題をごまかすつもりはないようだった。「きみは自らが判断を下し、それが間違っていたと証明されたんだ。まあ、心配は無用だ、死刑に相当するほどの罪ではないからな」そして、タマラを見て言った。「彼と二人だけにしてもらえるかな」

タマラは腰を上げた。

ドイルが言った。「今日はいい仕事をしてくれた、感謝する」

「ありがとうございます、サー」タマラはそう応えて退出した。

「将軍はきみに勲章を授与したいそうだ」翌朝の〈カフェ・ド・カイロ〉で、カリムがタマラに言った。

彼自身もいいことがあったのだろう、嬉しそうだった。たぶん将軍から大いに感謝されたに違いない。独裁国家では、それのほうがお金より上だった。

「光栄です」タマラは言った。「でも、お断わりしなくちゃならないでしょうね。CIAは職員が世間に知られるのを好まないんです」

カリムが微笑した。わたしが辞退したことは問題ではないんだろう、とタマラは推測した。それは彼自身がスポットライトを浴びる必要もないということだ。「きみは秘密工作員ではないかと思っていたよ」

「そうだとしても、将軍がわたしたちの仕事を評価してくださっているとわかって嬉しいです」

「生き残った爆弾犯の二人は尋問されている最中だ」

きっとそうなんでしょうね、とタマラは思った。夜も寝かしてもらえず、食べ物も水も与えられず、途切れることなく次々交替する訊問官《じんもんかん》に責め立てられ、たぶん拷問もされているのだろう。「尋問結果の完全報告書をわれわれにも見せてもらえないでしょうか」

「せめてそのぐらいはすべきだと思うがね」

それは〝イエス〟ではないわね、とタマラは解釈した。だけど、カリムは明確な答えを与える権限をたぶん持っていないのだろう。

カリムが言った。「わが友である将軍は暗殺の企てに激怒しているし、他人事だともまったく思っていない。運転手の死体を見てこう言ったんだ。『これが私であっても不思議はなかったんだ』とな」

運転手は暗殺の情報が本物かどうかを試すための生贄《いけにえ》だったのではないかと訊きたかったが、代わりにこう言った。「将軍が早まったことをなさらないといいんですが」彼女が考えているのは、ングエリ・ブリッジのまったく取るに足りないささいな小競り合いの報復として行なった、難民キャンプでのよくできた待ち伏せのことだった。

「同感だな。だが、将軍のことだ、復讐せずにはいないだろう」

「どういう復讐になるんでしょう?」

「知っていたとしても、教えるわけにはいかないが――生憎《あいにく》、知らないんだよ」

カリムは本当のことを言っているんだろうとタマラは感じたが、それが一層不安を募らせた。なぜ将軍は自分が何をしようとしているかを側近中の側近に隠すのだろう? しかも、自分の命を救ってくれたばかりの側近に? 「それがこの地域の安定を脅かすようなものでなければいいんですけど」

「それはないのではないかな」

「それはどうでしょう。中国はスーダンと深く関わっています。われわれとしては、中国が介入してきて力を誇示しはじめるのを避けたいんです」

「中国はわれわれの友人でもある」

中国は友人を持たない、というのがタマラの見解だった。彼らが持つのは顧客と債務者だ。しかし、カリムと議論はしたくなかった。彼は若い女性から多くを受け取るだけの保守的な老人だった。「そうであればありがたいんですが」本心からの言葉に聞こえるように努力しなくてはならなかった。「きっと注意を促してくださいますよね」

カリムがしたり顔で応じた。「いつもそうしているさ。心配は無用だ。大丈夫だよ」

「神の御心のままに《インシャラー》」タマラは言った。

次の日、午後の終わり近くに、CNNがいたって散文的な名前をつけられたスーダンの港、ポート・スーダンでの深刻な火災を報道しはじめた。その報道によれば、第一通報者は紅海にいる複数の船だった。CNNは雑音の多い無線で、入港しても大丈夫かどうかわかるまで沖合で待機することにした石油タンカーの船長にインタヴューしていた。青灰色の巨大な雲が立ち昇っている、と船長は答えていた。

事実上、スーダンの石油はポート・スーダンから輸出されていた。その大半は千マイルをパイプラインで旅してやってくるのだが、そのパイプラインの大半を所有し、操作しているのは、〈中国国営石油会社〉だった。中国は精油所も造っていて、さらに数十億ドルを投じて新しいタンカー・ドックを建設している最中でもあった。

CNNはそのニュースのあとに、火災が短時間で鎮圧されることを期待するという政府発表を放送した。それはつまり、いまは手に負えないということだった。さらに、全面的な捜査が行なわれるとも言っていたが、それは何が原因かわかっていないということでもあった。タマラはだれにも言わなかったが、頭の奥で嫌な疑いが顔を覗かせた。

彼女はジハーディのウェブサイトを見ていく作業を開始した。斬首《ざんしゅ》や拉致を称揚するサイトである。ざっと見たところでは、どれも何も言っていなかった。

次に、マーカス大佐に電話して訊いた。「火災直前のポート・スーダンの衛星写真はお持ちですか？」

「たぶん、あるんじゃないかしら」スーザンが答えた。「地球のあの部分はあまり雲が多くなかったから。火災が発生したのは何時？」

「CNNによれば、十四時三十分ごろです。すでに巨大な煙が……」

「それなら、十三時三十分か、それよりもっと前ね。いま、見てみるわ。ところで、何を疑っているの？」

「よくわからないんですけど、何かです」

「なるほどね」

さらに、フランス大使館のタブにも電話をした。「ポート・スーダンの火災だけど、何かわかった？」

「テレビ報道でわかったことだけだ」タブが答えた。「ところで、ぼくもきみを愛してるよ」

タマラは笑いを嚙み殺し、声を潜めて言った。「やめて。わたし、オープンプラン・オフィスにいるんだから」

「ごめん」

「わたしが何を恐れているか、ゆうべ、あなたに話したでしょう」

「復讐理論のことか？」

「そうよ」

「この火災がその可能性があると考えてるのか？」

「考えてる」

「そうだとしたら、面倒なことになるな」

「あなたの可愛いお尻を賭けても大丈夫よ」タマラは電話を切った。

それを懸念しているのは彼女だけらしく、五時ごろになると空いている机が増えていった。

それから間もなくして、スーダン政府が最初の発表に付け加えて、二十人が火災から救出されたことを明らかにした。そこには、新しいドックの建設に携わっている四人の中国人エンジニアが含まれていた。それ以外にも、何人かの中国人の女性と子供、エンジニアの家族も無事だった。CNNの説明では、そのドックは中国の専門的な知見と資金で建設されている途中で、百人ぐらいの中国人エンジニアがプロジェクトに関わっていた。タマラは救出されていない人たちのことが気になった。

破壊工作を示唆するような話は依然として聞こえてこなかった。これは純粋な事故であって、政治的な意味合いはないのではないかとタマラは期待しはじめた。

ふたたびウェブサイトを見ていった。今度は〈サラフィ《S》・ジハーディ《J》・スーダン《S》〉を名乗るグループのサイトに目が留まった。初めて聞くグループだった。彼らはスーダン政府は堕落していると非難していて、その象徴として、中国主導のタンカー・ドック・腐敗プロジェクトを特に槍玉に挙げていた。そして、今日の攻撃を成し遂げた勇者としてSJSの戦士を称えていた。

スーザンに電話をすると、こう答えが返ってきた。「あれはわたしのろくでもないドローンがやったことよ――行方不明になっていた例のやつよ」

「精油所と半分出来上がっている新しいドックに爆弾を投下して、そのあと自爆したの」

「何てこと」

「あのドックは中国人エンジニアが関わっていたんです」

「攻撃は十三時二十一分だった」

「アメリカのドローンが中国人エンジニアを殺したわけだから、大変な代価を払うことになりますね」

タマラは電話を切ると、デクスターにSJSのサイトへのリンクを送り、タブにも同じものを送った。

そのあと、椅子にもたれて考えた。このあと、中国はどう出てくるのか？

24

電話が鳴っていた。だが、もどかしいことに、端末そのものが見つからなかった。チャン・カイは目を覚まし、夢だったことに気がついた。だが、呼出し音はいまも鳴りつづけていた。端末はベッドサイド・テーブルの上にあった。発信者は国家安全部で宿直をしているファン・イムだった。彼が言った。「夜中のこんな時間に起こしてしまって申し訳ありません、局長」

「どうした」カイは言った。「北朝鮮が爆発したか？」

「そういうことではありません」

カイはほっとした。この十日間、反乱グループと体制側は膠着《こうちゃく》状態がつづいていて、状況は内戦なしで何とか解決されるのではないか、とカイは期待しはじめていた。

「それはありがたい」彼は言った。

ティンが目をつむったまま擦り寄ってきた。カイは彼女に腕を回し、髪を撫でてやった。「では、何があったんだ？」彼はファンに訊いた。

「ポート・スーダンで、約百人の中国国民がドローンによって殺害されました」

「たしか、わが国は数十億ドルを投資して、あそこにタンカー・ドックを建設しているところだったな」

「そのとおりです。わが国のエンジニアが現場で働いています。死者はほとんどが男性ですが、少数ながら女性と子供も含まれています。みな、エンジニアの家族です」

「やったのはだれだ？　だれがドローンを飛ばしたんだ？」

「たったいま知らせが入ってきたばかりです。調査を始めるまえに、とりあえず局長にお知らせするほうがいいだろうと考えました」

「迎えの車をよこしてくれ」

「すでに向かわせています。そろそろヘーシャンが局長の自宅の前に着いているかもしれません」

「よくやった。できるだけ早くそっちへ行く」カイは電話を切った。

ティンが眠そうな声でつぶやいた。「手早く一回どう？」

「眠りに戻るんだ、愛しい人」

カイは急いでシャワーを使い、白いワイシャツの上にスーツを着ると、片方のポケットにネクタイを、もう一方に電気剃刀を突っ込んだ。窓の外を見ると、シルヴァーの吉利《ジーリー》汽車・コンパクト・セダンが、ヘッドライトをつけたまま路肩で待っていた。

カイはオーヴァーコートをつかんで玄関を出た。

空気は凍《い》てつき、寒風が吹いていた。カイが乗り込むとヘーシャンが車を出した。後部席で髭を剃りながらファンに電話をし、必要なメンバーを集めるよう指示した。自分の秘書のペン・ヤーウェン、偵察写真分析専門官のヤン・ヨン、インターネットを専門とする若い女性、チョー・メイリン、そして、アラビア語を話す北アフリカ・デスクの長、シー・シャン。それぞれが自分の支援スタッフに連絡をするはずだった。

ポート・スーダン攻撃の犯人はだれだろう、とカイは思案した。

第一容疑者として自動的に浮かび上がるのはアメリカだ。彼らは中国が世界を横断する貿易ルート、〈一帯一路《いったいいちろ》構想〉を確立するのを恐れている。さらに、アフリカの石油をはじめとする天然資源を牛耳《ぎゅうじ》ろうとしていることにも気づいている。しかし、百人もの中国国民を意図して殺そうとするだろうか？

サウディアラビアはドローンを持っている。売ったのはアメリカだ。サウディアラビアとポート・スーダンは、紅海を挟んで二百キロメートルしか離れていない。だが、サウディアラビアとスーダンは同盟国だ。事故ということも考えられなくはないが、事故そのものが可能性が低い。ドローンの方向を制御しているのはコンピューターだ。だとしたら、意図して狙ったものだ。

残るはテロリストだが、どのグループだろう？

犯人を突き止めるのがこれからのおれの仕事で、午前中にはチェン主席に答えを示さなくてはならない。

国家安全部本部へ着くと、チームの何人かはすでにそこにいて、まだ着いていない者も数分以内に現われるはずだった。カイは会議室に集まるよう指示した。最近は数百万の同胞と同じくコーヒーを飲む習慣ができていて、カイはコーヒーを注いだカップを持って会議室へ向かった。

会議室の壁の一つがスクリーンになっていて、〈アル・ジャジーラ〉のニュース・チャンネルが、おそらく船から撮影しているのだろう、ポート・スーダンの火災を生中継していた。東アフリカはすでに夜になっていたが、炎が煙の雲を照らし出していた。

カイは上座に腰を下ろした。「ここまでにわかっていることを教えてくれ」彼は始めた。「エンジニアの何人かは国家安全部の資産《アセット》ではないのか？」海外の投資事業すべてに、カイの工作員が目を光らせていた。

シー・シャンが答えた。「二人です。しかし、一人はドローンの爆撃で殺害されました」北アフリカ・デスクの長のシーは、白髪の増えた髭を蓄えた中年だった。昔、最初の海外任務のときにアフリカの女性と結婚し、一人娘はもう大学生になっていた。「生き残った工作員のタン・ユーシュアンから報告が入っています。死者は男性が九十七人、女性が四人で、ドローンの攻撃があったとき、全員がドックにいたとのことです。昼の暑い盛りで、世界のあの部分では人々は長い休憩を取ることになっていて、そのときも、全員がエアコンのきいた小屋で昼食をとるか、休むかしていました」

「何ということだ」カイはだれにともなく言った。

「ドローンは空対地ミサイルを二発発射し、部分的に完成しているドックに深刻な被害を与えたあと、近くの石油タンクに突っ込んで、それを炎上させました。さらに、子供も二人、死んでいます。われわれは通常、同胞が海外で仕事をするときに家族を同行することを認めていませんが、あそこにいたチーフ・エンジニアは例外で、痛ましいことに、昨日はたまたま双子の息子にプロジェクトを見学させていたのです」

「ハルツーム政府は何と言っているんだ?」

「実質的なことは何も言っていません。二時間前に、火災は鎮圧されつつあり、原因の調査がなされるだろうと発表しただけです。典型的な様子見の声明です」

「ホワイトハウスは何か言っているか?」

「まだ何も言っていません。いま、ワシントンは午後の早い時間です。今日の終わりまでには反応するかもしれません」

カイはヤン・ヨンを見た。顔に皺を刻んだ、衛星画像に造詣《ぞうけい》の深い年配の男性が答えた。「そのドローンはカメラで捉えられています」そして、ラップトップ・コンピューターのキイを操作した。壁のスクリーンの一つに写真が現われた。

カイは身を乗り出し、自分が見ているものの正体を確認しようとした。「何も見えないぞ」彼は言った。

ヤンは専門家であり、おそらく航空機が高々度から撮影した写真の分析からキャリアを開始し、そのあと、衛星写真の分析に移ったのだった。彼はレーザー・ペンライトを手に取り、写真を赤い点で照らした。その手助けのおかげで、カイもそのシルエットを見分けることができた。鴎《かもめ》と見間違えても不思議のない形をしていた。

ヤンが言った。「高速道路の上を飛んでいます」そして、赤い点を移動させた。「この染みのように見えるのはトラックです」

「そのドローンのタイプはわかるかな？」カイは訊いた。

「大型のものですね」ヤンが答えた。「たぶん、MQ9リーパーだろうと思います。アメリカの〈ジェネラル・アトミックス〉製ですが、台湾やドミニカ共和国を含む十数か国に売られています」

「そして、おそらくはブラック・マーケットでも手に入る？」

「可能性はあります」

ヤンが写真を切り替えた。いま、鴎は町の上を飛んでいた。ポート・スーダンだろうと思われた。「スーダン政府はどう反応したんだ？」カイは訊いた。

「航空管制当局はさすがに気がついたでしょうから、たぶん一時的に離着陸を停止しているはずです——確認します」シーが答えた。

「航空管制当局がドローンを撃ち落とすこともできたんじゃないのか？」

「敵意を持ったものだと思わなかったんじゃないでしょうか。民間のものかもしれないし、サウディアラビアから紅海を渡って迷い込んだ可能性もあるわけですから」

ヤンがふたたび写真を切り替えた。「これはドローンがミサイルを発射する直前のものです。拡大してみたんですが、ドックが見えます。ドローンは超低空を飛んでいます」そして、キイを操作した。「そして、これが爆発直後のものです」

建設途中のドックが崩壊し、巨大な黒煙があたりを覆いながら立ち昇っている様子を見て取ることができた。ドローンはあたかも風に煽《あお》られたかのように傾いていた。

ヤンが言った。「あまりに低いところを飛んだせいで、爆発によって致命的な損傷を受けたんです。そういうミスは、経験の浅いコントローラーならやりかねません」

「アメリカの衛星も、われわれのものと同じような写真を撮っていると考えられるな」カイは言った。

「もちろんです」ヤンが認めた。

カイはチョー・メイリンを見た。彼女は若く、自分の専門分野の話をしているとき以外は自信がなさそうに見えた。カイは訊いた。「何がわかった？」

「〈サラフィ・ジハーディ・スーダン〉を名乗るグループが犯行声明を出しています。

ですが、彼らについてはほとんどわかっていません——信じられないぐらい情報がないのです。そもそもサイトの立ち上げがほんの数日前です」

「だれも聞いたことのない新しいグループか」カイは言った。「たぶん、この非道の直前に作ったグループだろう。あるいは、偽物という可能性もある」

「確認します」

「ほかのサイトは何か言っているか？」

「一般的なヘイト・スピーチばかりです。ただし、ウイグルのサイトは例外です。ご存じのとおり、新疆のウイグル人イスラム教徒を代表していると主張する不法サイトがいくつかありますが、そのいくつか、あるいはすべてが、偽物の可能性があります。ですが、実は、こういうサイトの大半が、自由を愛するアフリカ系イスラム教徒が抑圧者たる中国人を殺したことを称揚しています」

カイは嘲った。「ウイグル人はスーダンで生活してみればいいんだ。権威主義的中国に戻りたいとすぐに懇願してくるに決まっている」カイは腹を立てていた。なぜなら、ウイグル人が嬉しがることで共産党保守派が挑発され、無分別な反応を促すことになる可能性があるからだ。カイの父親をはじめとする連中が声高に報復を言い立てるはずだった。

「よし」カイは少し間を置いて言った。「メイリン、〈サラフィ・ジハーディ・スーダン〉についてもう少し調べてみてくれ。ヤン、さっきの衛星写真をもう一度検証して、ドローンがどこから飛び立ったかを突き止めるんだ。シー、ポート・スーダンにいる工作員にドローンの残骸《ざんがい》を調べさせて、製造元を特定してくれ。全員、アラブとアメリカのニュース・チャンネルから目を離さず、そこの政府がどういう反応をするかを確かめるんだ。私は朝一番で外務大臣に報告と説明をしなくてはならないし、たぶん、今日が終わる前には主席にも同様のことをしなくてはならないと思う。だから、入手できる情報はすべて知っておきたい」

会議を終えて、カイはオフィスへ戻った。

秘書のペン・ヤーウェンがお茶を運んできた。彼女はコーヒーをよしとしていなかった。若者のあいだで一時的に流行《はや》っている軽薄なものだと見なしているのだった。さらに、カイの空腹に気づいていて、カスタードを詰めた蒸し立ての包子《パオズ》の皿を盆に載せて持ってきてくれた。「夜のこんな時間に、どこで手に入れたんだ？」

「母が作りました。わたしの仕事が徹夜になると聞いて、タクシーで届けてくれたんです」

ヤーウェンは五十代だから、母は七十代だろうと思いながら、カイは包子にかぶりついた。食感は軽くて柔らかく、カスタードは甘くておいしかった。「きみの母上は天からの賜りものだな」

「そうなんです」

カイは二つ目を手に取った。

ヤン・ヨンが入口にたたずんでいた。手に大きな紙があった。「入ってくれ」カイは言った。

ヤーウェンが退出し、ヤンが入ってきた。彼は机を回ってカイの横に立ち、紙を広げた。北東アフリカの地図だった。「ドローンが離陸したのは、ハルツームから百キロの砂漠の無人地帯です」そして、ナイル川の西の地点に指を置いた。その老いた手の甲に筋張った血管が浮いていることに、カイは気がついた。

「早かったな」カイは驚いて言った。

「最近では、そういうことは人間の代わりにコンピューターにやらせることができますからね」

「その地点はチャド国境からどのぐらい離れているんだ?」

「千キロ以上です」

「それなら、実行犯はイスラム教徒のテロリストではなく、地元スーダンの不満分子である可能性が高いことになるんじゃないか?」

「地元スーダンの不満分子であって、イスラム教徒のテロリストである可能性もあります」

それは問題をさらに複雑にするだけだと考えながら、カイは訊いた。「ドローンをさらに遡《さかのぼ》って追跡することは可能かな？」

「やってみることはできます。解体して運ばれた可能性ももちろんあるので、その場合は見えないでしょう。そうでなければ、離陸地点まで実際に飛んでくるしかないはずです。それから、そこへ運び込まれた時間もわかりません。何を見つけられるかはわかりませんが、焦らないでください」

数分後、チョー・メイリンがやってきた。若い顔がやる気に逸《はや》っていた。「〈サラフィ・ジハーディ・スーダン〉は本物のようです」彼女が言った。「名前は新しいんですが、メンバー――彼らが言うところの英雄です――の写真が載せてあり、そのうちの何人かは急進的過激派としてわたしたちが以前から知っている者たちでした」

「そいつらはスーダン人の不満分子なのか、それとも、イスラム教徒のテロリストなのか？」

「サイトに書いてあることを読む限りでは、両方のようです。いずれにしても、彼らがMQ9リーパーを保有しているとは想像しにくいですね。何しろ、一機の値段が三千二百万ドルなんですから」

「グループの本拠地の在処《ありか》についてはどうなんだろう？」

「ウェブサイトはロシアで管理されていますが、〈サラフィ・ジハーディ・スーダン〉がそこにいないことは明らかです。それに、難民キャンプにもいられません。そこからロシアへつなげるのは無理ですから。ハルツームか、ポート・スーダンか、そういった都市に潜伏しているかもしれません」

「調べをつづけてくれ」

シー・シャンがやってきたのは三十分後だったが、彼はとりわけ重要な情報を携えていた。手にはラップトップ・コンピューターがあった。「たったいま、ポート・スーダンのタン・ユーシュアンから写真が送られてきました」声が興奮していた。「残骸の破片です」

カイはコンピューターの画面に見入った。夜、フラッシュを焚《た》いて撮影されていたが、絵は文句なしに鮮明だった。波形トタン板の破片と板石の中に、焼け焦げてねじれたケヴラー・タイプの混合物、ドローン製造に使われる種類の軽量金属が混じっていた。左右に赤、白、青のストライプが突き出ている円のなかの白い星がはっきり見えていて、それはアメリカ空軍の識別標識だった。

「これは驚いたな」カイは言った。「ろくでなしのアメリカのものだったのか」

「確かにそう見えます」

「この写真の二十四枚、高画質でプリントしてくれ」

「すぐにやります」シーが退出した。

カイは椅子に坐り直して背中を預けた。いま、政治家に説明するに十分な情報が手に入った。しかし、伝えなくてはならないのは悪いニュースだ。百人を超す無辜の中国国民の大量殺害にアメリカが関わっていた。これは国際的な大事件だ。ポート・スーダンのウォーターフロントでの爆発は、世界じゅうに衝撃波を送るに違いない。

アメリカが何と言うか、それを知らなくてはならない。

カイは情報を取るために日ごろから接触している連絡相手、CIAのニール・ディヴィッドソンに電話をした。すぐに応答があった。「ニールだ」緊張し、完全に目を覚ましていることが、間延びしたテキサス訛りを通してもわかるほどだった。カイは驚いた。

「カイだ」

「どうしておれの自宅の番号を知ってるんだ?」

「どうしてだと思う?」当然のことだが、国家安全部は北京にいる外国人全員の電話番号を、私的なものも含めて、全部知っていた。

「すまん、馬鹿な質問だった」

「寝ていたんじゃないのか」

「起きてるよ。たぶん、あんたが起きてるのと同じ理由でな」

「私が起きているのは、スーダンにいる百三人の中国国民が、アメリカのドローンで殺害されたからだ」

「われわれはあのドローンを飛ばしてはいない」

「残骸にアメリカ空軍のマークがついていたぞ」

ニールが静かになった。明らかに初耳のようだった。

カイは追い討ちをかけた。「青い円のなかに白い星、円の左右にストライプが伸びていた」

「それに関してはコメントできない。だが、アメリカはドローンを飛ばしてポート・スーダンを爆撃していない。それはいまここではっきり言える」

「だからといって、責任がないことにはならないだろう」

「そうかな？　アッカーマン伍長のことを思い出せよ。彼が中国製の武器で殺されたとき、あんたは自分たちに責任はないと言ったよな」

痛いところを突かれたが、カイはそれを認めるつもりはなかった。「あれはライフルだ。地球上に何百万挺《ちょう》のライフルがある？　それが中国製か、アメリカ製か、どこかほかのところで造られたものか、追跡しつづけることは不可能だ。だが、ドローンは違う」

「アメリカはドローンを飛ばしていないという事実は残ったままだ」

「それなら、だれがやったんだ？」

「犯行声明を出しているグループがあるじゃないか――」

「だれが犯行声明を出しているかは私も知っている。ドローンを飛ばしたのはだれかを訊いているんだ、ニール。あれはアメリカのろくでもないドローンだった、それはきみもわかっているはずだ」

「落ち着けよ、カイ」

「もし中国のドローンが百人のアメリカ国民を殺したら、きみだって落ち着いてなんかいられないんじゃないのか？　グリーン大統領は感情を差し挟むことなく、冷静に事件に対応するか？」

「一本取られたな」ニールが言った。「それでも、朝っぱらの五時にわれわれ二人が電話で怒鳴り合っても何の益にもならないだろう」

ニールの言うとおりだ、とカイは気がついた。おれは情報機関員だ、と彼は自分に言い聞かせた。おれの仕事は情報を集めることで、鬱憤を晴らすことではない。「いいだろう」カイは言った。「議論を進めるために、アメリカがドローンを飛ばしたのでないことは受け容れるとして、ポート・スーダンで何があったのか、きみはそれをどう説明する？」

「これから話すことはオフレコだぞ。もしあんたが公にしたら、われわれはそれを否定して――」

「オフレコの意味ぐらい、私だって知っているよ」

短い間があって、ニールが言った。「本当にここだけの話だぞ、カイ、あのドローンは盗まれたものなんだ」

カイは思わず坐り直した。「盗まれた？　どこから？」

「悪いが、詳しいことは明らかにできない」

「北アフリカで対ISGS作戦を展開しているアメリカ軍からじゃないのか？」

「あんまりおれを追い詰めるなよ。おれにできるのは、あんたを正しい方向へ向けることだけだ。だから、だれかがあのドローンをくすねたんだと教えているだろう」

「私はきみの話を信じるが、ニール」カイは言ったが、本当に信じているかどうか、自分でもよくわからなかった。「詳細抜きの物語を信じる者はここにはいないんだ」

「なあ、カイ、論理的に考えてみろ。ホワイトハウスが百人の中国人エンジニアを殺したがる理由は何だ？　彼らの家族は言うまでもなく？」

「それはわからない。だが、アメリカが完全に無実だと信じるのは難しいな」

「いいだろう」ニールが諦めの口調になった。「もしあんたたちが第三次世界大戦を始めることにしたとしても、おれには止められないからな」

ニールの声にはカイと同じ懸念があった。カイの頭の奥には、潜在的な脅威に満ちた龍が眠っていた。それを認めるつもりはなかったが、ニールと同様、中国政府がポート・スーダンの爆撃に過剰反応し、重大な結果を招くのではないかという恐怖があった。だが、声だけは普通に保って言った。「ありがとう、ニール。連絡を取りつづけることにしよう」

「そうしよう」

カイもニールも電話を切った。

カイはそれから一時間、電話で起こされてからわかったことのすべてを要約整理し、報告書を作成することに費やした。そして、そのメモをファイルし、〝禿鷹〟という暗号名をつけた。時計を見ると、午前六時だった。

外務大臣に直接電話することにした。本来は国家安全部大臣のフー・チューユーに報告すべきだったが、フーはまだオフィスにいなかった。それは言い訳としては見透いていたが、通用しないわけではないと思われた。カイはウー・ベイの自宅に電話をした。

ウーはすでに起きていて、自分で電話に出た。「もしもし？」その声の向こうで何かが振動するような低い音が聞こえ、電気剃刀を使っているところだったのだろうと推測された。

「チャン・カイです。朝早くに申し訳ありません。しかし、百三人の同胞が日曜にアメリカのドローンで殺害されたものですから」

「何だって?」ウーが声を上げ、電気剃刀の音が停まった。「これは大ごとになるぞ」

「私もそう考えます」

「ほかに知っている者は?」

「いまのところ、安全部の人間だけです。テレビのニュースは、ポート・スーダンのドックで火災があったとしか言っていません」

「よし」

「ですが、大臣へのこの報告が終わったら、すぐに軍にも情報を入れなくてはならないことは確かです。自宅へお迎えに上がりましょうか?」

「そうだな、そうしてくれ。そのほうが時間の節約になる」

「大臣のほうに問題がなければ、三十分でうかがいます」

「では、そのときに」

カイは〝禿鷹〟のファイルをプリントアウトし、ブリーフケースに入れた。シーが印刷してくれた、ドローンの残骸のアメリカ軍の識別標識が写っている写真も加えた。そして、階段を下り、待っている車に乗り込んだ。ウーの自宅の住所をヘーシャンに告げたあと、ポケットからネクタイを取り出し、走る車のなかで結んだ。

ウーの住んでいる高層マンションは朝陽公園、北京で最も洒落た界隈にあって、ゴルフ・コースを望むことができた。カイはきらびやかなロビーで身分を証明したうえで金属探知機をくぐらなくてはならず、そのあと、ようやくエレベーターに乗ることができた。

ドアを開けたウーは淡いグレイのシャツを着て、ピンストライプのスーツのズボンを穿いていた。コロンはヴァニラの香りがした。贅沢な住まいだったが、カイがアメリカで見て知っているものより大きくはなかった。通されたダイニングルームには、白いリネンのテーブルクロスのテーブルに朝食が用意され、銀器がきらめいていた。すべてが磁器の容器で、蒸し団子、海老入りの米の粥、棒状の揚げパン、プラム・ソースを添えた、紙のように薄いクレープが湯気を立てていた。ウーは食道楽だった。ウーが粥を食べているあいだに、カイはお茶を飲みながら説明をした。タンカー・ドック建設プロジェクト、爆撃、ドローン、〈サラフィ・ジハーディ・スーダン〉の犯行声明、あのドローンは盗まれたものだというアメリカの充分な証拠のない主張。そして、ドローンの残骸の写真を見せ、〝禿鷹〟ファイルを渡した。その間《かん》ずっと、香辛料のきいた料理の匂いに涎《よだれ》が出そうだった。説明を終えると、ウーが朝食を勧めてくれて、カイは蒸し団子をいくつか口に入れた。貪っていると見えないようにするのに苦労しなくてはならなかった。

ウーが言った。「報復しなくてはならないだろうな」

カイはその言葉を予想していた。報復はしないという選択肢を議論しても意味がないことも、説得できるはずがないこともわかっていたから、まずは同意するところから始めた。「アメリカは自国民がたった一人死んだだけで、あたかも大量殺戮《さつりく》のような反応をしました。中国国民の命も同等に貴重です」

「しかし、どういう形の報復をすべきだろうな？」

「われわれの対応は陰と陽のバランスを保つべきです」カイは言い、議論を徐々に穏健な方向へ進めようとした。「われわれは強くなくてはなりませんが、無謀であってはなりません。抑制しなくてはなりませんが、弱くあってもなりません。あくまでも同等のことをし返すのであって、それ以上でも、それ以下でもないようにすべきだと考えます」

「そうだな」ウーが言った。彼は穏健を旨としていたが、それは信条ではなく、面倒なことを避けたがる性質によるものだった。

ドアが開いて、恰幅のいい中年女性が入ってきた。彼女がウーにキスをするのを見て、ウーの妻だとわかった。これまで会ったことがなく、もっと魅力的だろうと想像していたから、そうでないのが意外だった。「おはよう、ベイ」彼女が夫に言った。

「朝ごはんはどうだったかしら？」

「おいしかったよ、ありがとう」ウーが答えた。「こちらは私の同僚のチャン・カイだ」

カイは立ち上がってお辞儀をした。「お目にかかれて光栄です」

彼女が嬉しそうに微笑した。「あなたも少しは召し上がった？」

「蒸し団子をいただきました。とてもおいしかったです」

彼女が夫に目を戻して言った。「車がきたわよ、愛しい人」そして、出ていった。

ウーとはまったく対照的だな、とカイは思った。だが、好ましいカップルであるのは間違いない。

ウーが言った。「私がネクタイをするあいだに、もう少し食べたらどうだ？」そして、彼も出ていった。

カイは電話を取り出し、秘書のペン・ヤーウェンの番号にかけて指示した。「私のアフリカのフォルダーに〝禿鷹〟というファイルがある。それをすぐにフー・チューユーに送り、リスト三番に載っている者全員——閣僚、将軍、共産党上層部——にもコピーを送ってくれ。ドローンの残骸の写真を添付するのを忘れるな。いますぐ、大急ぎで頼む。そういう人々には、ほかのだれでもなく、私から知らせたいんだ」

「〝禿鷹〟のファイルですね」

「そうだ」

「ドローンの写真ですね」

「そうだ」

間があり、彼女がキイボードを叩く音が聞こえた。

「フー・チューユーにそれを送り、リスト三番に載っている全員にコピーを送るんですね」

「そうだ」

「完了しました、局長」

カイは笑みを浮かべた。「ありがとう」そして、電話を切った。

ウーがネクタイを締め、ジャケットを着て戻ってきた。手には薄いブリーフケースがあった。一緒にエレベーターで下に降りると、建物の前で政府専用車が二台待っていた。

カイは微笑した。ウーがカイに言った。「ほかの者にはいつ報告するんだ?」

「もう報告済みです」

「よし、たぶん、あとでまた会うことになると思う。この騒ぎは終日つづくはずだからな」

カイはふたたび微笑した。「残念ながら、そのようです」

ウーはためらっていたが、それでも、言うべきことをどういう言葉で表わすかを決めたようだった。食道楽の仮面が消え、いきなり真顔になって言った。「われらが同胞を殺されて手をつかねているわけにはいかないが、軽々に動くべきでもない」

カイはうなずくだけにとどめた。

「われわれがしなくてはならないのは」ウーがつづけた。「双方の武闘派を押しとどめて、大量殺戮を阻止することだ」

「聞きましたよ」カイはウーの乗った車が走り去るのを見送りながらつぶやいた。

七時三十分だった。カイはシャワーを浴びて着替えをし、一番いいスーツ——政治的戦闘のときの鎧《よろい》だった——を身につける必要があった。今日、自宅へ戻るとしたら、いましかなかった。自宅へ向かってくれるようヘーシャンに告げ、そのあとでオフィスへ電話をした。

北アフリカ・デスクの責任者、シー・シャンが、話があるとのことだった。「チャドにいるわれわれの工作員から興味深い話が入ってきました」彼は言った。「現地のアメリカ軍がドローンを一機失ったらしく、チャド国軍が盗んだのだと全員が考えているとのことです」

もしかしてニールは本当のことを教えてくれていたのかもしれないと考えながら、カイは応えた。「実にありそうな話だな」

「チャドの大統領——〝将軍〟と呼ばれています——が、スーダン政府に対して使われることを知りながら、そのドローンをスーダン人反乱グループに与えた、という説です」

「彼は一体どうしてそんなことをするんだ?」

「現地にいるわれわれの工作員の考えでは、スーダンとつながっている自爆犯に最近命を狙われたことに対する報復ではないかとのことです」

「サハラを舞台のアクション・ドラマか」

「同感です」

「ホワイトハウスはまだ何も言っていないが、CIAにいる私の情報源も、あのドローンは盗まれたものだと言っていた」

「それなら、たぶん事実でしょう」

「あるいは、事実を隠すためのよくできた作り話か」カイは言った。「ともかく、随時情報を更新してくれ。私はこれから自宅へ帰って着替えをするから」

あと数分で自宅という、ほとんど着いたも同然のとき、ペン・ヤーウェンから電話があった。「チェン国家主席が〝禿鷹〟ファイルをお読みになり」彼女は言った。「中南海の作戦指令室へきてほしいとの要請がありました。会議は九時の開始です」

ラッシュアワーに巻き込まれたら一時間はかかるかもしれない。遅刻する危険は冒せない。自宅へ戻る時間はない。カイは車をUターンさせた。

不意に疲れが襲ってきた。すでに、ほぼ一日分の仕事をしていた。いま、普通の人々なら起きて仕事に行く準備をしているとき、カイはベッドに戻りたかった。だが、それは叶わない願いだった。危機のあいだ、国家主席に助言することになる。中国が穏健な方向へ舵《かじ》を切るよう仕向けたいのなら、気を張り詰めていなくてはならない。

だが、まだ数分は休むことができる。カイは目をつむった。うとうとしていたに違いなく、目を開けたとき、車は新華門を抜けて中南海構内に入っていた。

国家主席執務室のある勤政殿の入口で、国家主席警備隊長のワン・キンリがこざっぱりした服装で警備活動を監督していて、カイに愛想よく挨拶した。ロビーの金属探知機がポケットの電気剃刀に反応して電子音を鳴らし、カイはそれを警備員に預けなくてはならなかった。だが、電話の携帯を許される者のリストに名前があったおかげで、それは持っていつづけることができた。

作戦指令室は爆弾にも耐えられるドーム型の地下室だった。スポーツ・ホールのような室内には、一段高くなったステージに会議テーブルが据えられ、その周囲に五十脚、あるいはそれ以上の机が配されて、それぞれにマルチスクリーンが付属していた。さらに、壁全体が複数の巨大なスクリーンで覆われていて、そのいくつかがまだ暗いポート・スーダンの火災を映し出していた。

カイは電話を取り出し、充分に電波が届いていることを確認すると、国家安全部に電話してペン・ヤーウェンに言った。「あれ以降の新たな展開を私に送るよう、全員に伝えてくれ。現時点で知り得るすべてをリアルタイムで知る必要がある」

「承知しました、局長」

　カイは部屋を横断して中央のステージに上がった。上司のフー・チューユー国家安全部大臣はすでにそこにいて、軍服に身を固めたファン・リン将軍と話していた。二人は守旧派の頭目で、大胆かつ断定的な作戦を信じていた。フーはカイに背を向けたままだったが、それは明らかに当てつけで、カイが単独でウー・ベイに会いに行ったことに腹を立てているのだった。

　しかし、チェン国家主席はカイに愛想よく声をかけた。「元気か、若きカイ？　報告に感謝する。きっと徹夜だったのだろうな」

「はい、私だけでなく、チーム全員がそうでした、主席」

「まあ、私が話しているあいだにちょっとは眠れるのではないかな」

　それは半ば謙遜《けんそん》した冗談で、同意しても同意しなくても同じように失礼だとカイは判断し、笑っただけで何も言わなかった。チェンはその場の緊張をほぐそうとよく冗談を言ったが、あまり得意ではないようだった。

　カイはウー・ベイに会釈をして言った。「今日、お目にかかるのは二度目ですね、外務大臣。まだ九時にもなっていないというのに」

　ウーが応えた。「食い物はここのほうが負けているがね」いつものミネラルウォーターのボトルと盆に載せたグラスが並んでいる会議テーブルの真ん中に、何日か前のもののように見える麺《めん》を固めて揚げたものと隠元豆《いんげんまめ》のケーキの皿が置いてあった。

カイの父親のチャン・ジャンジュンが、力強い握手でチェン国家主席に迎えられていた。チェンは国家主席になるときにカイの父親に尽力してもらったのだが、そのあとは国際情勢に関して慎重かつ抑制的であることで、チャン・ジャンジュンやその同調者を失望させていた。

チャン・ジャンジュンはカイに笑みを向け、カイは会釈を返した。だが、抱擁はしなかった。こういうときに家族の親密さを見せるのはプロらしくない、と二人とも感じていた。チャン・ジャンジュンはファン・リンとフー・チューユーと並んで着席し、三人とも煙草を点《つ》けた。

ステージから一段低くなっているところに補助員や下級官僚のための机が並んでいたが、その大半が無人のままだった。この広い部屋が満員になることは、おそらく戦争のとき以外ないように思われた。

若き国家防衛大臣、コン・チャオが、いつものようにわざと乱した流行りの髪形で入ってきた。彼はウー・ベイの隣りに、守旧派と向かい合う形で着席した。両陣営の布陣が決まったな、とカイは思った。剣とマスケット銃を持って戦場で向かい合う、阿片《あへん》戦争のときの部隊のようだ。

人民解放軍海軍司令官のリュー・フア提督も守旧派の一人で、主席に敬意を表わしたあと、チャン・ジャンジュンの隣りに腰を下ろした。

楕円形のテーブルの一方の端に、チェンの革張りのノートと〈トラヴァース〉の金の万年筆が置かれていた。カイはそれに気づくと自分の筆記具を反対側、主席とは離れているけれども両陣営からは等距離の位置に置き、実際はリベラル陣営に属しているけれども、とりあえずは中立を装った。

国家主席が自席へ移動した。危険なときが近づいていた。カイは二時間前の、別れ際のウーの言葉を思い出した――〝われわれがしなくてはならないのは、双方の武闘派を押しとどめて、大量殺戮を阻止することだ〟。

チェン主席が文書――自分が送った〝禿鷹〟ファイルだとカイは気がついた――をかざして口を開いた。「諸君は国家安全部から送られた、この見事にまとめられた素晴らしい報告書を読んでいるはずだ」そして、国家安全部大臣を見て言った。「いい仕事をしてくれて感謝する、フー。何か付け加えることはあるか？」

フーは自分は〝禿鷹〟ファイルに一切関わっていない、実は自分が寝ているあいだにすべてが行なわれたのだなどとわざわざ認める手間を省き、こう言うにとどめた。「付け加えることはありません、主席」

カイはそこで口を開いた。「数分前に、新たな情報が入ってきました――噂ではありますが、興味深いものです」

フーがカイを睨んだ。カイはすでに、危機においては迅速を最優先させることをフーに示して見せていた。これでおれの足を引っ張るのにティンを利用したことを思い知らせてやれるはずだとカイは満足を覚え、すぐに自分を戒めた。慎重にやらなくては駄目だぞ、やり過ぎは禁物だ。

カイはつづけた。「チャドの人々は、自分たちの軍がアメリカ軍からドローンを盗み、大統領の命を狙ったことへの報復として、それを〈サラフィ・ジハーディ・スーダン〉に与えたと信じています。この噂が事実である可能性は否定できません」

「噂だと？」ファン将軍が唸るように言った。「私にはアメリカの見え透いた言い訳のように聞こえるがな」北部北京語の訛りが、今日はとりわけ耳障りだった。〝ウ〟が〝ヴ〟になり、いくつか言葉が並んだ最後に〝ル〟が付け加えられて、〝ング〟という鼻にかかった抑揚が強調されていた。「やつらは何か犯罪的な行為をしでかし、その責任を逃れようとしているんだ」

「そうかもしれません」カイは言った。「しかし――」

ファンは食い下がった。「やつらは一九九九年にも同じことをしている。NATOがベオグラードのわが大使館を爆撃したときだ。あいつらは事故を装い、CIAがわが大使館の住所を間違えたなどと馬鹿げた言い訳をでっちあげた！」

テーブルの周囲の守旧派がうなずいていた。「やつらはわれわれの命など無価値だと信じている」カイの父親が腹立たしげに言った。「わが同胞を百人殺すことを何とも思っていない。やつらは日本人と同じだ。日本も一九三七年の南京で、三十万ものわが同胞を大虐殺している」カイは漏れそうになる呻きを押し戻した。父の世代は南京を持ち出すことを、まるでそれに取り憑《つ》かれているかのように、絶対にやめようとしなかった。チャン・ジャンジュンはつづけた。「だが、わが同胞の命は貴重なものだ。だから、重大な結果を招き寄せることなくわれわれを殺すことはできないのだと、やつらに教えてやらなくてはならない」

どれだけ歴史を遡るつもりなんだ、とカイはうんざりした。

コン・チャオ国防大臣が彼らを二十一世紀へ引き戻そうとした。「アメリカ政府はこの件ではっきり当惑しています」彼ははみ出している髪を耳の上へ押し込もうとしながら言った。「この一件が、彼らが計画したもので、結果として行き過ぎてしまったのか、そうではなくて純粋な事故なのかはともかく、彼らが守勢に立たされていることはいまも事実です。そうであるならば、われわれはそこからどうやって利益を得るかを考えるべきでしょう。もしかしたら優位に立てるかもしれません」

コンは計画がない限りこういうことは言わないと、カイはわかっていた。

チェン主席が訝った。「優位に立つ？　どうすればそうなるんだ？」

それが合図であるかのように、コンがつづけた。「安全部の報告書は、チーフ・エンジニアの双子の息子が殺されたことに言及しています。その二人の少年の写真が、必ずどこかにあるはずです。その写真をメディアに流すだけでいいんです。双子は可愛らしいものですからね。保証しますが、その写真は世界じゅうのテレビ・ニュースが取り上げ、新聞は一面に載せるでしょう。アメリカのドローンに殺された子供たちとして、です」

さすが、抜け目がないな、とカイは感心した。プロパガンダとしての価値はとてつもなく大きい。その写真と並行して、責任を否定するホワイトハウスの言い分も公にされるはずだ。その言い分は、すべての否定の弁明がそうであるように、有罪であることを示唆するはめになる。

しかし、テーブルの周囲の面々は、大半が老兵で、そのアイディアが気に入っていないようだった。

ファン将軍が小馬鹿にしたように鼻を鳴らして言った。「国際政治は力の戦いだ。人気コンテストではない。どんなに可愛らしかろうと、子供の写真で勝てるわけがない」

フー・チューユーが初めて口を開いた。「われわれは報復しなくてはならない。それ以外はすべて弱腰に見えるだろう」

大半が同じ考えのようだった。ウー・ベイの予想通り、報復は避けられない。チェン主席もそれを受け容れたらしく、こう言った。「問題はどういう形の報復をするかだ」

　ウー・ベイが言った。「わが中国の哲学を思い出しましょう。われわれは陰と陽のバランスを取るべきです。強くなくてはならないが、無謀であってはならない。抑制的でなくてはならないが、弱くてはならない。あくまでも報復に留めるべきで、拡大すべきではありません」

　カイは笑みを嚙み殺した。つい二時間前、自分がウーに言った言葉だった。

　カイの父親はいまも戦闘的だった。「南シナ海のアメリカ海軍艦船を一隻《せき》、沈めてやるべきだ」彼は言った。「いずれにせよ、それをやるときだろう。国連の海洋法だって、ミサイルを搭載した巡洋艦が自国沿岸に脅威を与えることを忍耐しろとは義務づけていない。そこにいる権利はないと、われわれは繰り返しやつらに通告しつづけているわけだしな」

　リュー提督が同意した。彼は漁師の息子で、これまでの人生の大半を海で過ごしていて、長年潮風と太陽にさらされた肌は古いピアノの鍵盤《けんばん》のような色になっていた。「沈めるなら、巡洋艦でなくフリゲート艦にすべきだ」彼は言った。「やり過ぎはよくない」

　カイは思わず笑ってしまいそうになった。巡洋艦だろうと、フリゲート艦だろうと、ディンギーだろうと、アメリカが黙っていないのは同じだ。

だが、彼の父親はリューと同意見だった。「フリゲート艦なら、ポート・スーダンでドローンに殺された同胞とほぼ同じ数のアメリカ人を殺すことになるのではないかな」

「アメリカのフリゲート艦の乗員は二百名ほどだが、百と二百なら、まあ似たり寄ったりだ」リュー提督が言った。

カイはほとんど信じられなかったが、彼らは本気だった。それが戦争を意味することに気づいていないのか？　大惨事を引き起こす話を、どうしてそんなに簡単に口にできるんだ？

幸いなことに、そう考えているのはカイ一人ではなかった。「それは駄目だ」チェン国家主席がきっぱりと却下した。「アメリカと戦争を始めるつもりはない。たとえ彼らが百人のわが同胞を殺したとしてもだ」

カイは安堵したが、ほかの者は不満そうだった。フー・チューユーがさっき自分が言ったことを繰り返した。「報復しなくてはなりません。さもないと、弱腰と見られます」

「報復することについてはすでに合意に達しただろう」チェンが焦れた口調で言い、カイはフーの面目《めんぼく》が潰れたことに満足の笑みを抑えなくてはならなかった。チェンがつづけた。「問題は、エスカレートすることなくどうやって報復するかだ」

一瞬の沈黙があった。カイは二週間前の外務省での話し合いを思い出した。あのとき、ファン将軍は南シナ海にいるヴェトナムの石油探査船を沈めることを提案し、ウー・ベイがそれを拒否していた。だが、それがカイにあるアイディアをもたらしてくれた。「〈ヴ・トロン・フユン〉なら沈められるのではありませんか？」彼は言った。

全員がカイを見た。何の話なのか、大半がわからないでいた。

ウー・ベイが説明した。「ヴェトナムの海底探査船が西沙諸島近くの海域で石油を探査していた。それに対して、われわれはヴェトナム政府に抗議し、そのうえで、当該探査船を沈めることを考えた。だが、当該探査船におそらくアメリカ人地質学者がアドヴァイザーとして乗っていることを特に考慮して、まずは外交手段を取ることにしたというわけだ」

チェンが言った。「その件なら憶えている。だが、ヴェトナム政府はわれわれの抗議に対応したのか？」

「部分的にです。あの船は西沙諸島からは離れたものの、いまは別の海域で探査をつづけています。しかし、わが国の排他的経済水域内であることに変わりはありません」

チャン・ジャンジュンが欲求不満の口調で言った。「あいつら、のらりくらりと逃げ回っているんだ。われわれに反抗し、一旦言うことを聞いた振りをし、また反抗する。その繰り返しだ。まったく腹が立つではないか！　われわれは超大国だぞ！」

フアン将軍が後押しした。「それをやめさせるときだ」

「これを考えてみてください」カイは言った。「われわれが〈ヴ・トロン・フュン〉を沈めても、公式にはポート・スーダンの一件とは無関係です。アメリカ人を何人か殺すことになるわけですが、アメリカにとっては付帯的損害であって、事態を拡大させたと非難されることもないはずです」

チェン主席が思案した。「何とも微妙な提案だな」

アメリカ海軍のフリゲート艦を沈めるよりはるかに挑発的ではないだろうと考えて、カイはつづけた。「非公式には、アメリカはこれが自分たちのドローンの攻撃に対する報復であることがわかるはずです。しかし、それは非常に抑制的な報復でもあるわけです——百人以上の中国国民の犠牲に対して、二人か三人のアメリカ人の犠牲ですむわけですから」

フアンが抵抗した。「それは及び腰の対応でしかないだろう」しかし、その抵抗も半ば形だけだった。会議の流れが妥協の方向へ傾いていることは、さすがのフアンもわかっていた。

チェン主席がリュー提督を見た。「〈ヴ・トロン・フュン〉の現在位置はわかっているのか？」

「もちろんです、主席」リューが電話を出してキイを押し、耳に当てて言った。「〈ヴ・トロン・フュン〉」全員が彼を見守った。ややあって、彼が報告した。「当該船は五十マイル南へ後退しましたが、依然としてわが国の領海内にいます。人民解放軍海軍の〈江南《ジャンナン》〉が追跡していて、映像を送ってきています」そして、ステージの下の一画を見て、声を張り上げた。「諸君のなかに、送られてきた映像を大型スクリーンに映し出せる技官はいるか?」スパイク・ヘアの若者が挙手して立ち上がった。リューは言った。「私の電話で部下と話し、〈ジャンナン〉からの映像を個々の大型スクリーンに映し出してくれ」

スパイク・ヘアの若者は自分のワークステーションに向かい、リューの電話を肩と顎のあいだに挟んで腰を下ろした。「はい……はい……わかりました」と話しながら、その間《かん》も、指は休みなくキイボードを叩きつづけた。

リューが言った。「〈ジャンナン〉は複数の役目をこなす四千トンのフリゲート艦です。全長は百三十四メートル、乗員は百六十五名、射程距離は八千海里を超えます」

大型スクリーンに〈ジャンナン〉と思われる灰色の前部甲板《かんぱん》が現われ、尖った舳先《へさき》が波を切り裂いていた。北東の季節風《モンスーン》の時期で、船は大きく激しく上下し、そのせいで画面上では水平線が同じように上下した。カイは船酔いをしているような気分になったが、それを除けば、晴天で太陽が輝き、視界は良好だった。

リューが言った。「いま〈ジャンナン〉が撮影している映像です」

補助員がやってきて、リューに電話を返した。

リューはつづけた。「水平線上にヴェトナム船らしきものが辛うじて見えています。しかし、距離はまだ五キロから六キロ離れています」

カイは大型スクリーンに目を凝らし、灰色の海に灰色の染みが見えたような気がしたが、もしかすると、それもそんな気がしているだけかもしれなかった。

リューが電話に向かって言った。「そうだ、衛星写真を見せてくれ」

スクリーンのいくつかに、遠距離の空中から撮影された写真が映し出された。スクリーン操作員が写真を拡大した。二隻の船を何とか識別することができた。「スクリーンの下端がヴェトナム船です」リューが言った。

カイは〈ジャンナン〉が撮影して送ってきているリアルタイムの映像に目を戻した。〈ジャンナン〉は目標に近づきつつあり、ヴェトナム船がさっきよりはっきり見えるようになっていた。船体中央に掘削塔がそびえていた。カイは訊いた。「〈ヴ・トロン・フュン〉は武装しているのですか？」

「視認できない」リューが答えた。

カイは自分たちが無防備な船を沈めようとしていることに気づき、罪の意識に身震いした。あの冷たい海に何人が沈むことになるのか？　これを考えついたのはおれだが、そのときはもっと悪い事態を阻止したかっただけだ。

リューが言った。「〈ジャンナン〉はアクティヴ・レーダー誘導の高性能破砕弾頭を搭載した対艦巡航ミサイルを備えています」そして、主席を見た。「発射準備を命じますか？」

チェンはテーブルを見回した。何人かがうなずいた。

コン・チャオが言った。「少し早すぎませんか？」

チェンが答えた。「ドローンがわが同胞を殺害してから二十四時間以上経っている。なぜ待たなくてはならないんだ？」

コンは肩をすくめただけだった。

「全員の同意を得たと思う」チェンが厳粛に言った。

異議を唱える声は上がらなかった。

チェンはリューに命じた。「発射準備」

リューが電話に向かって繰り返した。「発射準備」

部屋が静寂に包まれた。

間もなくして、リューが報告した。「発射準備完了しました、主席」

チェンが命じた。「発射」

リューがふたたび電話に向かって繰り返した。「発射」

全員がスクリーンを凝視した。

全長六メートルのミサイルが一発、濃い白煙の尾を引きながら〈ジャンナン〉の船首の向こうへ飛び出したと思うと、驚くべき高速で離れていった。

リューが言った。「いま、ミサイル搭載のカメラの映像に切り替えているところです」直後、新しい映像が現われた。波の上を飛ぶミサイルの速度は凄《すさ》まじく、ヴェトナム船は刻々と大きさを増していった。

カイは〈ジャンナン〉からの映像にふたたび目を戻した。一秒後、ミサイルが〈ヴ・トロン・フュン〉に命中した。

スクリーンが白くなったが、それはほんの一瞬だった。ふたたび映像が戻ってきたときには、船の中央部分から白、黄色、赤の巨大な炎が噴き上がっていた。そのあとに、黒と灰色の煙と降り注ぐ破片がつづいた。一瞬遅れて、カメラのマイクが拾った音――衝撃音と燃え上がる炎の轟き――が聞こえてきた。炎が収まるにつれて大量の煙が取って代わり、空中高く立ち昇った。それは船体や上部構造物の破片も同じで、大きな鋼鉄の塊が、強風に巻き上げられた木の葉のように宙を飛んでいた。

船体の大半はいまも海面に見えていた。中央部分は粉砕され、掘削塔はゆっくりと沈みつつあったが、船首と船尾は無傷のようだった。生き残った者がいるかもしれない、とカイは思った。いまのところは、だが。完全に沈んでしまう前に、ライフ・ジャケットを着けたり、救命ボートを降ろしたりする時間があるだろうか？

チェン主席が言った。「〈ジャンナン〉に生存者の救出を命じろ」

リューが電話に向かって命令した。「救難艇を降ろす準備をしろ」

やがて〈ジャンナン〉が速度を上げ、波を切り裂いて高速で進みはじめた。リューが言った。「最高速度は二十七ノットです。五分ほどで現場に到達します」

〈ヴ・トロン・フュン〉は奇跡的にまだ浮いていた。沈みつつはあるが、ゆっくりとだった。カイは自問した――もし自分があの船に乗っていて、爆発を生き延びていたら、どうしただろうか？　最善はライフ・ジャケットを着けて船を捨て、救命ボートに乗り移るか、そのまま海へ飛び込むか。遅かれ早かれ船は沈んでしまう。そのときに船に残っている者は、もろともに沈むことになる。

〈ジャンナン〉が弧を描くようにしながら〈ヴ・トロン・フュン〉に接近し、安全な距離を保ちながら並進しはじめた。波間に救命ボートが一艘《そう》と人の頭がいくつか浮かんでいるのをカメラが捉えた。大半がライフ・ジャケットを着けていたこともあって、生きているか死んでいるかの判別は難しかった。

一分後、〈ジャンナン〉の救難艇が三艘現われ、救出に向かった。

カイは海面の頭にさらに目を凝らした。全部が黒かったが、一つだけ、長髪のブロンドがあった。

25

グリーン大統領はオーヴァル・オフィスの執務机の前を行きつ戻りつしていた。腹を立てていた。「こんなことを許すつもりはありませんからね」彼女は言った。「アッカーマン伍長のことは別よ。あれはテロだった。たとえ凶器が中国製の銃だったとしてもね。でも、これは？　れっきとした殺人よ。二人のアメリカ国民が死に、一人が病院送りになった。中国が意図して船を沈めたせいでね。何もしないで黙っているわけにはいかないわ」

「しかし、そうせざるを得ないかもしれないな」チェスター・ジャクソン国務長官が言った。

「わたしはアメリカ国民の命を守らなくてはいけないの。それができなければ、大統領失格よ」

「全員を守れる大統領はいないよ」

〈ヴ・トロン・フュン〉沈没のニュースは入ってきたばかりだった。しかし、これは今日の二つ目の危機だった。この知らせが届く前、シチュエーションルームで、ポート・スーダンを攻撃したドローンに関する会議が行なわれた。ポーリーンは国務省に、あれはアメリカが攻撃したものではないことをスーダンと中国の両政府に明言するよう命じていた。しかし、中国はそれを信じなかった。ロシアも同じだった。ロシアはスーダンと貿易をしていて、武器を高く売っていた。クレムリンは声高に抗議をしてきていた。

あのドローンはチャドでの演習中に〝行方不明〟になったものであることを確認していたが、面目に関わることでもあるせいで公にすることができず、軍が捜査中であると広報担当者に発表させていた。

そして、今度はこれだった。ポーリーンは足を止め、骨董的価値のある執務机の端に腰掛けた。「わかっていることを教えて」

チェスが答えた。「〈ヴ・トロン・フュン〉に乗っていた三人のアメリカ国民はアメリカ企業の社員で、ヴェトナムの国営企業〈ペトロヴェトナム〉に出向していた。第三世界の国々の天然資源開発を手助けしようという国務省の計画の下でだ」

「アメリカの気前のよさが」ポーリーンが腹立たしげに言った。「こういう報いで返ってきていいわけ？」

チェスはポーリーンより冷静だった。「いいことをしたからといって、必ず喜ばれるとは限らないんだよ」彼は淡々と言い、手に持っている紙を見た。「フレッド・フィリップス教授とハイラン・シャルマ博士は溺死《できし》と考えられている——遺体は回収されていない。三人目の地質学者は救出された。ジョーン・ラファイエット博士だ。彼女は病院で経過観察中だとのことだ」

「中国は一体どうしてこんなことをしたの？　あのヴェトナム船は丸腰だったんでしょ？」

「そう、丸腰だった。中国があんなことをした理由はすぐには思い浮かばないな。もちろん、中国はヴェトナムが南シナ海で石油を探していることが気に入らないし、もう何年も前から抗議してきている。しかし、彼らがあんな過激なことを、なぜいま実行に移すことにしたのか、その理由はわからない」

「チェン国家主席に訊いてみるわ」ポーリーンはジャクリーン・ブロディ首席補佐官を見た。「電話をつないでちょうだい」

ジャクリーンが机の電話を取って言った。「大統領が中国のチェン国家主席と話したいとおっしゃっているわ。できるだけ早く都合をつけてちょうだい」

ガス・ブレイク国家安全保障問題担当顧問が言った。「やつらがあれをやった理由ならわかる気がする」

ポーリーンは急かした。「教えて」

「報復だ」

「何の？」

「ポート・スーダンだ」

「ああ、そうだった。どうして考えつかなかったのかしら」ポーリーンは掌《てのひら》の付け根で額を叩いた。〝なんて馬鹿なの〟を意味する仕草だった。彼女はガスを見て思った――この部屋で彼が一番頭が切れると証明されたのはこれで何度目かしら。

「それはあり得るな」チェスが言った。「アメリカ人地質学者を殺す意図はなかったと中国は言い張るに違いない。あのドローンを中国人エンジニアを殺すことに使わせたくなかったとわれわれが主張するのと同じだ。同じではないとわれわれは反論し、鵞鳥《がちよう》料理のソースと鴈《がん》料理のソースは同じだと中国は再反論することになる」

ポーリーンはそれを聞いて、そのとおりだと思いながらも腹が立った。「彼らは人間なのよ、そこに議論の余地はないわ。悲嘆に暮れる家族がいる人間なのよ」

「わかってる。マフィアなら、〝一体どうしてくれようか〟と言うところだな」

ポーリーンは拳《こぶし》を握った。「それがわからないのよ」

執務机の上のコンピューターが電子音を鳴らし、ヴィデオ電話の準備ができていることを知らせた。ポーリーンは机に戻り、スクリーンに向かうとマウスをクリックした。チェンが現われた。相変わらずいつものブルーのスーツで決めていたが、疲れているようだった。向こうは真夜中かもしれず、たぶん長い一日だったのだろうと思われた。

しかし、ポーリーンはチェンの体調を気遣う気分ではなく、開口一番本題を切り出した。「国家主席、中国海軍がヴェトナムの〈ヴ・トロン・フュン〉を撃沈した件ですが――」

ポーリーンが驚いたことに、チェンは無作法にも声高な英語でさえぎった。「大統領、私は可能な限りの強い言葉で、南シナ海におけるアメリカの犯罪的活動に抗議します」

ポーリーンは「あ、あなたが抗議する？　あなたは二人のアメリカ国民を殺害したばかりなんですよ！」

「中国領海内で他国が石油を探査するのは違法行為です。われわれは許可なくメキシコ湾で探査活動をしていません。なぜあなたは同様の敬意をわれわれに払わないのですか？」

「南シナ海で石油探査をすることは国際法違反ではありません」

「われわれの法に違反しています」

「国際法を自分たちの都合に合わせて解釈することはできません」

「なぜですか？　西欧諸国は何世紀も前からやっているではありませんか。われわれが阿片を非合法化したとき、イギリスはわれわれに宣戦布告したのですよ！」チェンが意地の悪い笑みを浮かべた。「いまは立場が逆ですがね」

「あれは大昔の歴史でしょう」

「あなたたちは忘れるほうがいいのかもしれないが、われわれ中国人は忘れないんです」

ポーリーンは深呼吸をして、破裂しそうになる癇癪《かんしゃく》を抑えた。「あのヴェトナムの活動は犯罪ではないし、たとえそうだったとしても、船を撃沈して乗員を殺すことを正当化はできません」

「不法掘削をしていたあの船は降伏を拒否したのです、われわれとしては取り締まる必要がありました。乗員の何人かが逮捕されています。船は沈没し、乗員のなかには残念ながら溺死した者がいます」

「よくもそんな戯言を口にできますね。われわれはレーダーで追跡していたんですよ。あなたは三マイルの距離から巡航ミサイルを発射してあの船を沈めたんです」

「法を執行したのです」

「自分たちが違法だと考える何かをしている者を見つけたとしても、文明国では彼らを殺したりしません」

「文明化された、い、アメリカでは、犯罪者が降伏を拒否したとき、警察官はどうしていますか？　撃ってはありませんか――相手が非白人の場合は特にね」

「では、今度中国人観光客が〈メイシー〉で万引きをして捕まったとき、警備員が彼女を射殺しても、あなたはまったくかまわないわけですね」

「もし彼女が盗人なら、われわれは彼女に中国に戻ってほしくありませんからね」

これは中国の国家主席との会話としては驚くべきもので、ポーリーンは一瞬間を置いた。中国の政治家は喧嘩腰《けんかごし》のときも言葉遣いは丁寧なままでいることができるが、いまのチェンは冷静さを失っているようだった。あなたは冷静さを保ちつづけるのよ、とポーリーンは自分に言い聞かせた。

そして、言った。「われわれは万引き犯を撃たないし、あなた方もそれは同じでしょう。しかし、われわれは丸腰の船を撃沈はしません、たとえその船がわれわれの規則を犯しているとしてもです。ですから、今回あなたがやったことを受け容れることはできません」

「これは中国の国内問題です。介入する権利はあなたにはない」

ジャクリーンが一枚の紙を掲げた。そこにはこう書いてあった――〝ラファイエットのことを訊いてください〟。

ポーリーンは言った。「生き残ったアメリカ人、ジョーン・ラファイエット博士の話をすべきかもしれません。彼女は帰国を許されなくてはなりません」

チェンが言った。「いまのところ、残念ながらそれはできません。では、これで失礼します、大統領」ポーリーンがびっくりしたことに、チェンが電話を切った。画面が暗くなり、電話が沈黙した。

ポーリーンはそこにいる全員を見た。「わたし、手ひどい失敗をしてしまったかしら？」

「そうだな」ガスが答えた。「そういうことだ」

ポーリーンはオーヴァル・オフィスを出てレジデンスへ向かった。娘と夫に〝じゃあね〟を言うためだった。

ピッパは学校の旅行で三日間ボストンへ行き、二晩安ホテルに泊まって、歴史の授業の一環としてケネディ博物館を訪れることになっていた。その旅行の訪問先にはハーヴァード大学とマサチューセッツ工科大学が含まれていて、フォギー・ボトム・デイ・スクール出身のそこの学生が案内して回ってくれるとのことだった。フォギー・ボトムの保護者は一流大学に目がなかった。

学校側は監督兼目付け役として保護者二人の同行を求めていて、ジェリーがそれに志願したのだった。例によって、彼とピッパにはそれぞれにシークレットサーヴィスが一チームずつつくことになっていた。学校は護衛に慣れていた。生徒の何人かは親が有名人だった。

ジェリーの荷物は小さなスーツケースが一つだけで、着替えるのはシャツと下着だけにして、三日間、同じツイードのスーツで過ごすと決めていた。ピッパは少なくとも一日に二着分の服が必要だと言い張っていたから、スーツケースが二つと、さらにぱんぱんに膨れたキャリーオン・バッグが必要だった。ポーリーンは荷物のことは何も言わなかったし、驚いてもいなかった。学校の旅行は刺激的な社交行事で、全員が格好良く見せたがるものと決まっていた。そこでロマンスが始まり、終わるのだ。男子生徒はウォトカのボトルを持ち込み、その結果、少なくとも一人の女子生徒が馬鹿な真似をして物笑いになる。ほかにも、煙草を試して吐く者が出てくる。逮捕者が出ないことをポーリーンは願った。

「一緒に行く大人は何人なの?」ポーリーンはセンター・ホールへ荷物を引きずっていくピッパに訊いた。

「四人よ」ピッパが答えた。「わたしの嫌いな教師のミスター・ニュービギン、彼の暗い奥さん――志願した保護者としてくるの。ミズ・〝わたしが一番よく知っている〟・ジャッド、そして、お父さん」

ポーリーンはちらりとジェリーを見た。彼は荷物にベルトを掛けるのに忙しかった。では、とポーリーンは思った。ジェリーはミズ・ジャッドと同じホテルで二晩過ごすわけね。ピッパの簡単な形容によれば、ちびで、ブロンドで、胸のでかい彼女と。

さり気ない口調になるよう努力しながら、ポーリーンは言った。「ミズ・ジャッドの旦那さんは何をしてる人なの？　教員同士の結婚ってよくあるじゃない。きっとミスター・ジャッドも教員じゃないかしら」

ジェリーがポーリーンのほうを見ようともせずに応えた。「さあ、どうだろう。知らないな」

ピッパが言った。「離婚してるんじゃないかしら。いずれにしても、彼女、結婚指輪はしてないわね」

それならジェリーにとって好都合ね、とポーリーンは思った。

これがジェリーが変わってしまった理由だろうか？　ほかの女性を好きになったから？　あるいは、その逆があるだろうか？　わたしへの愛が消え、アメリア・ジャッドに興味を持ったとか？　たぶん、二つが同時に進行したのだ。わたしに魅力を感じなくなっていたことが、ミズ・ジャッドに惹かれていくことによって、ますます募っていったのだ。

ホワイトハウスのポーターが荷物を取りにきて運んでいった。ポーリーンはピッパを抱擁しながら寂しさを感じていた。ピッパが家族三人一緒でない旅行に行くのは、これが初めてだった。同年代の女の子と一緒にヨーロッパを鉄道で巡るようになる日も遠くないだろう。大学へ行き、寄宿舎で暮らすようになる。二年生になれば、大学の外でルームシェアをしたがるに違いない。男の子と一緒に暮らすようになるまでに、そんなに時間はかからないのではないか？　ピッパはあっという間に子供を卒業してしまった。ポーリーンはあの日々をもう一度過ごしたかった。今度はそれをもっとしっかり味わいたかった。

「旅行を愉しんでいらっしゃい、でも、羽目を外し過ぎちゃ駄目よ」ポーリーンは言った。

「お父さんが目を光らせてるわよ」ピッパが言った。「みんなはストリップ・ポーカーをしたりコカインをやったりしているとき、わたしは温かいミルクを飲んで、スコット・〝面白くもない〟・フィッツジェラルドを読んでいるんじゃないかしらね」

ポーリーンは笑わずにいられなかった。ピッパには苛々させられることが往々にしてあるけれど、面白がらせてくれることもあった。

ポーリーンはジェリーのところへ行き、首を傾《かし》げるようにしてキスを待った。そのキスはあたかも急いでいるかのように唇をかすめただけだった。「それじゃ、行ってくるよ」彼が言った。「ぼくたちが留守のあいだ、世界の平和を守ってくれ」

二人がいなくなると、ポーリーンは束の間の静けさを求めて寝室へ引っ込んだ。そして、ドレッシングテーブルに腰を下ろし、鏡に向かって自問した。ジェリーが浮気をしていると本当に思ってるの？　あの鈍感で面白みのないジェリーが？　でも、そうだったら、すぐにわかるはずだ。浮気をしている人間というのは、自分はこの上なく用心しているから絶対にばれることはないと考えるのが普通だが、観察眼の鋭い女性がその兆候を見逃すことはあり得ない。

ポーリーンはミズ・ジャッドに会ったことはなかったが、電話で話したことはあり、聡明で思慮深い女性だとわかっていた。その彼女が他人の夫と一緒にベッドに入るとは考えにくかった。しかし、そういうことをしている女性はいつだっている。毎日、何百万人も。

ドアが低くノックされ、長年ホワイトハウスで執事を務めているサイラスの声がした。「大統領、国家安全保障問題担当顧問と国務長官との昼食の時間です。お二人とも、すでにお見えになっています」

「すぐに行きます」

さっきまでの一時間か二時間、最重要な助言者であるその二人と中国の意図をさらに突き止めようとしていて、これからどうするかを、昼食をとりながら決めることで意見が一致したのだった。ポーリーンはドレッシングテーブルから腰を上げ、センター・ホールを抜けてダイニングルームへ向かった。

彼女はシーフードのクリームソースにライスを添えた皿の前に腰を下ろして訊いた。

「何かわかった？」

チェスが答えた。「中国はヴェトナムとは話さないだろう。ヴェトナムの外務大臣がほとんど泣かんばかりにして教えてくれたんだが、ウー・ベイが電話に出ないそうだ。イギリスは〈ヴ・トロン・フュン〉撃沈を非難する国連安保理決議を提案し、中国はそれに対して、ドローン攻撃に対してはその動きがないことに激怒している」

ポーリーンはうなずき、ガスを見た。

ガスが口を開いた。「ＣＩＡの北京支局は多少なりともチャン・カイといい関係にある。彼は中国の情報機関たる国家安全部の対外情報局長だ」

「名前は聞いたことがあるわ」

「彼によれば、ジョーン・ラファイエットの状態は案じるほどではなく、実際のところは入院の必要もないそうだ。彼女は南シナ海で何をしていたのかを訊かれて率直に答えていて、これはオフレコだが、中国側も彼女がスパイだとはまったく考えていないとのことだ。石油の探索に関して知るべきことはすべて知っているけれども、国際政治についてはほとんど知らないんだそうだ」

「ほぼわたしたちが推測していたとおりね」

「そうだな。もちろん、これは非公式な話で、中国は公には反対のことを言うかもしれない」

チェスが参加した。「彼らは強硬路線を取ろうとしている。外務大臣はラファイエット博士の引き渡しについても、それ以外の彼女の処遇についても、〈ヴ・トロン・フユン〉が違法な活動をしていたとわれわれが認めない限り、話し合うことを拒否している」

「でも、それはできないわ、たとえアメリカ国民を救出するためでもね」ポーリーンは淡々と言った。「南シナ海が国際水域でないと認めることになるし、すべての海洋条約を侵害することになり、われわれの友好国の利害をも傷つけることになるもの」

「そのとおりだ。だが、われわれがそれを認めるまで、中国はラファイエット博士についての話し合いをしないぞ」

ポーリーンはフォークを置いた。「わたしたちに選択の余地がないように攻めてきているわけね？」

「そういうことだ」

「方法はないの？」

チェスが言った。「南シナ海でのわれわれの存在を強化することはできる。あの海域ではすでに〈航行の自由作戦〉を実行し、戦艦を派遣して航空機を飛ばしている。それを二倍にすればいいだけだ」

ポーリーンは言った。「それをやったら、外交的に同じぐらい大変なことになるわ」

「まあ、そうだな」

「どっちにしても、どうにもならないわね。まあ、わたしたちの気分が多少はよくなるかもしれないけど。ガス、あなたの考えは？」

「アメリカにいる中国人を逮捕するのはどうだろう――FBIが全員を監視しているし、法を犯す者は常にいる。そうすれば、交換を提案できるじゃないか」

「同じ状況に立たされたら、中国もそうするでしょうね。でも、それはわれわれのやり方ではないでしょ？」

ガスがうなずいた。「それに、われわれは事態の拡大を望んでいない。アメリカにいる中国人を一人逮捕したら、やつらは中国にいるアメリカ国民を二人逮捕するんじゃないか？」

「でも、わたしたちはジョーン・ラファイエットを取り戻さなくてはならない」

「こんなときにこんな俗なことを言うのを許してもらえるなら、無事に彼女を取り戻せたら、きみの人気は沸騰《ふっとう》するぞ」

「謝ることはないわ、ガス――それが民主主義だもの。それはつまり、世論を考慮することをやめるべきではないということなのよ」

「そして、世論はジェイムズ・ムーアの〝やつらを核で皆殺しにする〟という外交方針を好んでいる。きみの〝臆病なトム〟発言はあまり打撃にならなかったな」

「悪口はやめるべきね——そもそも本当のわたしじゃないし」

ガスが言った。「そういうことなら、可哀そうなジョーン・ラファイエットは何年か中国にいることになりそうだな」

「待って」ポーリーンは言った。「もしかして、わたしたちはまだ充分に考えを尽くしていなかったんじゃないかしら」

二人が怪訝な顔になった。何を言い出すのかと明らかに訝っていた。

ポーリーンは言った。「われわれは中国の要求を受け容れることができない——でも、彼らはそれはわかっているに違いないわ。中国人は馬鹿じゃない。われわれが受け容れられないとわかっている何かを要求してきたのよ」

チェスが言った。「確かにそうかもしれんな」

「それなら、本当は何を望んでいるの？」

「優位に立とうとしているんだ」チェスが答えた。

「それだけ？」

「わからない」

「ガス？」

「やつらに訊いてみることはできるんじゃないか？」

「一つの可能性だけど」ポーリーンは頭のなかにあることを声に出した。「彼らは南シナ海全域が自分たちのものだという主張への支持を期待しているのではなくて、わたしたちを黙らせたいだけなのかもしれない」

「説明してくれ」ガスが言った。

「彼らは妥協を模索しているのよ。われわれは〈ヴ・トロン・フュン〉が違法な何かをしていたことを認めない、けれども同時に、中国政府があの船を撃沈して人命を奪ったことを非難しない。ただ沈黙する」

ガスが言った。「われわれが黙認することと引き換えに、ジョーン・ラファイエットを自由の身にするということか」

「そうよ」

「気に入らないな」

「わたしもよ」

「だけど、きみはやるんだろう」

「わからない。ともあれ、訊いてみることはできるんじゃないかというあなたの推測が正しいかどうかやってみましょう。チェス、中国大使にオフレコで、北京が妥協を考えている可能性があるかどうか当たってちょうだい」

「わかった」

「ガス、中国が本当は何を欲しているのか、CIAを通して国家安全部に訊かせて」

「すぐにやろう」

「彼らが何と言うか、これでわかるんじゃないかしら」ポーリーンはふたたびフォークを手にした。

ポーリーンの推測は的中した。〈ヴ・トロン・フュン〉の件は非難しないという彼女の約束に、中国は満足した。彼らも人を殺したことを気にしていないわけではなく、南シナ海についての中国の主権を否定するようなことを彼女に言わせたくなかったのだ。長いあいだの外交的な戦いのなかで、アメリカを沈黙させることは大きな意味を持つ勝利と考えるようになったのだろうと思われた。

中国の言いなりになるのは気が重かったが、そうするしかなかった。

記録は残されなかったが、それでもポーリーンは約束を守らなくてはならなかった。そうしなければ、中国が北京にいるアメリカ人女性をさらに逮捕し、同じ要求を繰り返すだけだとわかっていた。

翌日、ジョーン・ラファイエットは中国東方航空の上海《シャンハイ》-ニューヨーク便に乗せられた。ニューヨークからは空軍機に乗り換え、ワシントンDCに近いアンドルーズ空軍基地へ向かうこと、そこでポーリーンが待っていることを教えられた。

ラファイエット博士は引き締まった身体つきの中年女性で、髪に白いものが多くなり、眼鏡をかけていた。ポーリーンが意外だったことに、十五時間も飛行機に乗っていたのに、いたって元気そうで、服装にも一部の隙もなかった。中国政府が洒落た新しい服をくれ、ファーストクラスのスイートをあてがってくれたというのが彼女の説明だった。中国もなかなかやるわね、とポーリーンは思った。ラファイエット博士が自分たちにひどい扱いを受けたように見せないことに、とりあえず成功しているじゃないの。

ポーリーンとラファイエット博士は空港の会議室で会見し、無数のテレビ・カメラとスチール・カメラの前に立った。ポーリーンは不快な外交上の犠牲者を出してしまったせいで、人質を取り返した功績を何としてもメディアに大きく取り上げてもらわなくてはならなかった。好意的な報道が必要だった。ジェイムズ・ムーアの支持者たちが、ソーシャル・メディアで毎日彼女をこき下ろしつづけていた。

着陸してできるだけ早く彼らの欲しい写真を撮らせてやれば、アメリカのメディアに追い回されて嫌がらせをされる可能性は低くなるはずだと上海のアメリカ領事館に説明され、ラファイエットは喜んでそれに同意したのだった。

写真撮影は受けるけれども質問には答えないとサンディップ・チャクラボーティがあらかじめ通告していたこともあり、マイクは設置されていなかった。二人は握手をし、カメラに向かって笑顔を作った。その直後、ラファイエット博士がいきなりポーリーンを抱擁した。

申し合わせを無視することを厭わない果敢な記者が、スマートフォンで写真を撮りながら叫んだ。「南シナ海に関するいまのあなたの方針を教えてください、大統領」

ポーリーンはその質問を予期していたから、すでにチェスとガスに相談し、中国との約束を破ることのない対応をすることで意見の一致を見ていた。彼女はまったく無表情にこう答えた。「アメリカは航行の自由に関する国連の立場を支持しつづけます」

出口まできたところで、ふたたび記者が訊いた。「〈ヴ・トロン・フュン〉撃沈はポート・スーダン爆撃の報復だとお考えですか？」

ポーリーンは答えなかったが、会議室を出てドアが閉まると、ラファイエット博士が訊いた。「あの記者、スーダンがどうとか言ってたけど、何だったんですか？」

「あなたはニュースを見ていないかもしれないけど」ポーリーンは言った。「ドローンがポート・スーダンを攻撃して、百三人の中国人を殺したの。新しいドックを建設中のエンジニアとその家族をね。やったのはテロリストだけど、その攻撃に使われたドローンがアメリカ空軍のものだったの。どうして彼らの手に渡ったのかはわからないんだけどね」

「中国はそのことでアメリカを責めたんですね？」

「ドローンがテロリストの手に落ちるのを、アメリカは許すべきではなかったと言っているわ」

「だったら、それが中国がフレッドとハイランを殺した理由ですか?」

「中国は否定しているけどね」

「何という悪の所業なの!」

「たぶん彼らの考えでは、アメリカ人二人の命と中国人百三人の命を引き替えたんだから、抑制的な対応だということになるんでしょう」

「それがこういうことについての人々の考え方なんでしょうか?」

率直に話し過ぎたか、とポーリーンは後悔した。「わたしはそうは考えないし、わたしのチームもそれは同じよ。わたしにとっては、アメリカ国民一人の命だってかけがえがないの」

「だから、わたしを帰還させてくださったんですね。どんなに感謝しても足りません」

ポーリーンは微笑した。「それがわたしの仕事よ」

その日の夕刻、ポーリーンはレジデンスの旧ビューティ・サロンで、ガスと一緒にニュースを見た。最初のニュースはジョーン・ラファイエットに関する速報で、アンドルーズ空軍基地でポーリーンと撮った写真は上出来に見えた。だが、次のニュースはジェイムズ・ムーアの記者会見についてのものだった。

「きみより目立つことに決めたようだな」

「どんな材料を手に入れたのかしら？」

ムーアは原稿を置く台を使わなかった。親しみやすさを狙う彼のスタイルにふさわしくないというわけである。その彼が記者やカメラの群れを前に、ストゥールに腰かけていた。「私はグリーン大統領の資金提供者を見つづけてきた」打ち解けた親密な口調だった。「彼女の最大の政治的行動委員会は、〈アズ・イフ〉という会社を経営している人物が切り回している」

それは事実だった。〈アズ・イフ〉は世界じゅうのティーンエージャーに大人気のスマートフォン・アプリの会社で、創業者のバーマン・スティーヴン・マクブライドはイラン系アメリカ人、移民の孫であり、ポーリーンの再選キャンペーンの最高資金調達者でもあった。

ムーアがつづけた。「私はいま、われらが女性大統領がどうして中国に弱腰なのか、その理由を量りかねている。やつらは二人のアメリカ人を殺し、三人目も危うく殺されるところだった。それなのに、ポーリーン・グリーンはほとんど非難すらしていない。それで、私は自問したんだ――彼女は何か弱みでも握られているんじゃないかとね」

ポーリーンは言った。「あの男はいったい何を企んでいるの？」

ムーアが言った。「〈アズ・イフ〉に中国の資本が入っていることがわかったんだ。どうだい、面白くなってきただろ？」

ポーリーンはガスに訊いた。「本当にそうなのか、確認できる？」

ガスはすでに電話を握っていた。「いま確認しているところだ」

「〈上海情報集団〉は中国最大の企業の一つだ」ムーアが言った。「もちろん、独立した会社を装っているが、中国のすべての事業がチェン国家主席という全権者の指図を受けていることをわれわれは知っている」

ガスが言った。「〈上海情報集団〉は〈アズ・イフ〉の株を二パーセント持っている。重役会に席は持っていない」

「二パーセント！　それだけ？」

「ムーアは数字は言ってないだろ？」

「言ってないし、これからも言わないでしょう。わたしへの中傷作戦を台無しにするだけだもの」

「やつの支持者の大半は株がどういう仕組みのものかなんて知らないんだ。ほとんどの者が、きみはチェンから金をもらってると信じるようになるだろうな」

執事のサイラスが白髪の多くなった頭を覗かせて言った。「ディナーの支度が整いました、大統領」

「ありがとう、サイ」ポーリーンは衝動的に言った。「ディナーを一緒にとりながらこの相談をつづけてもいいわね」

「私も予定はないな」

ポーリーンは執事に向き直って訊いた。「二人でも大丈夫？」

「大丈夫だと思います」サイラスが答えた。「ご注文はオムレツとサラダでしたが、卵もレタスももっとあるはずですから」

「よかった。ミスター・ブレイクのために白ワインの栓も抜いてちょうだい」

「承知しました、マム」

二人はダイニングルームへ移り、丸テーブルに向かい合って腰を下ろした。ポーリーンは言った。「明日の早い時間に、派手でなくていいから声明を出して、〈上海情報集団〉の株について事実を明らかにすればいいわ」

「サンディップと相談しよう」

「彼がどういう声明を作るにせよ、マクブライドの許可を取るのを忘れないでね」

「わかった」

「それでこの話はすぐに片がつくでしょう」

「そうだな。だが、やつのことだ、また何か持ち出してくるだろう。われわれには戦術が必要だな、きみはすべてを理解している聡明な問題解決者であり、ムーアは人々が聞きたがっていると自分が思うことを大言壮語《たいげんそうご》するだけの男だと見せる戦術が」

「それ、いいんじゃないかしら」

二人はディナーのあいだも色々と議論をし、そのあと、イースト・シッティング・ホールへ移動した。サイラスがコーヒーを運んできて言った。「よろしければ厨房等のスタッフを帰らせようと思いますが、いかがでしょう、大統領？」

「もちろんよ、サイ、ご苦労さま」

「このあと、何か必要になりましたら、私に電話をいただければ結構ですので」

「ありがとう」

サイラスが退出すると、ガスがカウチのポーリーンの隣りに坐った。

二人だけだった。呼ばない限り、だれもこない。シークレットサーヴィスと〝アトミック・フットボール〟と呼ばれるブリーフケースを持った陸軍大尉が一階下にいたが、彼らも緊急事態でも起こらない限り、上がってくることはない。

いま彼をベッドに連れ込んでもだれにも知られることはないという、正気とは思えない考えがポーリーンの頭をかすめた。

そんなことは絶対に起こらない、とポーリーンは自分を戒めた。そのほうがいいのだ。

ガスが彼女を顔を見て訝しげに訊いた。「どうした?」

ポーリーンは言った。「ガス……」

ポーリーンの電話が鳴った。

ガスが言った。「出るな」

「大統領は電話に出なくちゃいけないの」

「そうだな、悪かった」

ポーリーンは顔を背けて電話に出た。ジェリーだった。

ポーリーンはさっきまでの気持ちを何とか振り払って応えた。「あら、旅行はどう?」そして立ち上がり、ガスに背を向けて二、三歩離れた。

ジェリーが言った。「なかなかいいよ。病院に行った者も、逮捕された者も、誘拐された者もいない——いまのところ、三打数三安打だ」

「よかった。ピッパは愉しんでる?」

「とてもいい時間を過ごしているよ」

ジェリーは興奮の口ぶりだった。彼もとてもいい時間を過ごしているみたいね、とポーリーンは推測した。「ハーヴァード大学かマサチューセッツ工科大学か、ピッパはどっちか気に入った?」

「どっちにするか、決めるのが難しいと言っているよ。両方ともとても気に入ったらしい」

「それなら、どっちが格が上かで決めればいいんじゃないかしら。ほかの監督官はどうなの？」

「ニュービギン夫妻は文句ばっかり言ってるよ。自分たちが期待した基準に何一つ達していないんだそうだ。だけど、アメリアはとてもいい人だ」

きっとそうなんでしょうよ、とポーリーンは苦々しかった。

ジェリーが訊いた。「きみのほうは大丈夫か？」

「もちろんよ、どうして？」

「いや、何と言うか、きみの声が……緊張しているから。でも、実際そうなんだろうな。危機の最中なんだ」

「危機ならいつだってあるわ。わたしは緊張する仕事をしているの。でも、そろそろ寝るつもりよ」

「それなら、よく寝《やす》むことだ」

「あなたもね。おやすみなさい」

「おやすみ」

ポーリーンは電話を切ると、奇妙な息苦しさを感じた。「ふう」と声に出して振り返った。「さっきは何か変だったわね」

だが、ガスの姿はなかった。

午前六時、サンディップが電話をしてきた。〈上海情報集団〉の話だろうとポーリーンは思ったが、違っていた。「ラファイエット博士が地元のニュージャージーの地方紙のインタヴューを受けています」彼は言った。「どうやら従兄弟《いとこ》がその新聞の編集長のようです」

「彼女はどんなことをしゃべっているの？」

「アメリカ人二人の命と中国人百三人の命を引き替えたのだからいい取引だったと、あなたの言葉を引用しています」

「でも、わたしが言ったのは――」

「あなたがどう言われたかはわかっています、私もそこにいて、あの会話を聞いていましたから。あなたは中国政府があの問題をどう見ているかを推測しておられました」

「そのとおりよ」

「その新聞はそれを特ダネとして大いに自慢していて、今週の特集としてソーシャル・メディアで煽っています。残念なことに、ジェイムズ・ムーア陣営がそれに食いつきました」

「何てこと」

「ムーアはこうツイートしています――〝では、ポーリーンは中国がアメリカ国民二人を殺したことを取引と考えているわけだ。私はそうではない〟です」

「ちくしょう」

「私の作ったプレス・リリースの冒頭です――〝小さな町の新聞はときどき過《あやま》つものだが、大統領候補は分別があってしかるべきである〟」

「上々の出だしじゃない」

「最後まで聞きますか？」

「それは耐えられないわ、送ってちょうだい」

ポーリーンは一杯目のコーヒーを飲みながらニュースを見た。いまもジョーン・ラファイエットのアンドルーズ空軍基地到着を放送していたが、次のニュースがジェイムズ・ムーアの取引云々《うんぬん》の発言で、それがポーリーンの勝利の輝きを曇らせてしまった。

ポーリーンの想いは昨夜のことへ戻りつづけた。ガスをベッドに連れ込んでもだれにも知られることはないと考えたことを思い出し、身体が震えた。そんな情事をホワイトハウスのなかで秘密にしておくのは不可能だ。なぜなら、ガスは真夜中にわたしと別れ、廊下を抜け、連絡通路を通って車にたどり着き、門を出ていかなくてはならないからだ。その途中で六人を下らない警備員、シークレットサーヴィスに見られることは間違いない。清掃係や保守営繕《えいぜん》係は言うまでもない。その全員が、一体だれと一緒にいたのだろう、こんな夜中に何をしていたのだろうと訝らないはずがない。

実際には午後九時に帰っていったわけだが、それでも、ジェリーとピッパが留守なのを知っている人たちのなかには、怪訝に思った者も何人かいるはずだ。

ポーリーンはその想いを頭から閉め出し、アメリカの安全に考えを集中した。

午前中は、首席補佐官、財務長官、統合参謀本部議長、下院院内総務との会議に費やされた。そのあと、中小企業の経営者との資金調達昼食会で短いスピーチをし、いつもどおり、食事の前に会場をあとにした。

昼食はチェスター・ジャクソン国務長官とサンドウィッチを食べた。そのときに彼が教えてくれたところでは、ヴェトナム政府はこれから先、自国の全石油探査船に、ロシア製対艦ミサイルを装備し、応射撃を指示されたヴェトナム人民海軍の護衛船を同行させると発表したとのことだった。

チェスはまた、北朝鮮の最高指導者が、軍基地におけるアメリカの扇動によって起こったトラブルは、解決されて平和が戻ったと主張している、と報告した。しかし、とチェスはつづけた。反乱グループはいまも軍の半分とすべての核を手中に収めているというのが事実であって、平和に見えているのは一時の幻想に過ぎない。

午後はシカゴから見学に来た生徒たちとの写真撮影に応じ、司法長官と組織犯罪についての話し合いをした。

午後の終わりには、今日の出来事をガスとサンディップと再検討した。ソーシャル・メディアはジェイムズ・ムーアの非難を取り上げていた。ネットでは、挑発的な投稿をする者たちが、ポーリーンはアメリカ人二人の死を取引の材料にしたと煽っていた。

世論調査では、ポーリーンとムーアの人気度はいまや五分五分になっていた。それを見て、ポーリーンは諦めたくなった。

リジーがピッパとジェリーが帰ってきたと教えてくれ、ポーリーンは二人を出迎えにレジデンスへ引き返した。着いてみると、二人はセンター・ホールにいて、サイラスに手伝ってもらって荷ほどきをしていた。

ピッパは土産話を山ほど持って帰っていた。ダラスでのケネディ大統領とジャクリーンの写真を見て泣いてしまったこと、ハーヴァードの男子学生がクリスマス休暇に一緒に出かけようとリンディ・フェイバーを誘ったこと、ウェンディ・ボニータがバスで二度も吐いたこと、ミセス・ニュービギンが苦痛だったこと。

「老いぼれジャダーズはどうだったの?」ポーリーンは訊いた。

「予想していたほど悪くなかったわ」ピッパが答えた。「実際、彼女とお父さんは最高だった」

ポーリーンはジェリーに目を走らせた。幸せそうだった。さりげない声を作る努力をして、ポーリーンは訊いた。「あなたも愉しんだ？」

「ああ、愉しんだとも」ジェリーが洗濯物を入れた袋をサイラスに渡しながら答えた。「意外なことに、子供たちも行儀よくしていたしね」

「ミズ・ジャッドは？」

「何の問題もなかった」

嘘だ、とポーリーンは確信した。彼の声、態度、顔の表情、すべてがほんの少しではあるが不自然で、嘘だということをそれが物語っている。彼はアメリア・ジャッドと寝たんだ。ボストンの安ホテルで。自分の娘も泊まっている同じ建物のなかで。これまではその可能性を疑ってはいたものの半信半疑だったのだが、不意に事実だったと直観的にわかってしまった。ポーリーンはショックのあまり、思わず身震いした。

ジェリーが怪訝な顔で彼女を見た。「冷たい風を感じるんだけど」ポーリーンは言い繕《つくろ》った。「窓が開けっぱなしになっているのかもね」

ジェリーが言った。「気づかなかったけどな」

ポーリーンは自分が何に気づいたかを、なぜかジェリーに知られたくなかった。

「そう、だったら、いい時間を過ごしたのね」彼女は明るく言った。

「もちろん」

「よかった」

ジェリーが自分のスーツケースをマスター・ベッドルームへ運んでいった。ポーリーンは磨き上げられた木の床に膝を突くと、ピッパの服を出すのを手伝いはじめたが、心はここになかった。ジェリーとミズ・ジャッドの情事は一過性のもの、一夜のことに過ぎないのかもしれない。それでも、とポーリーンは自問した。そうなったのはわたしのせいではないのか？　リンカーン・ベッドルームで寝ることがますます多くなっているけど、わたしはセックスに無頓着になってしまったのだろうか？　でも、ジェリー自身もそんなに熱心ではなかった。もちろん、それは問題ではないけれど。

サイラスが口紅を持って戻ってきて言った。「これがファースト・ジェントルマンの洗濯袋に入っていました。きっと何かの拍子に紛れ込んでしまったんでしょう」そして、ピッパに差し出した。

ピッパが言った。「わたし、そんな口紅は使わないわ」

ポーリーンはその小さな金色の筒を、銃ででもあるかのように見つめた。

自分では絶対に選ばない色だし、絶対に選ばないブランドだった。

ポーリーンはすぐに気を取り直した。ピッパは疑っていないに違いない。「あら、ありがとう」ポーリーンはサイラスが差し出したままにしている口紅を取った。

そして、急いでジャケットのポケットに入れた。

（中巻終わり）

◉訳者紹介　戸田裕之（とだ　ひろゆき）
1954年島根県生まれ。早稲田大学卒業後、編集者を経て翻訳家に。訳書に、フリーマントル『顔をなくした男』、アーチャー『15のわけあり小説』『クリフトン年代記』（全7部）『嘘ばっかり』『運命のコイン』『レンブラントをとり返せ』（以上、新潮文庫）、フォレット『巨人たちの落日』『凍てつく世界』『永遠の始まり』（以上、ソフトバンク文庫）、『火の柱』（扶桑社ミステリー）、ミード『雪の狼』（二見文庫）、ネスボ『レパード』『ファントム』（集英社文庫）など。

ネヴァー（中）

発行日　2021年12月10日　初版第1刷発行

著　者　ケン・フォレット
訳　者　戸田裕之

発行者　久保田榮一
発行所　株式会社 扶桑社
〒105-8070
東京都港区芝浦1-1-1　浜松町ビルディング
電話　03-6368-8870（編集）
03-6368-8891（郵便室）
www.fusosha.co.jp

印刷・製本　図書印刷株式会社

定価はカバーに表示してあります。
造本には十分注意しておりますが、落丁・乱丁（本のページの抜け落ちや順序の間違い）の場合は、小社郵便室宛にお送りください。送料は小社負担でお取り替えいたします（古書店で購入したものについては、お取り替えできません）。

Printed in Japan
ISBN 978-4-594-08887-3　C0197